THE OMNIPOTENT
BRACELET

전능의 팔찌 2부 14

김현석 현대 판타지 장편소설

초판 1쇄 찍은 날 § 2024년 11월 22일
초판 1쇄 펴낸 날 § 2024년 11월 29일

지은이 § 김현석
펴낸이 § 서경석

총괄팀장 § 황창선
편집책임 § 양준
디자인 § 스튜디오 이너스

펴낸곳 § 도서출판 청어람
등록번호 § 제387-1999-000006호
등록일자 § 1999. 5. 31
어람번호 § 제1-3235호

본사 § 경기도 부천시 부일로 483번길 40 서경B/D 3F (우) 14640
편집부 § 서울특별시 구로구 디지털로 272 한신IT타워 404호 (우) 08389
전화 § 02-6956-0531 팩스 § 02-6956-0532
http://www.chungeoram.com
E-mail § chungeorambook@daum.net

ISBN 979-11-04-92523-8 04810
ISBN 979-11-04-92499-6 (세트)

전능의 팔찌

THE OMNIPOTENT BRACELET

2부

김현석 현대 판타지 소설

전능의 팔찌 2부

THE OMNIPOTENT
BRACELET

목차

14권

Chapter 01

—

아샤의 눈물

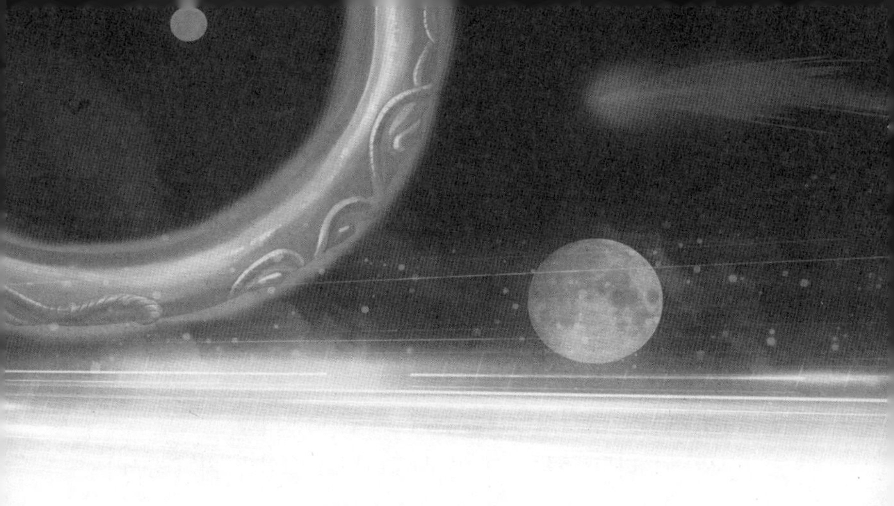

“이것까지 합치면 720만 달러지요?”

현수가 손가락으로 짚은 것은 이 가게를 유명하게 만들어 준 상징이나 다름없는 것이다.

하여 ‘아샤의 세트’ 라는 닉네임으로 불린다.

굼 백화점을 자주 드나드는 귀부인 대부분은 누가 저 세트의 주인이 될 것인지 궁금해 한다.

사실 사려고 하면 못 살 것은 없다.

러시아가 경제위기를 겪고 있다고는 하지만 모스크바엔 충분한 재력을 갖춘 사람이 상당히 많다.

그럼에도 팔리지 않은 것은 블라디미르 푸틴 때문이다.

아샤의 세트를 탐낸 사람 중 하나로 알리나 카바예바가 있다. 언젠가 유심히 들여다보고 갔는데 이게 와전된 것이다. 어쨌거나 알리나는 푸틴의 연인으로 소문나 있다.

황제의 총애를 받는 후궁 쯤 되고, 본인이 상당한 재력가이니 아무리 비싸다 하더라도 충분히 가질 수 있었을 것이다.

그럼에도 소유하지 못한 이유는 푸틴 때문이다.

사치스럽다고 소문나면 자칫 국민들의 성원과 지지로부터 멀어질 수 있는 빌미가 될 수 있기에 만류한 것이다.

그런데 본인의 연인조차 가질 수 없는 걸 누군가 가졌다고 하면 그 기분이 결코 편안하지 않을 것이다.

측근들이 이걸 모를 리 없다.

황제의 불편한 심기는 곧장 세무조사나 자금출처 조사 같은 일로 번질 수도 있다.

법전엔 없는 괘씸죄 때문이다.

푸틴은 알리나 카바예바에게도 보석이나 기타 장신구를 선물로 준 적이 없다. 기껏해야 꽃다발이다.

권력의 정점에 있음에도 사치와 낭비를 멀리하는 모습을 보이기에 국민들로부터 지지를 받는 것이다.

아무튼 아샤의 세트는 특수제작된 진열대 정중앙에 진열된 채 꽤 오랜 시간을 보냈다.

그런데, 드디어 오늘 주인을 만날 모양이다.

"네? 아! 네에."

"그럼, 이걸로 결제해요."

지갑에서 검은색 카드를 꺼내 건넸다. 현대카드에서 VVIP에게만 발급하는 최고등급 신용카드이다.

9,999명에 한정해 발급하겠다고 했지만 아직 그 숫자가 채워지지 않은 한도 무제한인 블랙카드이다.

카드사 직원은 수백억대 자산가가 가입하려고 했다가 떨어지기도 했다면서 사회적 명망이 있는 분들에게만 심사를 거쳐 발급한다고 했다.

연회비 250만 원인 이 카드는 상당히 많은 혜택을 부여한다. 항공권 업그레이드, 공항 라운지 무료 이용, 무료 발레파킹, 골프장 부킹대행 등이다.

그런데 현수는 이 모든 것이 필요 없다.

항공사 자체가 본인 소유인데 항공권 업그레이드와 라운지 무료 이용 같은 것이 왜 필요하겠는가!

골프장도 마찬가지이다.

상장된 골프장은 전부 현수의 소유이다.

부킹이 왜 필요하겠는가! 마음만 먹으면 골프장을 통째로 비워놓고 혼자서 1년 내내 즐길 수도 있다.

그럼에도 신용카드를 갖고 있는 것은 현수가 이 카드사의 사주(社主)인 때문이다.

현재는 주식의 96.8%를 소유하고 있다.

현수가 오지 않았다면 국민은행, 하나은행, 신한은행의 외국인 지분율은 60~70% 정도이고, 우리은행은 30%, 기업은행은 20% 정도였을 것이다.

현재는 이들 은행의 지분 98.5% 이상을 현수가 가졌다. 조만간 100%가 될 것이다.

대부분이 외국인 또는 외국법인으로 분산되어 있고, 일부는 도로시가 만든 가상인물 소유인 것으로 되어 있다.

100% 외국인 소유였던 SC제일은행과 시티은행도 소유주가 바뀌었다.

SC제일은행은 영국의 스탠다드차타드 은행 소유였고, 시티은행은 미국 시티뱅크의 것이었는데 둘 다 블록 딜[1] 형식으로 넘겨받았다.

지난 6월 24일 실시된 국민투표로 영국이 유럽연합으로부터 탈퇴하는 브렉시트(Brexit)가 결정되었다.

전혀 예상치 못한 결과이기에 다들 깜짝 놀랐고, 그와 동시에 글로벌 증시가 큰 폭으로 요동쳤다.

범 유럽지수인 '스톡스 600'은 전날보다 7.03%가 폭락했어야 한다. 영국 'FTSE 250' 지수는 7.2%, 'FTSE 100' 지수는 3.15%가 떨어진 채 장을 마감했어야 한다.

뉴욕 증시라 하여 멀쩡했던 것은 아니다.

다우존스산업평균지수는 3.3%가 하락하고, 스탠더드앤드

1) 블록 딜(block deal) : 주식을 대량으로 보유한 매도자가 사전에 매도 물량을 인수할 매수자를 구해 시장에 영향을 미치지 않도록 장이 끝난 이후 지분을 넘기는 거래

푸어스500 지수는 3.6%, 나스닥 종합지수는 4.12%가 하락했어야 한다.

일본, 한국, 홍콩, 대만 등도 대폭락을 경험했다.

원래대로라면 6월 24일 하루에만 전 세계 주식시장에서 시가총액 기준 약 2조 달러(2,350조 원)가 증발했어야 한다.

그런데 도로시가 개입했다.

그 결과 전 세계 증시에서 증발된 액수는 3조 5,300억 달러로 늘어났다. 무려 76.5%나 증가한 것이다.

한화로는 약 4,150조 4,000억 원이다.

도로시의 개입으로 인해 1,800조 4,000억 원이 추가로 사라진 것이다.

사전에 투표결과를 알고 있던 도로시는 콜옵션과 풋옵션, 파생상품과 선물시장을 적극적으로 휘저었다.

어떻게 하면 최대 수익이 발생될 것인지를 면밀히 계산한 후의 움직임이다.

그 결과는 막대한 수익이 발생되었다. 덕분에 The Bank of Emperor의 잔고가 왕창 늘어났다.

한편, 세계 각국의 주식에 막대한 금액을 투자했던 영국의 스탠다드차타드와 미국의 씨티뱅크는 엄청난 손실을 입었고, 자금 유동성 위기까지 겪게 되었다.

원 역사에 없던 뱅크런[2] 까지 빚어진 건 사전에 계획된 치

2) 뱅크런(Bank Run) : 예금자들이 맡겨둔 예금을 찾기 위해 한순간에 은행으로 몰려드는 현상

밀한 공작의 결과이다.

그렇게 허덕이고 있을 때 은밀한 제안이 전해졌다. 그 결과 SC제일은행과 씨티은행의 소유주가 바뀌었다.

둘의 공통점은 적지 않은 자금이 투자되었지만 Output이 기대에 미치지 못했다는 것이다.

안정적이기는 했지만 급성장하고 있는 베트남, 미얀마, 태국에서의 기대 수익에 비교하면 한숨이 나올 정도였다.

씨티은행의 경우는 시장접근 방식에 문제가 있었다.

예를 들어, 개인고객 소액계좌에 월 3,000~5,000원의 계좌유지 수수료를 부과하겠다는 것이 그것이다.

이는 SC제일은행이 2001년에 도입했다가 고객들의 반발로 폐지되었던 것이다. 개인고객들이 스스로 은행을 떠나게 하는 마케팅을 펼치겠다는데 누가 거래를 이어가겠는가!

이러니 적극적으로 고객들에게 다가선 국민, 우리, 신한, 하나은행보다 수익률이 떨어졌던 것이다.

졸지에 계륵[3] 이 되어버린 상황인데 에이프릴 증후군이 발병하면서 더욱 어려워졌다. 게다가 본사마저 휘청거리는 상황인데 블록 딜이 제안 된 것이다.

하여 더 생각할 것도 없다는 듯 잽싸게 넘겼다.

이후의 한국 증시는 폭락에 폭락을 거듭해서 반 토막에 반

3) 계륵(鷄肋) : 닭의 갈비뼈라는 뜻으로, 큰 쓸모나 이익은 없으나 버리기는 아까운 사물 또는 이러지도 저러지도 못하는 난처한 상황을 비유하는 말

토막에도 미치지 못하게 되었다.

한국으로의 입출국과 수출입마저 끊겨버려 직접적인 관리가 어려워졌고, 이익은커녕 손실이 안 나길 기대해야 하는 상황이 된 것이다. 하여 안도의 한숨을 내쉬고 있다.

비록 막대한 손해를 감수하고 넘겼지만 그보다 더 큰 손해를 막았다는 것에 한 가닥 위안을 느낀 때문이다.

도로시는 현재 두 은행을 통합시켜 '경지은행'으로 변신시킬 물밑작업을 진행하는 중이다.

한자 표현은 경지(慶智)이다.

경사스럽고, 지혜롭다는 뜻이다. 조인경과 김지윤의 이름에서 한 글자씩 따온 것이다.

하지만 현수에게 설명할 때는 이렇게 말하지 않는다.

경사(慶事)를 뜻하는 'Happy occasion'과 지혜, 현명, 총명을 뜻하는 'Sagacity'의 이니셜 HS Bank라고 설명한다.

현수 이름의 이니셜인 HS라고 하는 것이다. 마뜩치 않아하겠지만 본인 이름이라는데 토 달지는 않을 것이다.

원래는 '제국은행' 또는 'The Bank of Emperor'로 하려 했다. 그런데 제국은행은 일제강점기를 떠올리게 하고, The Bank of Emperor는 외국어라 선택되지 않은 것이다.

어쨌거나 대한민국의 거의 모든 은행이 현수의 것이다.

따라서 이들이 공동으로 출자하여 만든 BC카드 역시 소유주가 바뀌었다.

삼성그룹과 현대그룹의 거의 모든 주식도 보유하고 있으니 삼성카드와 현대카드도 마찬가지이다.

하여 거의 모든 종류의 카드를 가지고 있다.

발급신청은 도로시가 했다. 이것들의 공통점은 한도 무제한이다. 그중 하나의 카드가 제시된 것이다.

"네…?"

점원 아가씨는 화들짝 놀란 표정이다.

360만 달러짜리를 구매하면서 이것저것 물어보는 것도 없이 대뜸 카드부터 내미는 사람은 없다.

꺼내달라고 해서 요모조모를 살피고 또 살핀 뒤에도 살까 말까 망설이다가 끝내 포기하는 게 여태까지의 루틴이다.

그런데 너무도 간단히, 그리고 아무런 망설임 없이 주문하니 어찌 놀라지 않겠는가!

"이건 바로 가져갈 것이니 꺼내주세요."

"네…? 아, 네에."

"주문제작을 의뢰한 건 한국으로…. 아! 안 되는구나."

한국으로의 모든 물류가 제한됨을 떠올린 것이다.

"주문한 거 완성되는데 시간이 얼마나 걸리나요?"

"그건…, 잠시만요."

아가씨는 현수의 대꾸를 기다리지 않고 몸을 돌렸다. 그러곤 전화기를 든다.

"사장님? 저, 안나인데요. … 아샤의 세트를 구입하신대요.

… 네? 네. … 360만 달러요. … 네? … 손님께서 카드를 주셨어요. … 네? … 검은색 카드구요. … 네, 네. …….”

안나는 통화가 길어질 듯 싶자 슬금슬금 안쪽으로 걸음을 옮긴다. 통화 상대방인 사장이 간혹 위조되었거나 도난신고된 신용카드를 가지고 오는 경우가 있다면서 확인할 시간을 벌라는 지시를 내린 때문이다.

상당히 청력이 좋은 현수가 어찌 못 알아들었겠는가!

하지만 타당한 의심이라 생각하였기에 슬쩍 쓴 웃음을 지었을 뿐이다.

한편, 지윤은 점원 아가씨와 몇 마디 말을 주고받더니 신용카드를 내미는 모습을 보았다.

너무도 빠른 러시아어 대화였기에 알아들은 내용은 거의 없다. 캐치한 건 다이아몬드, 에메랄드, 사파이어가 전부이다.

어쨌든 목걸이와 반지 세트에 대해 이야기 했으니 그걸 산다고 한 모양이다. 누구를 위해 구입하려는지 알 수 없지만 받는 사람은 땡잡는 거라 생각하였다.

한눈에 보기에도 범상치 않은 디자인이다.

굼 백화점 보석상 진열대 한가운데를 차지하고 있으니 절대로 가짜는 아닐 것이다.

‘엄청 비싸겠지? 얼마나 할까?’

생각해보니 하인스 킴 전무는 접촉하는 여성이 없다.

한밤중 잠자리까지 들여다본 것은 아니지만 본인은 수행비서이다. 지금껏 다른 여성과 통화하는 걸 본 적이 없다.

하여 고개를 갸웃거렸다.

이때 현수는 다른 상품들을 보고 있었다.

지윤과 인경을 위한 것을 샀으니 이제 다이안 멤버들을 위한 것을 물색하려는 것이다.

'도로시. 지금 내가 보고 있는 다이아몬드 반지는 가격이 얼마나 될까?'

현수가 눈여겨보고 있는 것은 특이한 디자인의 반지이다.

중앙엔 5캐럿쯤 되는 다이아몬드가 박혀 있고, 주변을 다른 보석으로 감싼 것이다.

'보고 계신 건 다이아몬드가 아니라 화이트 사파이어예요.'

'엥? 이게 사파이어라고?'

예상치 못했다는 듯 눈을 크게 뜨고 새삼스레 살펴본다. 그런데 아무리 봐도 다이아몬드 같다.

'화이트 사파이어가 틀림없어요. Round Brilliant Cut으로 커팅하면 다이아몬드와 아주 흡사하죠.'

도로시가 그렇다면 그런 거다. 현수는 고개를 끄덕였다.

'폐하처럼 눈썰미가 좋으신 분이 구분하지 못하는 이유는 진열장 유리 때문이에요. 이 유리는…'

잠시 도로시의 설명이 이어진다.

기준이 되는 다른 소리의 도움 없이 소리의 높이를 음이름으로 파악하는 능력을 '절대음감'이라 한다.

또, 어떤 음식을 맛보았을 때 그 맛을 구성하는 각각의 요소가 가지는 맛의 고유한 특징을 알아내는 능력은 '절대미각' 이라 한다.

현수는 '절대시각' 또는 '절대색감' 이라 할 수 있는 능력을 가지고 있다. 매의 눈보다도 더 예리하다.

진열장 유리는 겉보기엔 투명하지만 아주 연한 초록빛을 띠고 있다. 납 성분을 함유하고 있는 때문이다.

게다가 유리 아래쪽엔 방탄필름이 부착되어 있다. 강도나 도둑이 들어도 진열장을 깰 수 없도록 한 것이다.

이 두 가지 이유 때문에 굴절률이 커졌고, 분산도는 낮아졌다. 하여 다이아몬드가 아니라는 걸 알아차리지 못한 것이다.

*　　　*　　　*

'디자인을 보니 올가의 반지네요.'

'엥? 올가(Olga)라고?'

'네! 러시아의 마지막 황제 니콜라스 2세의 장녀예요.'

현수가 고개를 끄덕일 때 도로시의 설명이 이어진다.

'18번째 생일에 선물로 받은 반지의 디자인이네요. 가격은 30만 달러 정도 하겠어요.'

'30만 달러?'

반지 하나에 3억 5천만 원이 넘는다고 한다.

'네! 그 정도 가격을 부를 거예요. 깎으신다면 25만 달러까지는 내려갈 거예요.'

'깎기는….'

제국의 황제가 언제 가격 흥정을 해보았겠는가! 황제 체면에 깎아달라는 말을 꺼내는 것조차 남세스럽다.

'근데 사파이어가 여러 종류지? 화이트, 퍼플, 옐로우, 핑크, 블루, 브라운 말고 뭐가 더 있지?'

'그린, 바이올렛, 오렌지, 그리고 파파라차가 있죠.'

'흐음, 파파라차(Padparacha)라면 오렌지색과 핑크색이 섞여 저녁노을 색깔인 거 말하는 거지?'

'정확해요. 연꽃(Lotus Blossom)색상과 비슷하죠.'

파파라차 사파이어는 오직 스리랑카에서만 발견되는 것으로 매우 희귀하기에 상당히 비싸다.

때론 같은 크기의 다이아몬드를 능가하기도 한다.

보석 수집이 취미인 사람들도 평생에 한번 보는 것조차 어려운 희귀보석이니 그럴 만하다.

'흠, 사파이어가 10가지 종류라는 거네.'

'넵!'

다 알고 있으면서 새삼스레 왜 이야기 하느냐는 대꾸였다.

현수는 한때 보석세공에 심취한 적이 있었다.

아르센 대륙에서 고대 마법사의 레어가 발굴된 적이 있다.

갑작스러운 지각변동이 없었다면 영영 발견하지 못했을 것이다. 지진으로 인해 결계가 해제되었기에 발견된 것이다.

그것은 8서클 마스터에 이른 마법사의 레어였다.

9서클을 꿈꾸었지만 이루지 못하고 사망한 모양인데 상당히 많은 보석이 출토되었다.

어느 학파인지는 알 수 없지만 상당히 효율이 떨어지는 인챈트 전문이었던 것으로 추측되었다.

남겨진 마법진이 마나의 흐름을 제대로 제어하지 못하여 낭비되는 부분이 많았던 것이다.

발굴된 보석 중 상당수는 인간과 드워프가 활발히 교류할 때 만들어진 것이라 예술성이 높다 평가되었다.

이름 모를 마법사의 레어를 발견한 건 현수의 손자 중 하나였다. 성녀 스테이시 아르웬의 셋째 아들의 둘째 아들이다.

그는 출토된 모든 것들을 황궁에 헌납했다.

만들어지고 수천 년이 지난 것들이라 문서는 모두 삭아서 손만 대도 바스락거리며 부서졌다. 세월의 힘을 이기지 못한 것이다. 다만 보석들은 달랐다.

세팅된 부분은 삭았지만 보석 자체는 멀쩡했던 것이다.

이것들은 전문가의 세심한 손길을 받아 원상으로 복구된 뒤 황궁 박물관에 전시되었다.

이때의 현수는 뭐 할만한 게 없나 여기저기를 기웃거리던 때이다. 웬만한 것들은 다 섭렵했던 때인 것이다.

신하들은 무료해하는 황제를 위해 박물관 행차를 권유했다. 이때 8서클 마법사가 남긴 보석들을 보았고, 흥미를 느꼈다.

비록 조잡하기는 하지만 이실리프 학파와는 다른 마법진의 흔적을 보았던 것이다.

게다가 지구에 없는 보석도 상당히 많았기에 그에 대한 연구를 하고픈 생각이 들었다.

덕분에 20년 세월이 후딱 지나갔다. 남다른 집중력을 가진 현수이기에 마법진들은 모조리 개선되었다.

덕분에 인챈트와 관련된 학문이 비약적인 발전을 이루었다.

하긴 하나를 보면 백 이상을 짐작하는 초천재가 개입했으니 어찌 안 그렇게 되었겠는가!

드워프들의 도움과 조언에 힘입어 현수의 세공기술은 그들을 뛰어넘게 되었다. 청출어람청어람 했던 것이다.

아샤의 세트를 선택한 것은 뒤쪽에 새길 마법진에 대한 구상이 끝났던 때문이다.

지금 보고 있는 반지 역시 마법진을 그려 넣기에 적합한 디자인이기에 눈여겨보고 있는 것이다.

'화이트는 있으니 다른 걸로 만들라 하면 되겠네.'

'네? 누구 주시게요?'

전혀 예상치 못했다는 반응이다.

'다이안 멤버들도 줘야지.'

'아! 역시 폐하세요. 좋은 생각이십니다.'

'아부하지 마라.'

도로시가 이러는 이유는 다이안 멤버들을 황후로 점찍었기 때문인 것을 알기에 하는 말이다.

'제가 아부해서 얻는 게 뭐가 있다고요.'

'말은 그렇게 해도 뭔가 얻는 게 있지 않겠어? 양심에 손을 올려…. 아! 양심이 없구나. 도로시는!'

'쳇! 지금 절 놀리시는 거예요?'

현수가 도로시와 의견을 주고받는 사이에 점원 아가씨 안나는 사장과 통화를 마쳤다.

"손님! 기다리시게 하여 죄송해요. 주문제작은 저희 사장님 담당인데 금방 온다고 해요. 괜찮으시겠어요?"

아까보다 훨씬 정중해졌다.

"뭐, 그래요. 근데 이건 값이 얼마나 하죠?"

"아! 그거요? 그건…. 잠시만요."

안나는 본능적으로 가격표를 확인한다. 혹시라도 값을 잘못 부를까 싶은 것이다.

"이 반지는 31만 5,000달러로 가격이 책정되어 있어요."

한화로 3억 7,000만 원이 약간 넘는다고 한다.

"그래요? 근데 이것도 주문제작을 요청하면 만들어주나요?"

"그럼요! 원하는 보석을 말씀하시면…. 참! 이거 다이아몬드 아니에요."

"알아요. 화이트 사파이어인 거."

“어라! 어떻게 아셨어요? 지금까지 이거 알이 사파이어라는 걸 맞히신 분은 하나도 없었는데….”

안나는 화들짝 놀라는 표정을 지었다. 화이트 사파이어가 있다는 거 자체를 모르는 사람이 대부분인 때문이다.

그러거나 말거나이다.

“내가 원하는 건 다른 사파이어예요. 화이트를 뺀 나머지 색깔로 각각 하나씩 만들어줘요.”

“네? 5캐럿짜리 사파이어 반지를 색상별로 하나씩이요?”

안나는 또 놀란 표정이다.

보석상 점원이 된 후 공부를 열심히 하여 사파이어가 10가지나 됨을 아는 때문이다.

하나당 31만 5,000달러면 총 315만 달러이다. 그런데 또 문방구에 들어가 볼펜 한 자루 사는 것처럼 이야기한다.

수많은 부호들이 드나드는 굼 백화점이지만 이런 손님은 본 적이 없다. 하여 새삼스러운 눈으로 동양인 사내를 볼 때 시선이 마주친다.

“아! 파파라차는 조금 더 비싼가요?”

“어머! 그것도 아세요?”

“뭐, 어쩌다 보니….”

현수가 어깨를 으쓱할 때 출입구가 열린다.

“그, 그건…. 아! 저기 사장님 오셨네요. 잠시만요.”

가게로 들어선 사내는 50대 초반인 풍채 좋은 러시아 백인이다. 금방 온 걸 보면 그리 멀지 않은 곳에 있었는데 헐레벌떡 뛰어온 듯 거친 숨을 쉰다.

"사장님! 이 손님이세요."

굳이 말하지 않아도 동양인 사내는 하나뿐이다.

사장이란 사내가 후다닥 달려와 고개를 숙인다.

"아, 안녕하십니까? 저는 발레리 스미르노프입니다. 저희 가게를 방문해주셔서 진심으로 감사드립니다."

말을 마친 발레리 스미르노프는 명함을 꺼내들고 정중히 내민다. 허리는 숙였고, 표정은 아주 공손했다.

안나는 이 대목에 또 한 번 놀랐다.

제정러시아 귀족의 후손이라는 사장은 손님들에게 절대로 고개를 숙이는 법이 없었던 때문이다.

늘 대등하거나 상대적 우위를 점한 상태에서 상담했다. 정부고관이 왔을 때에도 마찬가지이다.

농업부 장관이 결혼 30주년을 맞이하여 이곳을 방문한 적이 있다. 부인에게 반지를 사주기 위함이다.

이들을 맞이한 발레리 스미르노프는 전혀 주눅 들지 않았다. 보석에 관한한 본인이 훨씬 더 전문적이기 때문이다.

거의 한 시간 만에 마음에 드는 것을 고른 장관의 부인은 비싸다면서 가격을 깎으려 했지만 결국 스미르노프 본인이 책정한 정가를 받아냈다.

'부인께서 원하시는 가격엔 팔 수 없으니 다른 가게로 가셔도 좋다' 는 말이 나오기 직전에 결정된 일이다.

다른 가게에서 귀빈대접을 받는 사람이라도 마찬가지이다. 절대로 굽신거리지 않고 당당하게 대했다.

상대가 기분 상해 나가버려도 전혀 신경 쓰지 않는다.

오히려 귀찮고, 성가시기만 한 손님이 더 이상 오지 않을 것에 만족했을 뿐이다.

"반가워요. 하인스 킴입니다. 근데 저는 명함이 없네요."

"아! 괜찮습니다. 다시 한번 저희 가게를 와주신 걸 정말 환영합니다. 안나! 손님께 자리도 권하지 않은 거야? 음료수는…? 저어, 차는 뭐가 괜찮겠습니까?"

발레리 스미르노프는 누가 봐도 안절부절이다.

여느 날처럼 굼 백화점에서 명품매장을 운영하는 동료상인들과 더불어 포커게임을 하던 중 안나의 전화를 받았다.

720만 달러를 카드로 긁으라는 손님이 왔다는 말에 웬 사기꾼 하나가 또 왔나 싶었다.

한번에 500만 달러가 넘는 매상을 올린 건 최근 10년 사이에 한 번도 없었다. 국제유가가 고공행진을 하여 러시아 경기가 상당히 괜찮을 때에도 없던 일이다.

하여 자리에서 벌떡 일어났다.

이웃 상인들도 분명 사기꾼이니 잡아서 주리를 틀어버리라고 들썩였다. 다들 한 두 번은 사기당한 경험이 있기에 하는 말이었다.

사기의 사전적 의미는 '나쁜 꾀로 남을 속인다' 는 것이다.

사(詐)는 '속이다, 거짓말하다, 말을 꾸미다, 함정에 빠뜨리다' 등의 뜻을 가진 한자이다.

기(欺)는 '속이다, 업신여기다' 라는 뜻을 가졌다.

따라서 '사기(詐欺)' 는 상대를 업신여기는 마음을 먹은 채 나쁜 꾀로 속여 함정에 빠뜨린다는 뜻이다.

상대가 누군지 모르면 업신여길 수가 없다. 따라서 사기는 안면이 있는 사람에게 당하게 마련이다.

도둑질을 당하면 단순히 돈이나 물건을 잃어버리는 것에서 끝나지만 사기는 물질적 피해뿐만 아니라 인간불신 같은 정신적 피폐라는 피해도 발생시킨다.

하여 이실리프 제국에선 사기를 살인과 동등하거나 오히려 더 엄중하게 처벌하고 있다.

사기죄로 입감되면 태형(笞刑)부터 가한다.

악어가죽 등을 꼬아 만든 채찍으로 후려갈기는 것이다.

채찍의 끝에는 작은 쇳조각들이 달려 있어 한 대 맞을 때마다 살점이 묻어나며 대부분 10대를 맞기 전에 기절한다.

사기꾼에게 가해지는 태형은 최소가 100대이니 10번 이상 기절할 정도로 맞아야 한다.

한번 기절하면 상처가 나을 때까지 기다렸다가 다시 불러내어 채찍질을 가한다.

형틀에 묶어 놓고 일꾼 로봇이 후려갈기는 것인지라 추호의 인정도 베풀어지지 않는다.

태형이 끝나면 곧바로 중노동이 시작된다. 택배 상하차는 저리가라 할 정도로 노동 강도가 센 작업을 하게 된다.

본인이 감옥에서 먹고, 자고, 입고, 씻는 것에 대한 대가를 치르는 것이다.

이 모든 것이 끝나면 거대한 호수 한 복판에 자리 잡은 '형벌도' 로 보내진다.

사실 이곳은 지구가 아니다. 외계 행성 중 하나인데 호수와 그 주변만 테라포밍 되어 지구의 한 곳처럼 느껴질 뿐이다.

다른 곳은 테라포밍이 완료되지 않았으니 당연히 아무도 이주하지 않은 텅 빈 곳이다.

이 커다란 호수에는 무시무시한 이빨을 가진 피라냐 같은 육식괴물들이 서식하고 있다.

섬을 벗어나 육지에 도달하려면 최소 1㎞ 이상 헤엄을 쳐야 하니 탈출은 불가능하다. 성체 코끼리라 하더라도 물속으로 들어가면 금방 뼛조각만 남는 때문이다.

이 섬에는 작은 샘이 하나뿐인데 근처엔 전투모기라 불리는 흰줄숲모기보다 더한 악질이 우글거린다.

시도 때도 없이 흡혈하려 달려드는 '우주모기' 가 그것이다. 알래스카 모기보다 약간 크며, 물리면 엄청 가렵다.

인간의 피는 외부에 노출되면 혈소판이 작용하여 응고되도록 설계되어 있다. 인간을 보호하기 위한 시스템이다.

따라서 모기가 사람의 피를 빨기 위해 빨대를 꽂으면 중간에서 굳어버릴 수가 있다. 그러면 어떻게 되겠는가!

하여 피를 빨기 전에 굳는 것을 방지하는 물질을 먼저 주입한다. 인간의 몸은 이런 자극에 대한 빠른 방어를 위해 히스타민(Histamine)이라는 물질을 분비한다.

이는 면역반응을 일으킬 때 생성되는 물질인데 가려움증을 유발시킨다. 참고로, 히스타민이 너무 과도하게 분비되면 아토피 같은 질병이 발생될 수도 있다.

아무튼 우주모기에게 물리면 가렵다 못해 엄청 따갑다는 느낌을 받는다.

너무 박박 긁어서 피가 나올 정도이며, 그 냄새에 이끌린 모기들이 더 집중적으로 달려들곤 한다.

우주모기 뿐만 아니라 쏘이면 엄청난 고통을 선사하는 곤충들이 지천으로 깔려 있다. 한번 쏘이면 혹이 어린아이 주먹만큼 부풀어 오르는 우주말벌도 있다.

이것들 모두 지구의 생물이 아니므로 인간이 가진 면역력으론 감당할 수 없다.

Chapter 02

싸인 한 장 해주세요

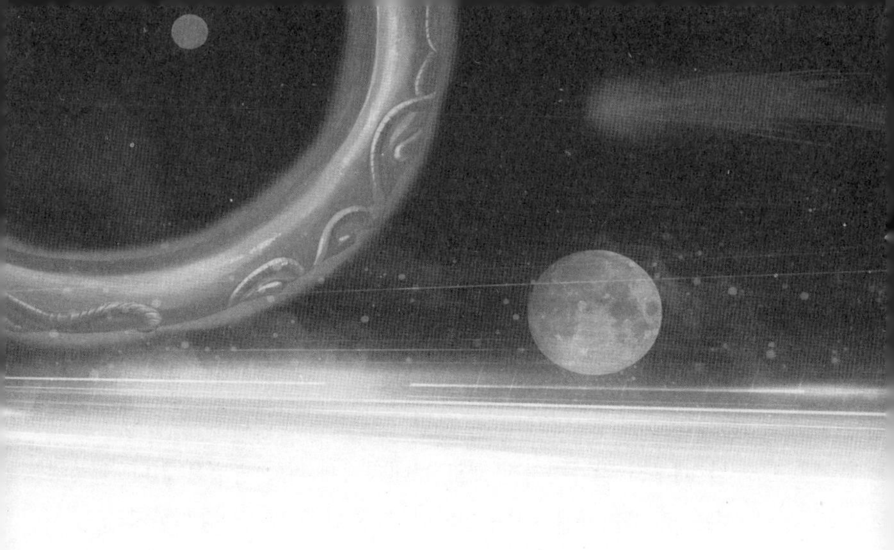

섬의 중앙엔 어린아이 키보다 약간 큰 나무들이 있는데 작은 열매가 열린다. 한 입 베어 물면 단물이 입 안 가득할 것만 같이 탐스러운 복숭아처럼 생긴 과일이다.

그런데 겉보기와 달리 맛이 아주 지랄이다.

달기는커녕 엄청나게 쓰고, 무척이나 짜다. 뿌리에서 빨아들인 암염성분이 농축된 때문이다.

짠맛은 염화나트륨이, 쓴맛은 마그네슘이 담당한다.

이밖에 복통을 일으키는 물질도 다량 함유되어 있다. 위에서 흡수되는 단백질 성분인지라 먹으면 금방 고통을 겪는다.

쥐어짜는 듯한 엄청난 복통은 위경련이 1시간 이상 지속되는 것과 맞먹는 고통을 느끼게 한다.

저절로 배로 손이 가고 어린아이처럼 웅크리게 된다.

입에서는 비명에 버금갈 신음이 토해지는데 그래봐야 금방 죽을 것 같은 고통은 조금도 줄지 않는다.

저도 모르게 몸부림을 치는 동안에도 우주모기와 우주말벌, 그리고 우주곤충들의 무자비한 공격을 받는다.

갈 때부터 발가벗겨진 채로 보내지기에 피할 방법은 없다.

손으로 때려잡을 수는 있지만 복통이 훨씬 더 강렬한지라 그럴 생각조차 하지 못한다.

아무튼 형벌도에 도착하면 그때부터는 먹지도, 마시지도, 잠을 자거나 쉬지를 못한다.

우주모기와 우주말벌 등이 밤낮없이 달려들기 때문이다. 하여 아무리 힘들고 지쳐도 쓰러져 자는 건 너무나 고통스럽다.

그렇게 열흘쯤 개고생을 하면 외곽 담장 아래 개구멍이 열린다. 사람 하나가 충분히 빠져나갈만한 크기이다.

이를 발견하고 서둘러 밖으로 나가면 아나콘다, 악어, 또는 코모도왕도마뱀 같은 우주괴물들이 기다리고 있다.

생긴 것은 지구의 그것들보다 훨씬 더 흉측하고 무시무시하다. 눈이 마주치는 순간 저절로 오금이 저려오고, 뜨뜻한 소변을 지릴 정도이다.

허겁지겁 개구멍으로 되돌아가려 하지만 이미 폐쇄된 후이다. 따라서 구원은 없다.

사기 친 자의 최후는 이들의 먹이가 되는 것이다.

모든 고통을 감내하면서 모두가 힘을 합쳐 땅굴을 파서 섬을 탈출한다 하더라도 갈 곳이 없다.

이곳은 지구가 아닌 미개척 행성이다. 집도, 절도, 도로도 없으며, 사람도 없고, 문명의 흔적조차 없다.

결계로 둘러싸인 곳을 벗어나면 우주방사선이나 자외선에 노출되어 심한 화상으로 금방 사망한다.

아무도 탈출할 수 없는 감옥에서 탈옥하는 영화들이 있었다. '알카트라즈' 나 '쇼생크 탈출' 같은 것이 그것이다.

하지만 이곳은 그래봐야 아무런 소용이 없다.

아무것도 없는 미개척 행성이라는 거대한 감옥에 갇혀 있기는 마찬가지인 때문이다.

이처럼 이실리프 제국은 사기꾼에겐 결코 자비를 베풀지 않는다. 오히려 아주 강력한 처벌을 내릴 뿐이다.

대한민국은 사기범죄 세계 1위인 국가이다.

따라서 사기꾼에 의한 피해자도 가장 많다. 사기범죄에 대한 형량을 대폭 상향해도 근절될까 말까하다.

어쨌거나 발레리 스미르노프는 사기꾼을 잡아 패대기를 칠 요량으로 포커판을 떠나 달려왔다.

그런데 경호원들이 앞을 가로 막는다. 내 가게를 가려는데 왜 막느냐고 했더니 신분증을 보여준다.

러시아의 짜르, 푸틴의 경호원이다. 정신이 번쩍 들었다.

그런 그에게 세계 최고의 부자인 하인스 킴이 행차했으며, 러시아 정부의 귀빈이니 절대 결례를 범하지 말라 하였다.

하인스 킴을 어찌 모르겠는가!

발표된 모든 곡이 빌보드 차트 1위이며, 세계 최고의 갑부이다. 최근엔 방사능 정화장치를 개발하여 매일 언론에서 접하는 세계에서 가장 핫한 인사이다.

체르노빌에서 있었던 일은 생방송으로 전 세계에 방영되었다. 어마무시 했던 방사능 측정장치들의 숫자가 일제히 0으로 바뀌는 건 한 편의 마술쇼를 보는 듯 했다.

아무도 해결하지 못했던 문제를 해결한 현수는 그것만으로도 노벨상을 받아 마땅하다는 평가를 받았다.

그런데 모든 암을 치료하는 장치도 개발하였다고 한다.

게다가 콩고민주공화국과 우크라이나, 그리고 벨라루스로부터 엄청난 면적의 땅을 조차지로 받게 되었다.

일련의 뉴스는 세계인을 깜짝 놀라게 하기에 충분했다.

그런 사람이 본인의 가게에 와 있다니 순간적으로 정신이 번쩍 들었다. 블라디미르 푸틴과 메드베데프가 동시에 왕림한 것보다 더한 영광이라 생각한 때문이다.

현수를 보는 순간 왠지 모르게 저절로 허리가 굽혀졌고, 평상시와 달리 본인을 낮추고 있다.

황제의 위엄에 감화된 결과이다.

"여, 여기 앉으세요."

안나가 의자를 당겨오자 발레리는 이맛살을 찌푸린다.

"안나! 음료수도 종류별로 내와. 밖에 있는 경호원들에게도 한잔씩 대접하고."

"네? 아, 네에. 사장님."

안나가 다시 내실로 들어가자 발레리는 몹시 송구스럽다는 표정이다.

"안나가 조금 맹해서 아직도 대표님이 누구신지 모르는 모양입니다. 죄송합니다."

"아이고, 아닙니다. 괜찮아요."

상대가 이러니 기꺼운 마음으로 앉을 수밖에 없다. 그런데 조금 불편하다. 안나가 쓰던 것이라 높이가 낮아서 그렇다.

현수는 레버를 당겨 높이를 조절하였다.

"불편하세요? 의자를 바꿔올까요?"

"아뇨! 괜찮아요."

높이 조절을 마치니 한결 편안하다.

"그러시다면…. 그나저나 이거에 관심이 있으시다고요."

발레리는 아샤의 세트를 손가락으로 가리킨다.

"그래요. 그거 한 세트 더 만들어줘요. 같은 크기의 투명 다이아몬드와 사파이어로 장식된 걸로요. 가능하죠?"

"아이고, 그럼요! 최선을 다해 모시겠습니다."

"그리고 이 반지 말이에요."

"아! 네에."

크기에 비해 너무 비싸서 안 팔리는 물건이다.

"사파이어 종류가 여러 가지인 걸로 알고 있어요."

"네! 그렇죠. 모두 해서 열 가지가 있습죠."

상대의 말을 경청하는 한편 가급적 짧게 동조하는 모습을 보이는 발레리는 확실한 장사꾼이다.

"그거 종류별로 하나씩 주문제작을 의뢰하려고 해요."

"저, 전부 말씀이십니까?"

이런 주문은 처음이기에 놀란 표정이다. 하지만 현수는 태연하다.

"가능하다면 말이죠."

"아, 알겠습니다. 이 또한 최선을 다해 만들어 올리도록 하겠습니다."

발레리는 크게 고개를 끄덕인다. 무슨 뜻인지 확실하게 알아들었다는 뜻이다.

"이 반지의 가격이 개당 31만 5,000달러라고 들었어요."

"아닙니다. 개당 28만 달러만 받겠습니다."

알아서 깎아준다고 한다. 체면 상할 일이 아니니 굳이 거절할 필요가 없다.

"그럼 다 합쳐서 딱 1,000만 달러네요."

한화로 117억 5,750만 원이다.

"……!"

그런데 발레리가 얼른 대꾸하지 않는다. 마음속에 갈등이 생긴 때문이다.

"대표님…! 죄송하지만 부탁 하나 드려도 될까요?"

몹시 송구스럽다는 표정이다.

"부탁이요…? 뭐죠?"

"이런 말씀드리기 죄송한데 저희 가게를 위한 싸인 하나 해 주셨으면 합니다."

"제 싸인이요?"

"네! 한 장 부탁드립니다."

두 손을 맞잡은 채 연신 고개까지 조아리는 모습이 아주 공손하다 느껴졌다.

"뭐, 그러죠!"

돈 드는 일도 아니고, 큰 힘이 드는 일도 아니다.

"아! 감사합니다. 자, 잠시만요."

허락이 떨어지자 발레리는 후다닥 내실로 달려간다. 그러곤 B4사이즈 상아색 하드보드와 매직펜을 가져왔다.

이를 받아 든 현수는 쓱쓱 싸인을 했다.

아샤의 눈물!

친절에 감사드리며, 나날이 번창하여 세계적인 보석상점들과 어깨를 나란히 하기는 명품 점포가 되기를 바랍니다.

2016년 10월 31일

— 하인스 킴

세계에서 가장 유명한 보석상점을 꼽으라면 뉴욕에서 시작한 티파니(Tiffany & Co.)가 빠지지 않는다.

1837년에 찰스 루이스 티파니가 뉴욕에 매장을 연 것이 시초이다. 그 후 고급 보석브랜드로 성장했고, 현재는 전 세계에 약 300개의 매장을 가지고 있다.

1961년엔 오드리 헵번이 주연한 '티파니에서 아침을' 이란 영화가 개봉되면서 더욱 명성 높은 명품 브랜드가 되었다.

2015년 이후 현재는 매출과 이익 하락으로 고전하고 있다.

이전의 역사대로 진행된다면 앞으로 3년쯤 후에 루이비통(LVMH)에 매각된다. 그때의 매각가는 162억 달러이다. 한화로는 약 19조 원에 해당된다.

이 정도면 성공한 보석상점이라 할 수 있다.

어쨌거나 티파니는 남의 상점이다. 하여 티파니 만큼 성장하라고 쓰지 않았다. 괜한 광고가 되는 때문이다.

현수의 러시아어 필체는 가히 캘리그라피(Calligraphy)의 정점(頂點)이라 표현해도 괜찮을 만큼 멋졌다.

훗날 이 점포를 방문한 러시아 예술원 원로들은 이구동성으로 러시아 문자인 키릴문자(Кириллица)의 폰트 중 하나로 결정한다.

현수의 싸인은 더욱 멋졌다.

'아르센의 황제 하인스 킴' 이라 쓰였는데 이는 고대 아르센 대륙 공용문자를 필기체로 휘갈긴 것이다.

이는 이실리프 제국 황제의 수결로 쓰였다.

친구이자 장인인 레드 드래곤 라이세뮤리안은 이 문자들을 알려주면서 동시에 특별한 방법을 알려주었다.

글씨에 특별한 의미를 담는 방법이다.

서예를 배우게 되면 글씨를 쓸 때 점과 획이 비록 끊겨 있어도 필세, 필의는 연속돼야 한다는 뜻의 필단의연(筆斷意連)이라는 말을 듣게 된다.

필세(筆勢)란 글씨에 드러난 문장의 힘이고, 필의(筆意)는 글자를 그러한 모양으로 쓴 의도를 뜻한다.

방금 휘갈긴 것은 이실리프 제국 황제의 싸인이다.

당연히 그만한 품격과 위엄이 담겨 있다. 라이세뮤리안으로부터 배운 특별한 방법대로 쓴 것이기 때문이다.

하드보드를 받아 든 발레리는 상기된 표정이다. 싸인이 너무나 멋졌고, 특별하다는 것을 대번에 느낀 것이다.

하여 연신 고개를 조아린다.

"감사합니다. 정말 감사합니다."

값진 보물이라도 받은 듯 환한 미소를 짓고 있다.

"여기 이것들은 가져가도 되죠?"

현수는 아샤의 세트와 사파이어 반지를 가리켰다.

"아, 그럼요. 잠시만 기다려주십시오."

"그래요! 대금 결제는 아까 준 카드로 하세요."

"네에! 아샤의 세트 두 개와 사파이어 반지 10개 합쳐서 900만 달러 결재하겠습니다."

"에? 1,000만 달러 아닌가요?"

"멋진 싸인을 해주셨으니 10% 할인해드립니다."

말을 마친 발레리는 환한 웃음을 짓는다.

100만 달러면 12억 원에 가까운 돈이다. 작은 장사꾼이라면 절대 포기 못할 금액이다.

그럼에도 발레리는 전혀 속 쓰리지 않은 표정이다.

세계적인 부호 하인스 킴의 싸인은 액자에 넣어져 전시된다. 아샤의 눈물에서 보석을 구입하는 손님들에겐 특별히 이 액자를 만져볼 기회를 줄 것이다.

모르긴 몰라도 아샤의 눈물이 미어터질 지경으로 손님들이 몰려들 것이다. 이미 부자지만 더 부자가 되고 싶은 욕심이 그렇게 만든다.

지금은 100만 달러를 깎아줬지만 그들로부터 얻는 이익은 1,000만 달러를 훌쩍 넘길 수 있을 것이다.

그와 동시에 티파니처럼 엄청난 가치를 지닌 보석상점으로 이름을 드날릴지도 모른다.

그렇기에 싱글벙글하며 공방으로 보낼 작업지시서의 내용을 꼼꼼하게 기입하고 있다.

한편, 현수는 진열장 안의 장신구들을 보느라 여념이 없는 지윤에게 시선을 주었다.

"지윤씨! 잠시 이리 좀 와볼래?"

"네? 저요? 아! 네에."

지윤은 현수의 부름에 얼른 다가섰다.

현수는 아샤의 세트 중 목걸이를 들었다. 지윤은 별다른 표정 없는 담담한 얼굴이다.

'이거 엄청 비싼 거 같은데 누굴 주려고 사신 거지?'

본인을 위해 매입한 것이라곤 전혀 상상도 못하는 모양이다. 일개 비서에게 몇십 억짜리 장신구를 줄 것이라 누가 생각하겠는가!

'아! 이게 청혼예물이면 얼마나 좋을까?'

한걸음 다가선 현수에게서 그윽한 체취가 느껴진다.

지윤은 현수의 이삿짐을 정리할 때 스킨과 로션, 그리고 향수가 없음을 알고 괜찮은 걸 골라서 사다 놨다.

본인의 취향대로 은은한 냄새가 풍기는 것이다. 그런데 그것과는 다른 체취였다. 넓은 가슴에 고개를 묻고 하염없이 안겨 있고픈 마음이 절로들만큼 매혹적인 냄새이다.

남성용 스킨과 로션을 살 때 냄새를 다 맡아본 바 있다. 그런데 기억에 없는 냄새이다.

하여 뭔 냄새인가 싶어 고개만 갸웃거린다.

'하~! 좋다.'

딸깍~!

목걸이 고리장식이 채워지는 소리가 들렸다.

"거울 한 번 봐봐."

앞에 있던 현수가 옆으로 물러나며 진열대 위의 거울을 지윤 쪽으로 돌렸다.

"와! 엄청 예뻐요."

"맘에 들어?"

"제 맘에 들어봐야 뭐하겠어요. 근데 이거 누구 주시려고 사신 거예요?"

"맘에 든다니 다행이네. 그리고 이건 수고해줘서 고맙다는 뜻으로 내가 주는 거야."

"네에?"

지윤의 눈이 대번에 커진다. 그렇지 않아도 작지 않은 눈이었는데 더 크게 뜨니 안구가 튀어나오려는 듯하다.

* * *

"지윤씨에게 주는 내 선물이라고. 나중에 내가 달라고 하면 한번 벗어줘."

"네? 버, 벗어요?"

지윤은 무슨 상상을 했는지 두 볼이 능금처럼 달아오른다.

"응! 내가 말하면 그때…! 그리고 이거."

반지를 건네려던 현수는 움직임을 멈춘다. 멋없이 그냥 건네주는 것 같아서이다. 이때 지윤이 손가락을 내민다.

'이 반지는 대체 무슨 의미지? 청혼하시는 건가? 아! 그런 거면 너무 좋은데.'

반지가 큰지 지윤의 약지엔 헐렁거리자 이를 빼서 중지에 끼워주었다. 약간 빡빡하지만 들어가긴 했다.

'헐~! 이건, 틀림없는 청혼이야.'

결혼반지를 중지에 끼운다는 생각을 한 것이다.

'근데 약혼도 안 하고 바로 결혼? 아! 나 어떻게. 어떻게…. 우리 결혼식은 어디서 하지? 하객으로 누굴 부를까?'

친한 친구들이 떠오른다.

'일단 혜진이, 미숙이, 선혜는 불러야겠지? 근데 경진이 고 계집애도 불러야 하나? 샘이 많아서 엄청 짜증내겠네.'

문득 부모님도 떠올랐다.

'히히! 엄마 아빠에겐 뭐라 말하지? 청혼 받았다고 하면 기절하시겠네. 호호호!'

지윤은 혼자서 온갖 망상을 하고 있었다.

한편 현수는 다소 빡빡하게 끼워진 반지가 빠지지 않을 수도 있음을 생각하고 있었다.

'중지에 끼기엔 약간 작고, 약지엔 크네. 나중에 오토 사이즈(Auto size) 마법진을 새겨야겠군.'

어느 손가락에 끼든 저절로 크기가 조절되는 마법이다.

현수는 마법진을 떠올려보았다. 마지막으로 반지를 선물해

본 게 언젠지를 떠올려보니 얼추 1,700년쯤 전의 일이다.

사랑하는 아내 엘리시아 나후엘 드 율리안을 위해서 만든 반지를 끼워줬던 기억이 난다.

엘리시아는 마법을 몹시 배우고 싶어 했으나 불행히도 재능이 없었다. 마법에 관심이 없던 줄리앙을 제외한 다른 아내들은 모두 5서클 이상일 때이다.

엘리시아는 그녀들과 어울려 여기저기 돌아다니는 것을 좋아했는데 혼자만 플라이 마법을 쓸 수 없었다.

하여 길들인 와이번(Wyvern)이나 만티코어(Manticore)를 이용토록 했다. 그런데 싫다고 거절했다.

엘리시아는 승마를 하지 않았다. 가랑이를 벌리고 올라타는 것을 싫어했던 것이다.

인간에게 다소 친숙하다 할 수 있는 말이 이런데 몬스터인 와이번이나 만티코어는 어떻겠는가!

하여 플라이 마법진이 새겨진 반지를 만들었다. 직접 세공과 세팅까지 한 뒤 마법진을 새긴 것이다.

안전을 위해 여러 마법진이 중첩되어 새겨졌는데 가장 나중에 새긴 게 오토 사이즈 마법진이다.

엄청 오래 전 일이지만 성능 좋은 뇌는 그 형상을 또렷이 기록해두고 있었다.

따라서 인라지(Enlarge) 마법으로 크기를 키운 후 새기기만 하면 된다. 하는 김에 다른 마법진들까지 넣으면 나중의 귀찮음이 사라질 것이다.

우선은 앱솔루트 배리어(Absolute barrier)이다.

이게 구현되면 인체를 마나 구체(球體)가 감싼다. 냉기와 열기는 물론이고, 모든 압력으로부터 자유롭다.

심장을 기준으로 반경 2m짜리이니 내부체적은 약 33.5㎥이다. 내부의 공기로 호흡을 할 수 있으므로 물에 빠져도 안전하며, 인명살상이 목적인 사린가스나 독연(毒煙)으로도 가득 찬 곳에서도 견뎌낼 수 있다.

시뮬레이션 결과 핵폭발에서도 안전했다. 따라서 총알이나 폭탄 따위로는 털끝조차 건드리지 못한다.

교통사고 역시 마찬가지이다.

이밖에 면역력을 향상시켜 질병으로부터 안전해지는 임플로빙 이뮤너티(Improving immunity)도 필요하다.

각종 전염병으로부터 완전히 자유롭게 된다.

아울러 모든 피로를 해소시켜 주는 바디 리프레시도 있어야 한다.

늘 최상의 컨디션을 가지라는 의미이다.

위급한 순간에 지정된 장소로 귀환케 하는 오토 워프는 필수불가결이다. 앱솔루트 배리어로도 감당이 안 되는 상황일 때 사용된다.

현수가 이런저런 생각을 할 때에도 지윤은 망상 중이다.

'이제 나와 결혼해 줄래? 이렇게 물으실 거야.'

지윤은 모스크바의 보석상점에서 청혼을 받을 거라곤 생각지 못했다.

하긴 한국인 중 누가 이곳을 청혼 장소로 생각하겠는가!

'오늘부터는 하루에 두 번은 샤워를 해야 하나? 아이, 부끄러운데.'

지윤의 망상은 끝없이 이어지고 있다.

"반지 마음에 들어?"

"네? 아, 네에. 그럼요. 아주 마음에 들어요."

반지의 알이 제법 크다는 것은 인식하였지만 자세히 살피지는 않았다. 그럴 마음의 여유가 없는 때문이다.

그러고 보니 알이 크다.

'이거 몇 캐럿이나 할까? 2캐럿? 3캐럿…? 꽤 크네.'

결혼한 친구들의 반지를 떠올리고는 고개를 갸웃거렸다.

캐럿은 일반적으로 다이아몬드 같은 보석의 질량을 재는 단위로 사용된다. 참고로, 1캐럿(Carat)은 200㎎이다.

0.2g이 1캐럿이니 5캐럿이라고 해봐야 1g에 불과하다.

"보증서는 조금 있다가 줄 거야."

"보증서요?"

"여긴 러시아니까 아마 ALROSA에서 발행한 걸 줄 거야."

"알… 로사요? 처음 들어요."

"세계 최대 규모 다이아몬드 채굴기업의 이름이야. 러시아 국영기업인데 이 회사는 세계 다이아몬드 원석의 20% 이상을 생산하고….”

잠시 알로사라는 회사에 대한 설명이 이어졌다.

“아…!”

지윤은 고개를 끄덕인다.

알로사의 감정이 미국 보석감정연구소인 GIA의 감정과 동일하다는 말을 들었을 때이다. GIA가 어딘지는 들어본 바 있기에 확실히 이해했다는 뜻이다.

“근데 이건 값이 얼마나…. 어머나! 아니에요.”

선물을 받아놓고 돈을 얼마나 줬냐고 묻는 것과 같음을 깨달았기에 얼른 얼버무린다.

“목걸이는 300만 달러, 반지는 60만 달러! 근데 10% 할인 받았으니까 270만 더하기 54만 해서 324만 달러네.”

“네에?”

지윤의 눈알이 튀어나오려고 한다. 한화로 38억 원 가량이라는데 어찌 안 그렇겠는가!

“고맙다는 뜻으로 주는 거니까 거절은 거절이야.”

“……! 이렇게 비싼 걸 왜 저에게…?”

“얘기 했잖아, 고마워서라고!”

“정말 그 뜻이에요?”

지윤은 현수의 시선을 피하지 않았다. 진의를 알고 싶었기에 용기를 낸 것이다. 이때 도로시가 끼어든다.

‘찬스예요! 사랑한다고 말해주세요.’

'어딜 끼어들어? 묵음모드!'

'쳇! 진짜 좋은 기회란 말이에요. 사랑한다고 말씀하시는 게 정 쑥스러우시면 그냥 좋아한다고 말씀하세요.'

'내가 좋아한다고…?'

현수는 잠시 대화를 끊고 스스로를 되돌아보았다.

지윤은 예쁘고, 똑똑할 뿐만 아니라 예의도 바르고, 지혜롭고, 현명한 것 같다.

E—GR을 복용시켰으니 육체적으로는 거의 완벽에 가깝다. 시간이 조금 더 흐르면 '거의' 라는 표현을 빼도 된다.

서서히 완벽해지는 중이기 때문이다.

스스로를 반추해보니 지윤을 꺼리거나 기분 나빠하는 감정이 전혀 없다. 그렇다 하여 무관심한 것도 아니다.

저울의 추가 조금이라도 호감 쪽에 쏠려 있음을 의미한다.

도로시로부터 휴먼하트의 적응이 거의 다 되었다는 말을 듣지 않았다면 다시 한번 가정을 꾸려볼 생각을 했을 것이다.

지윤을 선택하는 건 나쁘지 않을 것이다. 그렇기에 잠시 망설였다.

'제가 쭉 지켜봤는데 지윤님만 한 배우자감이 없어요. 그러니 반지를 끼워주신 김에 그냥 결혼하자고 하세요. 분명히 승낙할 것에요.'

'으음!'

어떤 대답을 할지 고심하고 있을 때 지윤의 고운 입술이 달

싹인다.

"고맙다고 주시는 거 치고는 너무 과분하잖아요."

지윤은 반지를 빼려하고 있다. 본의 아닌 밀당이다. 절대로 안 갖겠다고 하면 준 사람 체면은 어찌 되겠는가!

잠시 뻘쭘하고 끝날 일이 아니다.

"뭐 다른 뜻도 조금은 있지."

"네? 다른… 뜻이요? 그래서 벗으라고 하신 거예요?"

이번엔 다소 도발적인 표정이다. 이미 마음을 빼앗겼으니 언제든 벗으라면 벗을 마음이 있다.

친구들로부터 파과[4] 의 고통에 대한 다소 과장된 이야긴 들었지만 그 또한 언젠가는 경험하게 될 일이다.

마음만 먹으면 얼마든지 견딜 수 있을 것이다. 하지만 이유는 알고 싶다. 하여 현수에게 도전적인 시선을 주고 있다.

"그건…."

현수가 뭐라 대꾸하려 할 때 발레리 스미르노프가 나왔다.

"이건 보증서입니다. 그리고 이건 카드 전표구요."

현수는 대답 없이 보증서와 전표를 받았다.

"이거 보증서래."

현수가 보증서를 건넬 때 반지를 빼려 힘을 쓰고 있던 지윤이 대답한다.

"아뇨!

---

4) 파과(破瓜) : 성교(性交)에 의하여 처녀막이 터짐

받을 수 없어요. 제겐 너무 과분해요."

"과분은 무슨…! 내 여자에겐 과분이란 건 없어."

"……?"

지윤은 움직임을 멈췄다. 그러곤 고개를 들어 시선을 마주 친다. 내 여자가 무슨 뜻이냐는 표정이다.

"지윤은 나랑 가장 밀접하잖아. 안 그래? 그러니까 나중에 벗어달라고 하면 꼭 그렇게 해야 해. 알았지?"

"……!"

지윤의 두 볼이 잘 익은 능금처럼 달아오른다. 그러더니 고개가 툭 떨어진다. 그러곤 아주 작은 음성으로 대답한다.

"네에."

그러곤 이렇게 생각하였다.

'부끄럽게 왜 자꾸 벗으라고 하시지?'

벗으라고 한 적은 없다. 벗어달라고 했을 뿐이다.

목걸이나 반지를 빼달라는 의미인데 잘못된 어휘를 선택한 것인데 현수는 이를 알아차리지 못하고 있다.

중세국어와 현대국어엔 상당한 괴리가 있다.

그때 사용하지 않던 표현이 생겼고, 같은 말이라도 그때와는 다른 의미로 사용되는 표현도 상당히 많다.

예를 들자면 '하다' 와 '얼굴', '근사하다' 를 꼽을 수 있다.

중세국어에서의 '하다' 는 단지 '많다' 는 의미였다.

현대엔 '사람이나 동물, 물체 따위가 행동이나 작용을 이루다' 라는 의미로 쓰인다.

'얼굴' 은 본시 '형체' 를 뜻했으나 현대엔 '낯' 만을 가리킨다.

'근사하다' 는 '거의 같다' 는 의미였으나 '그럴듯하게 괜찮다' 라는 의미로도 쓰이고 있다.

서기 3000년쯤부터는 목걸이나 반지를 '빼다' 는 표현을 쓰지 않았다.

'빼다' 라는 어휘에 다소 부정적인 뉘앙스가 있기 때문이다.

사전적 의미를 찾아보면 '전체에서 일부를 제외하거나 덜어내다', '두렵거나 싫어서 하지 않으려 하다', '피하여 달아나다' 같은 것들이 있다.

이를 부정적이라 여긴 것이다.

하여 국어학자들은 '빼다' 라는 표현 대신 '벗다' 로 바꾸자고 의결했다. 덜 부정적이라 선택된 어휘이다.

하여 서기 3000년 이후 4946년까지 약 2000년 동안 '반지를 빼다' 보다는 '반지를 벗다' 라는 용어를 사용했다.

이러니 현수는 이 시대에 맞지 않는 표현을 썼다는 걸 전혀 의식하지 않고 있다.

하여 지윤이 계속해서 오해를 하고 있지만 마음 속 일을 현수가 어찌 알겠는가!

'언제 벗으라고 할지 모르니 매일매일 깨끗이 씻어야 하는 건가? 하루에 샤워 두 번? 으으, 어떻게 어떻게?'

고개 숙인 지윤은 이런 생각을 하며 부끄러워했다.

"주문하신 물건이 완성되면 어떻게 연락을 드릴까요?"

"제 번호를 알려드릴 테니 전화주시면 됩니다."

말 떨어지기 무섭게 메모지와 펜이 대령된다. 휴대전화 번호를 써주니 소중한 보물 대하듯 한다.

"이 번호가 외부에 알려지지 않았으면 합니다."

"아! 물론입니다. 각별히 관리하겠습니다. 감사합니다."

발레리는 당연하다는 듯 고개를 끄덕인다.

내실에 있던 안나는 아샤의 세트 케이스를 들고 나왔다.

오래 전에 만들어졌고, 캐비닛 속에 보관되어 있는 동안 쌓인 먼지를 서둘러 털어낸 흔적이 살짝 남아 있었다.

현수가 건넨 케이스를 받아 든 지윤은 살짝 고개를 숙였다.

"고마워요."

"고맙긴!"

아샤의 눈물을 나온 일행은 천천히 걸어 바실리 성당과 주변을 둘러보았다.

그렇게 시간을 보내고 있을 때 경호원 중 하나가 다가왔다.

"총리 관저로 가실 시간입니다."

"아! 그래요? 그럼, 그럽시다."

"어서 오십시오."

드미트리 메드베데프가 환한 웃음을 지으며 안으로 들어오라는 손짓을 한다.

"불러주셔서 고맙습니다."

"아이구, 무슨 말씀을…."

"이쪽은 제 비서 겸 여자 친구인 지윤 킴입니다."

"… 아! 그래요?"

메드베데프는 아주 잠깐 멈칫하면서 지윤의 위아래를 훑어본다. 세계에서 가장 부유한 사내의 여인이 될 예정이니 뇌리에 각인시키려는 의도였을 것이다.

현수와 지윤만 안으로 들어갔고, 신일호는 현관 입구에서 다른 곳으로 안내되었다.

"어서 오세요."

휠체어에 앉은 스베틀라나 메드베데프 부인이다.

"네, 부인!"

현수는 정중한 예를 갖춘 후 지윤이 들고 있던 꽃다발을 건넸다. 보라색과 노란색 프리지아가 섞인 것이다.

"어머, 예뻐라! 고마워요."

스베틀라나 여사는 진심으로 기쁜 표정을 짓는다.

남편은 국정(國政) 때문에 늘 바쁘고 피곤해 한다. 하여 이런 꽃 선물을 언제 받아봤는지 기억이 가물가물하다.

"이쪽은 제 비서 겸 여자 친구인 지윤 킴입니다."

"안녕하세요, 부인!"

다소 어색한 러시아어였다.

"반가워요! 저희 집에 오신 걸 환영한답니다."

스베틀라나 여사는 환한 웃음으로 지윤을 맞이했다.

Chapter 03

—

그 약 먹을래요

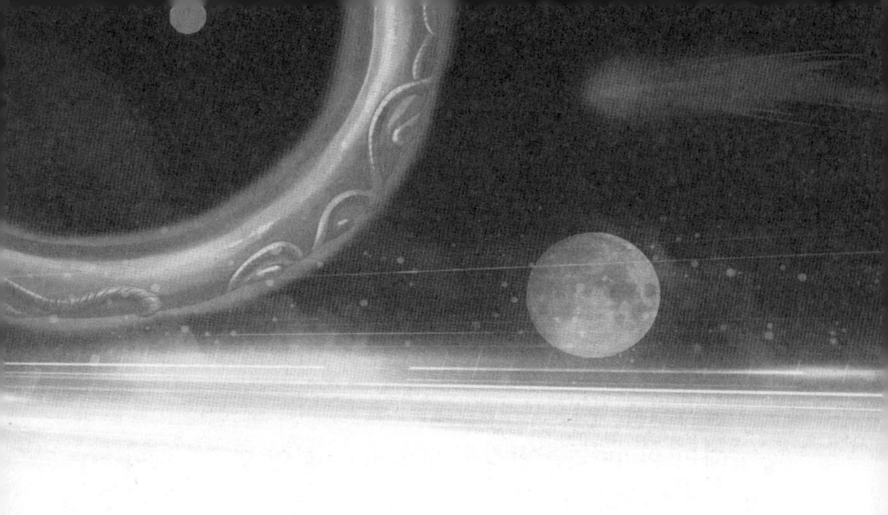

잠시 후 넷은 공관 다이닝룸에 착석해 있다.

커다란 테이블 한 가운데에 화려한 꽃 장식이 있고, 격식을 갖춘 촛대들이 있다. 식사가 시작된 것이 아니라 아직 불을 붙이지 않았지만 조도(照度)는 충분했다.

"음식을 바로 내오라고 할까요?"

메드베데프가 묻자 현수가 대꾸한다.

"아뇨! 아직 이르니 차부터 한잔 부탁드려도 될까요?"

밥 먹기 전에 할 일이 있어서이다.

"그럼요! 어떤 걸 내오라고 할까요? 커피도 있고 다른…?"

"러시아 가정에서 마테차를 즐긴다는데 혹시…?"

"마침 아르헨티나에서 들여온 꽤 괜찮은 게 있습니다."

"아! 그거 좋군요. 부탁드리겠습니다."

"그럼, 레이디는 어떤 차를 원하시는지요?"

지윤은 총리의 말을 알아듣지 못하였다.

한국의 고질적인 언어교육 방식 때문이다. 활자로 된 문장이라면 바로 이해했겠지만 듣기가 잘 안 되는 것이다.

하여 어리바리한 표정을 짓고 있다. 하여 현수가 끼어든다.

"차부터 마시기로 했어. 뭐로 달라고 할까? 커피 아님…?"

"아뇨! 커피 말고 다른 거요."

커피는 졸음을 쫓고, 집중력을 높여주는 장점도 있지만 이뇨작용을 촉진하는 단점이 있다.

커피에 함유된 특정성분이 수분재흡수 호르몬(ADH)의 분비를 억제시켜 화장실을 자주 찾게 하는 것이다.

집이라면 마음 편히 드나들면 되지만 이곳은 러시아 총리 공관이다. 확실하게 예절을 갖춰야 하는 곳이다.

화장실이 어디에 붙어 있는지, 내부구조가 어떤지 전혀 알지 못한다.

그러니 자주 화장실을 들락거릴 일을 만들지 않는 것이 현명하기에 거절한 것이다.

사실 지윤은 여느 한국인처럼 커피를 좋아한다.

"싫어? 그럼 마테차는…? 난 그걸 달라고 했는데."

"마테차요? 그거 좋죠."

마테차는 남미의 원주민들 사이에선 '신의 음료'라 불린다. 유럽에서는 '인디오의 녹색 골드'라고 이야기 한다.

성인병 예방에 좋으며, 노화방지 및 피부미용에 좋기에 남미에서는 커피나 녹차보다 더 선호한다.

마테차는 녹차와 비슷한 맛인데 떫은맛이 적어서 깨끗한 느낌이다.

이것 역시 이뇨작용을 촉진시키는 효과가 있지만 지윤은 모르는 사실이다.

참고로, 이뇨(利尿)란 오줌의 양을 늘려 소변이 잘 나오게 하는 것이다.

"마테차를 내오도록!"

총리의 지시를 받은 가정부가 나가니 잠시 묘한 침묵이 흘렀다.

그간의 안면도 없고, 공통의 관심사도 없으니 마땅히 할 말이 없었던 것이다. 이걸 깬 건 현수이다.

"외람된 말씀이지만 부인께서 골다공증으로 고생한다 들었습니다."

"어! 그걸 어떻게…?"

장본인인 시베틀라나 여사는 그런가 하는 표정인 반면 메드베데프는 매우 놀란 표정이다.

아내의 병조차 정적(政敵)들에겐 무기가 될 수 있음을 알기에 외부로 알려지는 걸 막았다.

골다공증을 진단해주었던 병원의 모든 의무기록은 1급기밀로 지정되어 아무나 열람할 수 없도록 하였다.

열람권한을 가진 이는 매일 공관을 방문하여 아내를 돌봐주는 주치의와 간호사로 한정시켰다.

하여 아내의 골다공증을 아는 이들은 극히 제한적이다. 주치의와 전담간호사, 그리고 푸틴과 직계가족뿐이다.

집안의 가사를 돌보는 가정부조차 스베틀라나 여사가 골다공증임을 모른다. 진단 이후에 채용된 때문이다.

아들의 심각한 안구 염증 또한 같은 조치가 취해졌다.

아무튼 아내의 병은 거의 극비로 취급되어 있다. 그런데 외국인인 하인스 킴의 입에서 아무렇지도 않게 흘러나오자 대경실색까지는 아니지만 그에 버금갈 정도로 놀란 것이다.

이때 현수의 말이 이어진다.

"총리님! 혹시 대통령님으로부터 저희 Y-그룹의 정보력이 꽤 괜찮다는 말씀을 못 들으셨는지요?"

"아…!"

오늘 오후, 터키대사와의 회의 도중 잠시 브레이크 타임을 가진 바 있다. 그때 푸틴으로부터 들은 이야기가 있다.

"자네 오늘 얼룩말 무늬 팬티를 입었는가?"

"네? 뭐라고요?"

이 무슨 해괴망측(駭怪罔測)한 말이란 말인가! 하여 웬 망발이냐는 표정으로 푸틴을 바라보았다.

푸틴도 본인의 물음이 다소 생경(生硬)할 것이라 생각하는지 빙그레 웃으며 말을 잇는다.

"팬티 말이네. 얼룩말 무늬 밤색 드로즈인가 확인해 보게."

"네? 그게 무슨…?"

사내들은 본인이 어떤 팬티를 입고 있는지 확실하게 기억하지 못하는 이가 많다. 별 관심이 없기 때문이다.

"이유는 묻지 말고 확인부터 해보게."

"쩝…! 알겠습니다."

거듭된 재촉을 못이긴 메드베데프는 본인의 팬티를 확인했다.

푸틴의 말대로 얼룩말 문양 밤색 드로즈라고 하자 매우 놀랍다는 표정을 짓는다.

"허어! 이건 진짜…. 정말 대단하군."

"네? 무슨 말씀이십니까? 그나저나 제 팬티가 이건지는 어떻게 아셨습니까?"

"Y—그룹에 Y—Data라는 자회사가 있는 모양이네."

"Y—그룹 Y—Data요? 근데요?"

"거기 직원이 알려준 거네."

"네에? 거기서요? 그럴 리가요? 제 팬티는…."

예전엔 아침마다 아내가 양복에 맞는 넥타이를 골라주곤 했다. 하지만 현재는 그러지 않는다.

늘 우울한 표정으로 침대에 누워 있거나 휠체어에 앉은 채 멍한 시선으로 창밖을 바라보곤 한다.

가끔 독서를 하기도 하는데 언제 봐도 무기력하다는 느낌이다.

식욕이 없는지 식사량이 줄어서 체중이 많이 빠졌다.

밤에는 잠을 제대로 이루지 못하고 전전반측[5] 을 되풀이하여 보는 이로 하여금 안타까움을 느끼게 한다.

주치의는 아무런 활동도 할 수 없어서 생긴 우울증이라면서 각별한 주의를 당부하였다.

그러면서 종종 우울증이 자칫 자살로 이어지는 경우가 있으니 매 15분마다 확인하는 걸 권했다.

골다공증 플러스 심한 우울증이라 진단한 것이다.

본인은 상당히 귀찮아했지만 어쩌겠는가!

죽어서 무덤에 묻힌 아내보다 다소 무기력하고 우울한 표정이더라도 살아 있는 아내가 더 좋다.

하여 주치의의 권고대로 자주 확인케 하였다.

어쨌거나 요즘엔 어떤 옷을 입을지 순전히 본인이 판단한다. 그런데 패션에 대해 별 관심이 없다.

하여 아무거나 막 입고 다닌다. 그래서 넥타이의 색깔이 너무 튈 때가 있었고, 존재감을 느끼지 못할 때도 있다.

---

5) 전전반측(輾轉反側) : 이리 뒤척 저리 뒤척 한다는 뜻으로 걱정거리로 마음이 괴로워 잠을 이루지 못함을 이르는 말. 원래는 미인을 사모하여 잠을 이루지 못함을 이르는 표현이다

그 결과 패션감각이 형편없어졌다는 평을 듣곤 한다. 그럴 때마다 쓴 웃음을 짓는다.

말은 안 했지만 메드베데프는 현재 색약(色弱)인 상태이다. 선천적인 것이 아니라 초기 당뇨로 인한 망막혈관질환 때문이다.

다시 말해 후천성 색약인 것이다.

지금이라도 병원에 가서 원인을 제거하는 치료를 받으면 충분히 개선될 수 있다.

문제는 의사로부터 진단을 받은 것이 아니라는 것이다. 하여 원인을 알지 못한다.

업무가 많아 몸이 피곤하고 나이가 들어서 잠시 그러는 것이라 생각하고 있을 뿐이다.

진료기록이 없으니 도로시 또한 메드베데프가 색약인 상태라는 걸 알지 못하고 있다.

어쨌든 색약이 되면서 가끔 짝짝이 색깔로 양복을 입는다.

상의는 감청색이고, 하의는 밤색인 경우이다.

이를 이상히 여긴 운전기사가 일러주지 않았다면 패션 테러리스트라는 닉네임을 얻었을지도 모른다.

어쨌거나 Y-Data의 정보력은 정말 대단했다.

"오늘, 저녁식사를 하면서 하인스 킴 대표가 무슨 말을 하는지 잘 기억해두게."

"네?"

"뭔가 우리에게 도움이 될 이야기가 분명히 있을 것이네."

"아! 네에."

푸틴과의 대화였다. 이때는 건성으로 고개를 끄덕였다. 그런데 지금은 진심으로 대해야겠다는 생각이 든다.

"혹시 아실지 모르겠지만 한국에 Y-메디슨이라는 제약사가 있습니다."

"……!"

머나먼 타국의 상장도 안 된 존재감 없는 제약회사를 어찌 알겠는가! 하여 대꾸 없이 바라만 본다.

"제가 우크라이나에 있을 때 총리께서 전화로 방문해달라는 말씀을 하셨을 때 왜 곧바로 오겠다고 한줄 아십니까?"

"그걸 내가 어떻게…?"

"Y-메디슨은 여러 신약을 연구하고 있는데 최근 세 가지 부문에 자그마한 성과가 있었습니다."

"아! 그런가요?"

뭔지 궁금하다는 표정이다.

"1회 복용으로 골다공증을 획기적으로 개선시키는 것과 1회 투약으로 심한 염증을 빠르게 가라앉히는 게 있습니다."

"골다공증과 심한 염증을 개선시켜요?"

대번에 관심 있다는 표정으로 바뀐다.

"네! 아드님의 눈에 문제가 있죠?"

"……!"

조만간 실명(失明)될 것이라는 진단을 받은 일리야는 제방에서 한 발짝도 나오지 않고 있다.

아들이 어떤 마음일지 충분히 짐작된다.

하여 가정부로 하여금 끼니때마다 음식을 가져다주도록 하는데 많이 남긴다.

뭐라 야단을 칠 수도 없기에 벙어리 냉가슴 앓듯 잦은 한숨만 쉴 뿐이다.

"아까 가정식을 먹어보고 싶다고 말씀드린 건…"

현수의 말은 중간에 잘렸다.

"혹시 내 아내와 일리야 때문인가요?"

"네! 잠시만 시간을 내주시면 될 것 같습니다."

현수와 메드베데프의 대화는 스베틀라나 여사도 듣고 있다. 같은 방에 있지만 지윤만은 전혀 알지 못한다.

아주 빠른 러시아어 대화였던 때문이다.

"… 임상시험 결과는 있습니까?"

"아직 문서화 되지는 못하였습니다."

시험은 했지만 증빙할 것이 없다는 뜻이다.

"… 대표님은 효과가 있을 거라고 생각하십니까?"

"물론입니다. 며칠만 지나면 사모님과 아드님 모두 마음껏 외출해도 될 겁니다."

"……!"

성분도 모르고 효과도 알지 못하는 약물을 투여하겠다는 말이므로 메드베데프는 아무런 말도 하지 않았다.

현수 또한 말없이 바라만 보고 있었다.

이 침묵을 깬 것은 스베틀라나 여사이다.

"여보! 나 그 약 먹어볼래요."

"여보…!"

메드베데프는 만류하고 싶은 마음이다.

어떤 약인지 모르니 당연한 반응이다. 하지만 아내의 눈을 보는 순간 그 마음을 접었다.

주치의가 매일 방문하고 있지만 좀처럼 나아지는 것 같지 않기 때문이다.

하루하루 점점 더 음울한 분위기를 자아내고 있기에 조만간 초상을 치르는 건 아닌가 하는 불안감이 커지고 있던 차이다.

만일을 대비하여 소지하고 있던 권총이 없어진 건 얼마 전의 일이다.

서재 금고에 있었는데 감쪽같이 사라진 것이다.

금품을 노린 침입자 소행이라면 권총뿐만 아니라 귀금속이나 현금도 사라졌어야 한다. 그런데 다른 건 다 그대로 있다.

메드베데프는 공관 관리를 책임지고 있는 집사를 불러 CCTV를 돌려보도록 하였다.

총리의 서재는 엄격하게 출입관리를 통제한다.

국가의 중요한 사안들이 구상되고 작성되는 장소이며, 때로는 1급 기밀문서가 널려 있기도 하기 때문이다.

하여 청소를 할 때에도 집사의 감독 하에 이루어진다. 집사 또한 총리가 안에 있을 때에만 단독으로 드나든다.

공관 내에서 자유롭게 서재를 드나들 수 있는 사람은 총리 본인과 스베틀라나 여사뿐이다.

아들인 일리야조차 제한되는 것이다.

서재 금고의 비밀번호는 집사조차 알지 못한다. 만일을 대비하여 아내에게만 알려주었다.

그러니 아내가 권총을 가져갔을 것이다. 그럼에도 다그치거나 어디에 감춰뒀는지 물을 수 없다.

너무도 음울한 분위기라 건드리면 터질 것만 같아서이다.

*　　　*　　　*

다행인 건 총알은 그대로라는 것이다. 총알이 장전되지 않은 권총은 묵직한 쇳덩이 이상이 아니다.

하지만 러시아는 총기소지가 허용되는 국가이다. 민간인이 소지한 총기 숫자만 약 1,300만 정이다.

따라서 총알을 구하고자 마음을 먹으면 그리 어렵지 않게 구했을 수도 있다. 하여 조심스레 눈치만 보고 있었다.

"그, 그럴래?"

"네! 하인스 킴 대표님이 허튼 소릴 하실 분도 아니잖아요."

하긴 뭐가 아쉬워서 스베틀라나를 대상으로 인체실험을 하겠는가! 마음만 먹으면 아프리카 등지에서 얼마든지 할 수 있었을 것이다.

"어떤 약이죠? 주사인가요?"

시선을 받은 현수는 들고 온 가방을 열며 대답했다.

"아뇨! 복용하시는 겁니다. 이거죠."

현수가 꺼내든 것은 지난 4월에 민윤서와 태정후 등 Y-그룹 창립요인들을 위해 준비했던 크리스털 용기이다.

겉면엔 E-G라는 글자가 음각되어 있다.

엘릭서-그린임을 뜻하는 이니셜이다. 엘릭서 원액 농도가 10%인 이것은 1~2기 암을 완치시키는 효능이 있다.

스베틀라나 여사의 골다공증이 아무리 심해도 암보다는 훨씬 치료해내기 쉬운 것이므로 한 번만 복용하면 된다.

가방 속에는 5%와 25%, 그리고 60%짜리가 있다.

농도 5%인 엘릭서 옐로우(E-Y)는 메드베데프 총리를 위해 준비했다. 탁월한 해독작용을 가진 것이다.

수은, 카드뮴, 납, 크롬과 같은 중금속이 더 이상 체내에 축적되지 않게 하는 효능이 있다. 아울러 이미 축적된 것이 있다면 매우 빠르게 배출된다.

러시아 사람들은 상당기간 동안 노르웨이산 양식 연어를 섭취했다. 그런데 수은과 카드뮴이 과다 검출되어 수입금지 조치를 내린 바 있다.

참고로, 노르웨이는 세계 최대 양식 대서양연어 생산 및 수출국이다.

현수는 총리가 가장 좋아하는 생선이 연어라는 것을 알고 있다. 하여 배려차원에서 준비한 것이다.

엘릭서 옐로우의 또 다른 효능은 체내의 피로물질을 모두 분해시키며, 근육통 개선에도 탁월하다는 것이다.

복용하면 순식간에 모든 피로가 말끔하게 사라진다. 아울러 초기 당뇨를 다스려 색약 증상을 제거한다.

농도 25%짜리는 3기까지 진행된 암까지 다스릴 수 있는 엘릭서 블루(E—B)이다.

이는 내년에 태어날 푸틴의 둘째 아들 빅토르를 위한 것이다. 이전의 역사를 보면 빅토르는 소아백혈병으로 7세에 사망한다.

5세 때 발병 사실을 알게 되지만 어떠한 의료조치도 효과를 보지 못하는 것이다.

하여 따로 설명서가 첨부되어 있다. 발병사실을 알게 되면 그때 복용시키라는 내용이다.

그전에 먹이면 예방효과를 보아 백혈병이 발병되지 않겠지만 확실하게 느껴보라는 차원이다.

마지막으로 농도 60%짜리는 메드베데프의 장남 일리야를 위한 것이다.

도로시는 가장 최근에 작성된 의무기록들을 살펴보았다.

그러곤 50%짜리 엘릭서 다크블루(E—D)로는 부족하다는 의견을 내놓았다. 당장 안구를 적출해야 목숨을 부지할 수 있을 정도로 심각했던 염증이야 순식간에 낫는다. 하지만 이미 손상된 시신경마저 되살리지는 못한다.

그렇다 하여 농도 75%짜리 엘릭서 바이올렛(E—V)은 너무 과하다.

아무리 심각한 암이라 하더라도 바로 회복시키며, 교통사고로 인한 중증외상이라도 순식간에 아물게 한다.

비장이 파열되었거나 간이 심각한 손상을 입었을 경우, 그리고 대동맥이 찢기는 등의 심각한 문제가 발생되어 있어도 단숨에 효과를 보인다.

다만 사용 전에 골절된 뼈는 맞춰야 한다. 안 그러면 어긋난 상태로 굳어버린다.

이를 일리야에게 사용하는 것은 낭비에 가깝다. 하여 족보에 없는 60%짜리가 만들어진 것이다.

이것들을 만들기 위해 하여 엘릭서 원액 한 병과 회복포션 한 병이 소모되었다.

포션이 첨가되면 복용 즉시 뭔가 효과가 있다는 느낌을 준다. 일종의 플라시보(Placebo) 효과를 노린 것이다.

한국 속담에 '보기 좋은 떡이 먹기도 좋다' 라는 말이 있다. 내용이 좋으면 겉모양도 반반함을 비유하는 말이다.

하여 Y—그룹 임직원 상견례 때 구입해두었던 크리스털 용기에 담고 멋진 캘리그라피로 장식했다.

라벨을 붙인 게 아니라 레이저로 음각(陰刻) 후 용융된 황금(24K)을 채워 넣었다. 고려청자에 쓰이던 상감기법[6] 을 응용한 것이다.

크리스탈 용기 안에 담긴 액체들은 각기 다른 색깔이다. 하여 황금빛이 더욱 찬란하게 보이는 효과가 있다.

현수가 보여준 E—G를 바라보는 스베틀라나 여사의 눈에는 경탄이 어려 있다. 에메랄드빛을 배경으로 누런 황금이 빛을 반사시키니 명품에 환장한 눈빛이 된 것이다.

한편, 메드베데프는 멍한 시선이다. 그가 보기에도 범상치 않았던 것이다. 하지만 확인할 건 확인해야 한다.

"E—G는 무슨 뜻이죠?"

"저희 회사에서 임의로 붙여놓은 코드명입니다. 하여 별 의미는 없습니다."

"……!"

"여사님! 지금 복용하시겠습니까?"

"그래도 되나요?"

---

6) 상감기법(象嵌技法) : 금속이나 도자기, 목재 따위의 표면에 여러 가지 무늬를 새겨서 그 속에 같은 모양의 금, 은, 보석, 뼈, 자개 따위를 박아 넣는 공예 기법

스베틀라나 여사는 어서 복용하고 싶다는 표정이다. 이럴 땐 그를 충족시켜주는 것이 신상에 이롭다.

하여 크리스털 마개를 뽑았다.

"그럼요! 자, 드세요."

"네에."

쭈욱-! 꿀꺽-, 꿀꺽-!

"하아아아…!"

엘릭서 희석액은 스베틀라나 여사의 목구멍 너머 식도를 타고 들어가면서 흡수되기 시작한다.

사람이 삼킨 음식이 위에 도달하기까지는 약 8초가 걸린다. 그 8초가 되기도 전에 마른 휴지에 물이 스며들 듯 엑릭서 그린이 흡수되는 것이다.

그러곤 곧바로 특유의 효능이 발휘된다. 엘릭서는 경각에 달한 사람이라도 금방 멀쩡하게 만드는 것이다.

스베틀라나 여사의 골다공증은 금방 꼴까닥할 만큼 위중하지 않았다. 그렇기에 농도가 불과 10%에 불과하지만 엘릭서 특유의 효능이 발휘되었다.

본인은 느끼지 못하겠지만 낮아졌던 골밀도는 금방 원상으로 회복되고 있다. 그와 동시에 여성 호르몬의 분비가 조절되었다. 골다공증이 재발되지 않도록 한 것이다.

그리고도 남은 효능은 인체 곳곳에 자리 잡고 있던 암(癌) 인자들을 제거하기 시작했다.

스베틀라나 여사는 현수의 관심에 없던 인물이다.

하여 왜 일찍 사망했는지 가물가물하다. 다만 장수하지 못했다는 것만은 기억하고 있다.

아주 오래전, 러시아에서 제공한 조차지는 실카강과 아르곤강 사이 보르자와 네르친스크 지역 10만㎢였다.

조차지의 틀은 알렉세이 이바노비치의 두 사위인 유리 파블류첸코와 안드레이 자고예프, 그리고 대한민국 육군참모총장이었던 송지호가 완성시켰다.

송지호는 군사와 치안, 그리고 법무를 책임지는 통령이었고, 유리와 안드레이는 공동 행정수반이었다.

행정과 개발을 맡아서 애를 많이 썼다.

조차지의 여왕이었던 이리냐는 재정을 관리감독 했다.

어쨌거나 조차지는 순조롭게 개발되었고, 곧이어 자그마한 성과가 있었다.

조차지 전체를 조율하는 행정수도가 완성되었던 것이다.

여기저기로 뻗어나간 도로엔 열선이 깔려 있어 영하 100도가 넘는 추위가 닥치더라도 눈이 쌓이거나 얼음이 어는 일이 없도록 되어 있다.

이 도로의 양쪽 지하엔 수도, 전기, 통신, 가스, 인터넷 등을 위한 공동구가 설치되어 있다.

하여 전신주가 하나도 없는 이 도시를 '네바(небо)' 라고 불렀다. 러시아어로 '천국' 이라는 뜻이다.

조차지에선 모든 가구에 적당한 면적의 쾌적한 주거지를 제공하였는데 냉난방 비용이 전혀 들지 않았다.

방마다 선택온도 항온유지 장치가 있어서 여름엔 시원하게 지낼 수 있고, 겨울엔 포근함을 느끼며 잠들 수 있었다.

자동차나 가전제품은 물론이고 각종 식량을 비롯한 모든 물자들이 풍족했으며, 가격은 상상 이상으로 저렴했다.

원하기만 하면 누구에게나 적절한 직업이 주어졌는데 보수는 짭짤했으며, 정년퇴직이란 단어는 존재하지 않았다.

국민연금이나 건강보험료를 강제로 징수하지 않았고, 어디가 아프면 무상으로 치료해줬다.

일상생활에 사용되는 자동차나 휴대폰, 컴퓨터, 프린터, 카메라 등은 미국을 비롯한 전 세계 어느 나라보다도 훨씬 발달된 문명을 누렸다.

그럼에도 단 한 푼의 세금도 징수하지 않았다.

어쨌거나 행정수도가 완공된 후 푸틴과 메드베데프 등 러시아 주요인사들을 초청했던 적이 있다.

그때의 푸틴은 알리나 카바예바를 퍼스트레이디로 동반했지만 메드베데프는 혼자 왔다.

스베틀라나 여사는 사소한 실수였음에도 대퇴부가 골절되는 부상을 입어 병원에 입원했는데 정밀검사 도중 자궁암이 발견되었다.

기억을 더듬어 보니 메드베데프는 2020년 초에 권력 일선에서 물러났는데 아내가 병원에 입원했던 시기이다.

푸틴의 만류에도 불구하고 아내의 병구완을 위해 권력을 놓았던 것이다. 지극정성을 보였음에도 스베틀라나 여사는 전신으로 전이된 암 세포 때문에 목숨을 잃었다.

하여 사랑하는 이를 잃은 상실감 때문에 홀쭉한 상태로 행정수도 완공을 자축하는 파티에 참석했던 기억이 떠올랐다.

'도로시! E-G로 골다공증과 암이 동시에 치료될까?'

'잠시만요! 스캔해볼 게요.'

도로시는 현수의 눈을 빌려 스베틀라나 여사의 전신을 재빨리 살펴보았다. 그 시간은 길지 않았다.

'자궁경부에 문제가 있네요.'

'그거 암으로 발전될 확률이 매우 높지?'

'아마도요! 하지만 걱정하실 필요 없어요.'

'그럼, 그린으로도 충분히 다스려진다는 거지?'

'당근이에요. 아직 1기도 아닌 걸요. 자고 일어나면 말끔해질 거예요.'

'알았어. 다행이네.'

도로시와 짧은 대화를 마친 현수는 어떠냐는 표정으로 스베틀라나 여사와 시선을 마주쳤다.

"와아! 이거 뭐죠? 이거 뭐예요?"

방금 전 아내는 정체 모를 액체를 마셨다. 원료가 뭔지, 어떤 효능이 있는지 전혀 설명하지 않아서 조금 불안했다.

그런데 아내가 어리둥절한 표정을 지으니 재빨리 물어본다.

"왜? 무슨 문제 있어?"

"아뇨! 속이 아주 시원해서요. 조금 전까지 찌뿌듯해서 불쾌했었는데 그런 게 말끔히 사라졌어요."

"그, 그래?"

메드베데프가 듣던 중 반가운 소리라는 표정을 지을 때 현수가 끼어들었다.

"닷새쯤 지난 후 정밀검사를 받아보세요."

"닷새면 돼요?"

"아마도요! 그리고 지금 드시는 약은 더 이상 복용 안하셔도 될 겁니다."

"아! 고마워요. 정말 고마워요."

스베틀라나 여사는 지금껏 보았던 표정 중 가장 환한 모습을 보여주었다.

"대신 식습관은 개선되어야 할 겁니다. 덜 짜게 드시고…."

잠시 현수의 잔소리가 이어졌다.

골다공증의 재발을 막으려면 소금 섭취는 줄이고, 견과류와 연어, 그리고 유제품은 적정량을 먹어야 한다.

콜라 같은 탄산음료는 확실하게 줄여야 한다. 그리고 충분한 햇빛을 쏘여 비타민 D가 합성되도록 하는 것도 필요하다.

"네, 그럴게요. 고마워요!"

스베틀라나의 환한 웃음을 본 메드베데프는 새삼스러운 눈으로 현수를 바라본다.

처음 보는 동양인 사내인데 대체 무엇이 아내로 하여금 저토록 환한 웃음을 짓게 하는지 궁금했던 것이다.

"이제 아드님을 보러 갈까요?"

"… 여보! 어서 안내해요."

"응? 아! 그, 그래. 자, 이쪽으로…."

Chapter 04

—

엘릭서의 효능

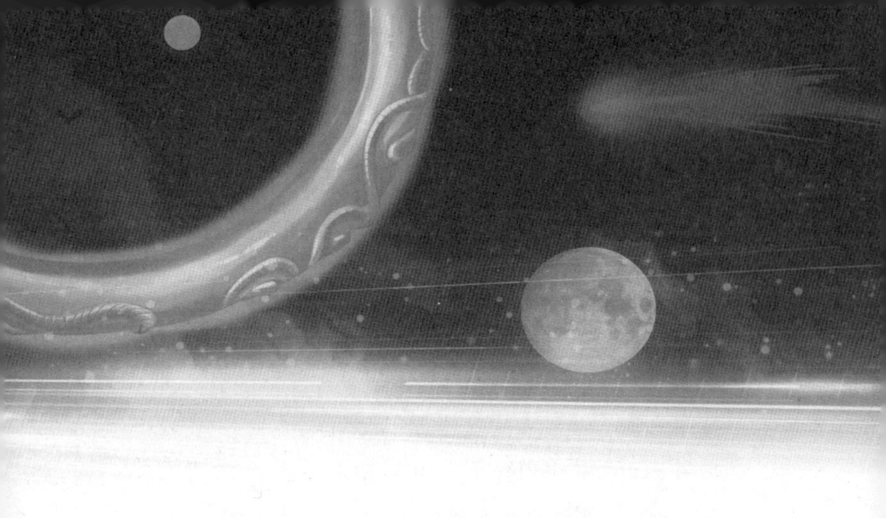

잠시 후 현수는 일리야를 마주하게 되었다.

도로시의 말대로 안구의 상태가 확실히 나빴다. 가까이 다가가지 않아도 고름 냄새가 맡아질 정도였다.

일리야는 아버지의 말에 순종했다.

침대에 누웠고, 현수는 준비한 60%짜리 엘릭서 몇 방울을 안구 위에 떨궜다. 연보라색 액체는 금방 안구로 스며든다.

"일리야! 눈이 시원하지? 그래도 만지진 말고 상체만 살짝 세운 뒤 이걸 마시렴."

빨대를 꽂아 입에 대주었더니 처음엔 맥없이 빨아들인다. 그런데 두 번째부터는 확실히 강하게 빤다.

첫 모금에서 엘릭서의 맛을 느낀 것이다.

일리야는 하루종일 우울한 표정으로 앉아 있었다.

아침에 일어난 후 양치도 하지 않았고, 어느 누구와 대화를 하지 않아 입에서 군내가 나고 있었다.

그런데 첫 모금에 입안 전체가 청량해지는 느낌을 받았다. 그와 동시에 부드럽게 달콤한 맛이 났다.

하여 크리스털 용기는 금방 비워졌다.

"일리야! 불편하겠지만 하루만 안대를 하고 있자. 눈에 물 들어가면 안 되니 내일까지는 세수하지 말고."

상처에 물이 묻으면 곪는다는 건 상식이다. 그래서 그런지 순순히 고개를 끄덕인다.

"알아요! 근데 눈이 너무 간지러워요."

"그건 나으려고 그러는 거니까 절대로 비비거나 만지지 말아야 한다. 그래야 내일 나으니까."

"네? 그렇게 빨리 낫는다구요?"

일리야는 상당히 많은 의료기관을 섭렵한 바 있다. 그리고 상당히 많은 상처를 입었다. 너무 활달해서 그렇다.

지금껏 살면서 약을 넣자마자 낫는 건 본 적이 없다. 그래서 그런지 믿을 수 없다는 눈빛이다.

"그래!"

"에이, 그런 게 어디 있어요?"

"글쎄? 내일 이 시간에 안대를 풀어보면 알게 될 걸?"

현수가 너무도 태연한 표정이라 그런지 살짝 속아 넘어갈 뻔 했다는 듯 짐짓 속아주는 척 한다.

"정말요? 정말 나아요?"

"그럼! 날 믿으렴. 나, 아주 유능한 의사야."

지금까지 많은 의사들을 만났는데 모두가 비슷한 이야길 했다. 검사를 한 후엔 치료할 테니 아파도 참으라 하였다. 그럴 때마다 지독한 통증 때문에 비명을 지르곤 했다.

통증 때문에 녹초가 되면 약을 지어주면서 시간 맞춰 복용하라고 하였다.

그러면 낫느냐고 물으면 다들 고개를 끄덕였다.

하여 시키는 대로 했음에로 나날이 상태가 나빠지니 의사에 대한 불신감이 팽배해 있던 상태이다.

그럼에도 까탈스럽게 굴지 않은 건 부모의 마음을 알기 때문이다. 어쨌거나 '이번엔 동양인 의사네' 라는 표정으로 현수를 맞이했었다.

이 의사는 아빠가 건넨 의무기록을 살피더니 별다른 검사도 하지 않고 눈에 뭔가를 몇 방울 떨어트렸다.

늘 답답하고 아팠는데 아무런 고통도 없었을 뿐만 아니라 오랜만에 시원함이 느껴졌다.

물이 들어가면 염증이 심해진다 하여 지금껏 제대로 씻지도 못했기에 상쾌한 기분이 들 정도였다.

하여 '이 동양인 의사는 뭔가 다른가?' 라는 생각을 했다.

그다음엔 빨대를 입에 대면서 빨라고 하였다.

몹시 쓸 거라는 생각을 했다. 그런데 예상 외로 시원하면서도 달콤한 맛이었다.

너무 맛이 있었기에 쭉쭉 빨았더니 금방 비워졌다.

약이지만 왠지 아쉬웠다. 그런데 내일 안대를 벗어보면 어떻게 되었는지를 느낄 수 있을 것이라며 웃는다.

"알았어요, 그 거짓말에 속아드릴게요."

"고맙구나."

현수는 피식 웃으며 물러섰다.

"우리 애, 어떤가요?"

스베틀라나 여사의 물음이었다.

"안구 염증은 금방 가라앉을 거예요. 검사결과를 보셔서 아시겠지만 일리야는 시신경이 많이 손상되어 있었는데 며칠 내로 개선되니 시력 저하 등은 걱정할 필요 없을 겁니다."

"아…! 정말요?"

듣던 중 반가운 소리라는 듯 반색하는 표정이다.

"일리야에게 이야기한 것처럼 전 유능한 의사거든요."

현수는 짐짓 우쭐거리는 표정을 지으며 어깨를 살짝 올렸다 내린다.

이때 메드베데프 총리가 태블릿 PC를 보여준다.

가장 먼저 보여준 것은 아제르바이잔에서 뇌동맥류 코일 색전술로 대통령을 위기에서 구해낸 것이다.

국가수반에 관한 내용인지라 그 내용이 상세하다.

촬영된 시술장면은 유투브에 공개되었는데 이를 본 의사들은 다음과 같은 코멘트를 남겼다.

— 와! 정교함의 끝이다. 난 언제 저렇게 되지?

— 이건 사기야! 겨우 인턴만 끝냈다며…?

— 그러게 우리 과장님보다 훨씬 더 잘하네.

— 조금의 머뭇거림도 없어! 미쳤어, 완전히 미친 솜씨야.

— 이건 교과서에 실려야 해. 완전한 FM이야.

— 찬성! 찬성! 좋은 공부가 되었어.

— 와우~! 이건 뇌동맥류 코일색전술의 완전한 모범이야.

— 동의함! 매우 격하게 동의함!!!!

댓글은 대부분 닉네임으로 남겨지게 마련인데 이례적으로 어느 병원에 근무하는 누구라는 신분이 밝혀진 것들도 상당히 많다. 그중의 한 예가 다음이다.

이 영상이 교과서보다 훨씬 낫군. 인정! 매우 인정!!!

— 메이요 클리닉 신경외과 과장 제임스 헌팅턴

헐…! 정말 인턴만 마친 게 맞아? 아무리 봐도 우리 병원 전문의들보다 훨씬 낫네.

— 클리브랜드 클리닉 신경외과 전문의 타이런 파워우드

와우~! 당장 우리 병원 신경외과 교수로 스카우트해야 해. 경영진은 뭐해? 당장 달려가서 잡아 와.

— 존스 홉킨스 신경외과 전문의 롤란드 크리비앙

미국 병원 순위 1, 2, 3위에 랭크되어 있는 의료진들의 코멘트였다. 이 아래엔 영국과 프랑스 등 의료선진국 의사들이 남긴 동의한다는 댓글들이 주르륵 붙어 있다.

어느 병원의 누구인지가 남겨졌는데 이름만 들으면 고개를 끄덕일만한 병원이 수두룩했다.

뇌동맥류 코일색전술에 관한 세계적인 권위자 반열에 올라섰음을 인정받은 것이다.

다음은 콩고민주공화국에서는 교통사고 후 3년간 의식이 없던 폴 쿠아레를 기적적으로 일으켜 세운 것이다.

폴의 주치의였던 영국의 The Royal London Hospital의 재활의학과 전문의 마크 윌슨은 다음과 같은 인터뷰를 했다.

— 그건 말도 안 되는 일이었어요. 폴은 우리병원에 1년 이상 의식이 없는 상태로 입원해 있었어요. 그 전과 그 후를 합치면 3년 이상 식물인간 상태였지요. 근데 불과 며칠 만에 깨어났다더군요. 그건 기적이에요.

마크 월슨의 인터뷰 내용은 다소 길었다.

— 오! 맙소사. 다시 생각하는 것만으로도 소름이 돋네요. 닥터 하인스 킴은 세계 최고의 재활의학과 의사예요. 배울 수만 있다면 여기서 배워볼 생각이에요.

다음은 사무엘 오벤 중령의 뇌수술에 관한 것이다.

— 그건 전쟁터 한복판에서 위생병이 들고 다니는 응급처치 키트로 생체 간 이식 수술을 한 것이나 다름없는 일이었어요. 닥터 킴은 분명 세계최고의 외과 의사일 거예요.

세 번째는 필라델피아 어린이병원이 포기했던 림프모구성 백혈병 환자 제프 카구지를 불과 1개월만에 완치시킨 것이다.

다음으로 본 것은 사무엘 오벤 중령과 그의 모친 알마 오벤, 그리고 로라 카구지에 관한 내용이다.

이들을 바로 곁에서 지켜보았던 마크 월슨의 인터뷰가 있었다.

— 신장암이 겨우 한 달만에 완치되었어요. 믿어져요? 근데 알마 오벤 여사는 당뇨병도 있었어요. 근데 그거까지 다 나

았더라구요. 이건 의학계에 획을 그은 일이에요. 아무런 약물 없이 당뇨병이 완치된 거니까요. 으으! 지금도 안 믿어져요.

— 로라 카구지 여사의 유방암은 불과 7일만에 완치되더군요. 아무리 초기였다고 하지만 이게 말이 돼요? 근데 세상에 맙소사…! 진짜 엉성한 기계가 일으킨 기적이었어요. 이 대목에서 웃기는 게 뭔 줄 알아요? 닥터 킴이 그 기계를 직접 만들었대요. 설계부터 조립까지 몽땅 다요.

마크 윌슨은 자신의 눈앞에서 빚어지는 연이은 기적에 넋이 나가버렸다. 그때 The Royal London Hospital로부터 언제 복귀할 거냐는 통지가 왔다.

그에 대한 대답으로 지금까지의 의무기록을 복사해서 보냈다. 무톰보 병원장의 허락을 받은 일이다.

그건 이런 상황인데 너 같으면 복귀하겠느냐는 의미였다.

이를 받은 런던에선 '뻥치지 말라' 는 답변을 보내면서 휴가는 끝났으니 즉각 복귀하라는 이메일을 보냈다.

이를 받은 마크 윌슨은 그 자리에서 사직서를 써서 발송했다. 런던보다 킨샤사가 더 핫한 의료중심지가 될 것이라는 생각을 한 결과이다.

그러곤 곧바로 무톰보 병원 의료진 중 하나로 취직했다.

아무튼 닥터 하인스 킴에 관한 것은 어느 것 하나 만만히

볼 게 아닌 것으로 묘사되어 있다.

현재는 간암과 췌장암 말기 환자에 대한 치료가 진행되는 중인데 경과가 괜찮다는 후속보도도 있었다.

이것은 마크 윌슨의 사직서를 받고 화가 머리끝까지 났던 The Royal London Hospital의 신경외과 과장 헤인즈 콜이 했던 인터뷰 내용이다.

제자인 마크 윌슨을 런던으로 끌고 가기 위해 킨샤사로 날아왔던 헤인즈 콜은 엉성하기 그지없는 파동치료기를 보고는 코웃음을 쳤다.

하지만 그간의 의무기록과 동영상을 보곤 헛바람을 들이키지 않을 수 없었다.

마침 병원 앞마당에서 폴짝폴짝 뛰어다니는 폴 쿠아레를 보게 되었다.

런던에 있을 땐 무의식 상태로 누워만 있던 녀석이다. 그런데 제법 능숙한 솜씨로 드리블 연습을 하고 있었다.

살아 있는 증거인지라 완치되었다는 걸 믿지 않을 수 없었던 것이다.

다음으로 본 것은 제프 카구지의 필라델피아 어린이병원 차트였다. 기록이 맞다면 이미 세상에 없어야 할 아이이다.

그런데 폴과 함께 축구를 하고 있었다. 하여 미국으로 전화를 걸어 주치의와 통화했다.

완치되었다는 말을 하니 깜짝 놀라면서 '영국인의 뺑은 재미가 없다' 는 말을 하곤 일방적으로 전화를 끊어버렸다.

졸지에 거짓말쟁이가 되었기에 제프와 폴이 축구하는 장면을 찍은 동영상을 보내려고 다시 걸었지만 끝내 받지 않았다.

하여 속으로 욕을 하며 사무엘 오벤과 알마 오벤의 의무기록을 살펴보았다.

별다른 의료기기도 없는 후진국의, 별 볼일 없어 보이는 병원에서 뇌수술이 집도되었다기에 거짓말하지 말라고 했다.

그러자 녹화된 장면을 보여준다.

전혀 숙달되지 않은 어시스트와 스크럽들 사이에서 홀로 빛나는 신경외과 의사가 보였다.

갖춰진 것이 아무것도 없는 환경에서 어마어마한 난이도의 수술이었지만 아무런 어려움도 못 느끼는 듯 너무도 능숙하게 손을 놀리는 하인스 킴을 보곤 놀라지 않을 수 없었다.

The Royal London Hospital의 어느 의사도 오르지 못한 경지에 이른 듯 보여 숨도 제대로 쉬지 못하고 집중했다.

1㎜만 어긋나도 환자의 생사가 갈릴 만큼 고도의 정밀함이 요구되는 수술이다. 따라서 수술용 현미경 등이 필요하다.

그런데 아무런 장비의 도움도 없이 오로지 육안과 두 손만으로 모든 것을 해결하고 있었다.

상식적으로 말도 안 되는 장면을 보고 있었으니 숨을 참아가며 집중하였던 것이다.

마침내 수술이 마쳐졌다.

헤인즈 콜은 의료술기가 궁극에 달한 의사라는 생각을 하며 경탄을 하지 않을 수 없었다.

그때 사무엘과 알마 오벤이 병원 복도를 걷고 있었다. 퇴원 후 정기검진을 위한 방문이었다.

그 곁을 걷는 사내가 있어 누구냐고 물었더니 콩고민주공화국 하원의장이라고 하였다.

예전엔 여당과 야당이 서로 원수라도 진 듯 극렬하게 대립하였지만 현재는 줄건 주고, 받을 건 확실하게 받아내는 밀당의 세월을 보내고 있다.

정치인들이 대립보다 조화를 택한 계기가 하인스 킴이라는 남아공 출신 의사 겸 사업가라는 건 모두가 인정하고 있다.

*　　　*　　　*

하여 콩고민주공화국 정부에선 서훈을 준비하고 있다.

전에 없던 일이기에 새로운 훈장제도를 만들었는데 한국으로 치면 '무궁화대훈장' 같은 것이다.

참고로, 무궁화대훈장은 대통령에게 수여하는 것이다.

아울러 영부인과 우방국 원수 및 그 배우자 또는 대한민국 발전과 안전보장에 기여한 공적이 뚜렷한 전직 우방국 원수 및 그 배우자에 한하여 수여한다.

다시 말해 이 훈장을 수여받으려면 대통령 또는 그의 배우자이거나, 였어야 한다. 일반개인은 아무리 큰 공훈을 세운다 하더라도 결코 수여하면 안 되는 것이다.

하여 다른 훈장과 달리 등급 구분이 없다.

참고로, 국민훈장 '무궁화장' 과는 다른 것이다.

아무튼 콩고민주공화국에서 어마어마한 면적의 국토를 조차지로 제공하겠다는 것은 이미 결정된 사실이다.

아울러 치외법권 지역으로 선포되었다.

하여 만일을 대비한 범죄인 인도조약 내용이 조차협정서에 들어가 있다. 죄를 지은 자가 도주하면 외교상 절차를 밟아 범죄인을 넘겨주는 것이 골자이다.

이는 콩고민주공화국이 조차지를 하나의 국가로 대접하겠다는 뜻이다.

따라서 하인스 킴은 그곳의 왕이나 다름없다. 하여 우방국 원수로 예우하는 것이다.

어쨌거나 헤인즈 콜은 일개 외국인 의사 신분이므로 하원 의장과 그 가족을 세워놓고 이야기할 수 없었다.

더군다나 로라 카구지는 권력실세인 내무장관의 부인이다. 하여 처음부터 대화해볼 생각조차 하지 않았다.

다만 마크 윌슨을 통해 추가검진 결과 암의 흔적마저 사라졌다는 것을 알게 되었다.

이후엔 간암 말기 환자와 췌장암 말기 환자의 병실을 기웃거렸다. 그들 곁의 파동치료기는 너무나 엉성해보였다.

하지만 둘 다 암 환자라고 생각할 수 없을 정도로 멀쩡해 보였기에 고개를 갸웃거렸다.

처음엔 파리 5대학병원이 오진한 것이 아닐까 하는 의심을 했다. 하여 그 병원에 전화를 걸어 사실을 확인했다.

파리 5대학병원 의료진은 헤인즈 콜의 전화를 받고 몹시 불쾌하다는 대꾸를 했다.

그러곤 각종 의무기록과 양전자 단층촬영(PET—CT) 등의 영상을 보고도 오진(誤診)이라고 할 거냐고 했다.

헤인즈 콜은 아무런 대답도 하지 못했다. 너무도 확실한 암 환자였음을 인정한 것이다.

어쨌거나 스베틀라나 여사와 일리야가 보고 있는 뉴스 및 인터뷰 내용은 우크라이나에서 기자회견을 한 직후 기자들이 벌떼처럼 몰려가서 알아낸 것들이다.

언제, 어떤 방법으로, 누구를, 어떻게 치료했는지에 관한 상세내용이 몇 페이지씩이나 이어져 있다.

수술도 하지 않고, 약물도 사용하지 않는 고통 없고 부작용 없는 완전히 새로운 암 치료법이 등장했으니 전 세계가 떠들썩한 게 당연하다.

당뇨병 완치도 당연히 포함되어 있다.

빠진 게 있다면 반군지도자 토마스 루방가의 딸 로엔디를 구해준 것뿐이다.

"아…!"

스베틀라나 여사는 굵은 제호들만 훑어보았다. 그러곤 진정 놀랍다는 표정으로 현수를 바라본다.

조금 아까 웬 액체를 마시고 속이 시원해짐을 느꼈지만 그런다고 골다공증이 완치될 거라는 기대는 하지 않았다.

경험상 그런 일은 본 적도, 들은 적도, 상상해본 적도 없기 때문이다. 그런데 지금은 아니다.

현수를 바라보는 눈빛엔 감탄뿐만 아니라 존경의 빛도 담겨 있다. 현수가 세계 최고의 부자라는 건 이미 잊었다.

"이 정도면 밥값은 대충 한 거 같네요."

"… 하하! 하하하! 넘치죠. 자, 갑시다. 우리 집 음식 맛이 꽤 괜찮을 겁니다."

메드베데프는 기꺼운 마음으로 현수를 안내했다.

일련의 과정을 곁에서 지켜보고 있던 지윤은 조용히 현수의 뒤를 따랐다.

매우 빠른 러시아어 대화였는지라 거의 못 알아들었지만 분위기만으로 전후 상황을 몽땅 짐작했던 것이다.

다이닝룸에는 러시아 전통음식들이 차려져 있었다.

토마토소스와 고기국물로 끓인 솔랸카, 메밀가루와 밀가루를 넣어 얇게 부친 블리니, 양고기와 쇠고기를 꿰어 구운 샤실릭 등이다.

가정식을 먹어보고 싶다고 말한 결과이다.

주방 아주머니의 솜씨가 좋아서 맛이 상당히 좋았다.

현수와 지윤은 메드베데프 부부와 마주 앉아 보드카를 곁들인 저녁을 즐겼다. 환자인 스베틀라나 여사는 제외이다.

식사를 하면서 살펴보니 과연 엘릭서라는 생각이 들 정도였다. 여사의 상태가 점점 더 호전되어감이 확연했던 것이다.

식사를 마치곤 꽃차를 마셨다.

"이건 총리님께 드리지요."

현수가 꺼낸 것은 엘릭서 옐로우(E-Y)이다.

"어…! 그건 뭐죠?"

"유럽의 물엔 석회질이 많다 들었습니다. 이건 체내에 축적된 각종 중금속을 배출시키는 효능이 있는 겁니다."

"아! 그래요?"

듣던 중 반갑다는 표정으로 손을 뻗어 E-Y를 잡는 메드베데프를 바라보는 시선이 있다.

스베틀라나 여사의 눈길이다. 저게 1인분이라면 설마 혼자서 다 마실 건 아니겠지 하는 표정이다.

"에고, 여사님은 안 드셔도 됩니다. 아까 드린 것에 섞여 있으니까요. 아드님께 드린 거에도 섞여 있구요."

"아……!"

스베틀라나 여사는 속내를 들킨 사람처럼 얼른 물러나 앉으며 손부채를 부친다.

"방금 식사를 하셨으니 한 30분쯤 있다가 드십시오."

"고맙습니다. 아주 귀한 걸 받았네요."

"네! 귀한 거 맞습니다. 참! 그거 한 가지 단점이 있어요."

"단점이요?"

잘 나가가 왜 삐딱선을 타느냐는 표정이다.

"이건 여사님과 아드님도 해당되는 건데 앞으로 며칠 동안은 자리에서 일어날 때 심한 냄새가 날 겁니다."

"냄새요? 무슨 냄새죠?"

"잠자는 동안 체내에 쌓여 있던 노폐물이 배출됩니다. 많을수록 냄새가 독하죠. 그러니 며칠 동안은 자리에 비닐을 깔고 주무시길 권합니다. 이불은 버릴 생각을 하시구요."

"… 얼마나 그런가요?"

스베틀라나 여사의 물음이었다.

"현재의 상태가 나쁠수록 기간이 길어지는데 사흘에서 이레 정도까지 그럴 겁니다."

"어떤 냄새인지 힌트를 주실 수 있나요?"

"… 대변과 생선이 썩는 냄새가 섞여 있는 정도일 겁니다."

"헐…! 여보, 오늘부터 며칠은 각방 써요."

생각만으로도 끔찍한 지 스베틀라나 여사는 미간을 한껏 찌푸린다.

"……!"

메드베데프도 이맛살을 접는다. 이때 지윤이 끼어들었다. 표정과 어감 등으로 대화내용이 뭔지를 알아차린 것이다.

과연 영특한 아가씨이다.

"전무님! 제게 향기 입욕제가 있는데 드릴까요?"

"어! 그래? 가져왔어?"

"네! 트렁크 가방 속에 있어요."

지윤 본인도 E-GR을 복용한 후 몸에서 나는 악취 때문에 며칠을 고생했다. 하여 이것저것 여러 가지를 사서 써봤는데 그중 가장 괜찮았던 걸 가져왔다.

혹시라도 있을지 모를 로맨틱한 밤을 기대했던 것이다.

연인과의 달콤한 시간을 기대한다면 자스민향 거품입욕제가 좋을 것이고, 냄새제거가 목적이라면 편백나무나 로즈마리 향이 나을 것이다.

전부 국산이고, 하나당 10,000원쯤 주고 샀다.

1회용이니 상당히 비싸지만 언젠가는 필요할 것이라 생각해서 구입해 둔 것이다.

"차에 갔다 올까요?"

"괜찮아. 가져오라고 할게."

어떻게 생긴 물건인지를 들은 현수는 신일호에게 전화를 걸어 가져올 것을 지시했다.

"제 비서 겸 여자 친구에게 냄새를 없애주는 게 있다는군요. 가져오라고 했으니 잠시만 기다리시죠."

"아! 그래요?"

메드베데프는 고개만 끄덕였지만 스베틀라나 여사는 호기

심을 감출 수 없었던 모양이다.

"그게 뭔데요?"

현수는 지윤에게 시선을 주었다.

"그게 뭐냐고 물으시네."

"아! 그건 입욕제라는 거예요. 목욕할 때 욕조에 담가서 쓰는 건데요…."

잠시 지윤의 설명이 이어졌다. 아직은 러시아어 회화에 익숙하지 않아 떠듬떠듬하며 말을 이어갔다.

현수는 적당한 어휘가 떠오르지 않아 머뭇거릴 때마다 힌트를 줬다. 하여 다소 시간이 걸리긴 했지만 의도한 설명을 모두 마칠 수 있었다.

한국으로 치면 한국어에 능숙하지 않은 베트남이나 필리핀 사람이 본인의 모국어 또는 영어와 섞어서 한 설명이다.

다시 말해 3개 국어가 혼재되어 있었지만 모두 알아는 들었다. 그러는 내내 귀 기울이며 눈빛을 반짝이던 스베틀라나 여사가 현수를 바라본다.

"미스터 킴의 연인, 참 아름답네요. 잘 해주세요."

"네…? 아! 네에. 그럼요 그래야죠."

현수는 고개를 끄덕이며 지윤을 바라보았다. 이번 말은 너무 빠르고 소리가 작아서 못 알아들은 듯하다.

"근데 결혼은 언제 해요? 하면 꼭 불러요."

"네, 그럼요. 그럼요."

"제비 같이 날씬한 아가씨라 자칫 날아갈 수도 있으니 얼른 붙잡고요."

"네? 아, 네에. 충고 고맙습니다."

"아무튼 반가웠어요."

메드베데프와 스베틀라는 지윤이 준 입욕제를 받아들곤 연신 고맙다는 말을 반복했다. 모스크바엔 없는 물건인데 뒷면에 'Made in Korea'라 쓰여 있었기 때문이다.

러시아의 소비시장을 보면 예전엔 유럽산을 고급제품으로, 아시아산은 중고가 제품으로 포지셔닝 되어 있었다.

하지만 현재는 바뀌었다.

지나산은 여전히 저품질의 대명사로 매도되지만 한국산에 대한 평가는 비약적으로 높아졌다.

한국식 표현을 빌자면 '너무 혜자스럽기 때문'이다.

가격은 저렴한데 품질은 균일하며, 우수하다. 하여 한국산이라면 믿고 선택해도 후회하지 않는다는 평판을 받고 있다.

화장품, 가전제품, 선박 등이 그러하다.

그렇기에 몹시 마음에 든다는 듯 냄새까지 맡아보며 즐거워하고 있다.

"미스 킴! 이거 고마워요. 그리고 또 봐요. 언제든 한가해지면 차 마시러 오구요."

"네! 여사님!"

둘은 지윤을 그냥 보내는 것이 못내 섭섭하다는 표정이다.

현수는 지윤의 친화력이 대단하다는 걸 새삼 느꼈다.

고작 10분 만에 둘을 매혹시켰으니 어찌 안 그렇겠는가!

총리관저를 나서 차에 오르려 할 때 도로시의 긴급 보고가 있었다.

'폐하! 이리나 파블로비치 체홉의 위치가 파악되었어요.'

'어! 그래? 어디야?'

'헤븐 모스크바(Heaven Moscow)라는 클럽 앞이에요'

'나이트클럽 이름이 헤븐? 이름 한 번 그럴 듯 하군.'

남자 입장에서 지은 업소명일 듯하다. 신나는 음악과 독한 술, 그리고 여자와 마약이 상기된다.

'밤 10시에 개장하는데 현재는 입장하려는 줄에서 물주를 잡으려는 행위를 하고 있는 것으로 파악되고 있어요.'

휴대폰으로 시간을 확인해보니 9시 10분경이다. 들어가려면 50분이나 남았는데 벌써 줄을 선 모양이다

'물주 잡는 행위? 그게 뭐지?'

'거기 들어가려는 손님에게 묻어서 들어가려는 거 같아요.'

'묻어서 들어가는 게 물주 잡는 행위야?'

'아뇨! 그건 전초작업이죠. 입장료가 있는데 그걸 낼 형편이 안 되면 그렇게 한다는군요.'

'그걸 도로시가 어떻게 알아?'

'치잇! 인터넷으로 검색하면 금방이죠.'

'끄응! 알았어.'

도로시와 대화를 하는 동안 차는 호텔로 가고 있었다. 늦은 시각이지만 사고가 났는지 교통체증이 빚어지고 있었다.

창밖에 시선을 주고 있는 지윤이 왠지 애처롭다는 느낌이었다. 생각해보니 가족과 생이별을 시킨 상태이다.

"지윤씨!"

지윤은 얼른 고개를 돌려 시선을 마주친다. 참 고운 얼굴이고, 예쁜 눈빛이다.

"네, 전무님."

"이번 출장 너무 길어져서 미안해."

"어머! 아니에요. 괜찮아요."

"부모님께 연락은 드리지?"

"그럼요! 이틀에 한 번은 전화 드려요."

지윤은 들고 있던 휴대폰을 흔들어 보인다. 그것으로 통화를 한다는 의미일 것이다.

"친구들도 있을 텐데 나 때문에 못 만나네."

"친구요? 여고 때 친구들은 지금 Y-파이낸스 신입사원 연수를 받고 있거나 근무지에 배치되어 있을 거예요."

"저번에 말했던 혜진씨, 미숙씨, 선혜씨 등?"

지윤이 Y-파이낸스에 취직시켜달라고 천거했던 이름이다.

강혜진은 여군 중사로 예편 후 독서실 알바를 하고, 최미숙은 백화점 명품관에 근무하다 골빈 정수지에게 따귀를 맞았다. 유선혜는 대학을 졸업하고도 PC방 알바를 하고 있다.

이밖에 7명의 친구가 더 있는데 이들의 공통점은 그리 넉넉하지 못한 가정환경과 착한 성품이다.

현재는 Y—파이낸스 대출상담 사원 직무교육을 마친 후 일반교양 수업을 받고 있다.

문명의 충돌, 글쓰기를 위한 책 읽기, 총?균?쇠, 사피엔스, 관찰의 힘, 화폐전쟁, 새로운 디지털 세계, 어떻게 살 것인가, 대담한 미래 같은 도서들이 교재이다.

법인 설립은 진즉에 끝났지만 아직 건물이 들어서지 못한 때문이다.

Chapter 05

친구가 없는 이유

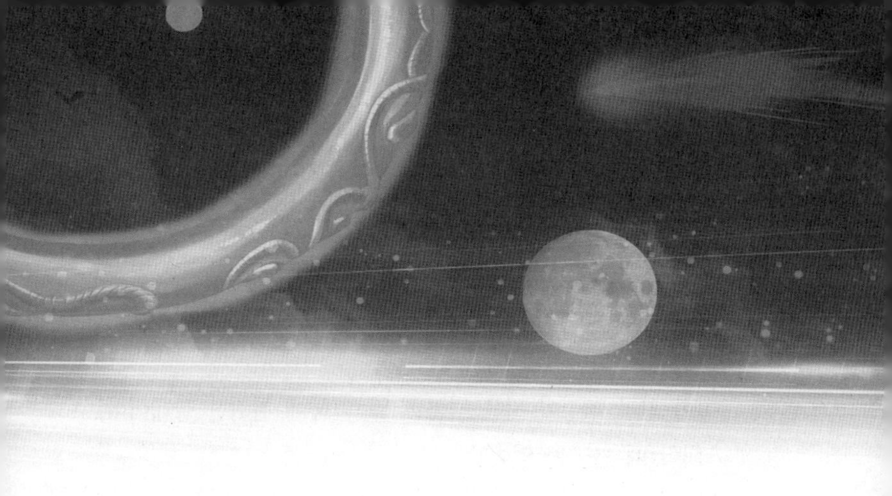

영업을 개시하기 전까지는 교양수업을 받는데 그와 동시에 일반상식과 금융실무, 그리고 국사와 세계사 등도 배운다.

명문대 출신 재원 못지않게 성장시키기 위함이다.

업무가 개시되어도 지원자는 교양수업을 수강할 수 있다.

넉넉지 못한 환경 때문에 미처 알지 못했던 본인의 재능을 일깨우는 자기 계발(啓發)을 적극적으로 지원하는 것이다.

본인이 원하면 훨씬 더 전문적인 교육을 받게 될 수도 있다. 대학 또는 대학원 과정은 물론이고 박사과정까지 지원해 줄 계획이다.

그렇게 해서 만들어진 인재는 Y—그룹의 무궁한 발전을 위한 든든한 초석 역할을 하게 될 것으로 기대된다.

참고로, Y—파이낸스의 전무이사는 김지윤으로 등재되어 있다. 따라서 범죄를 저지르거나 공금횡령과 같은 잘못을 저지르지 않는 한 친구들이 잘릴 일은 없을 것이다.

"네, 모두 고등학교 때 친했던 친구들이에요."

친한 친구 10명이 지윤 덕분에 Y—그룹에 취직한 상태이다.

"대학 때 친구는 없어?"

"그건…."

지윤은 잠시 망설였다. 대학 때 친구가 왜 없는가를 생각해 본 것이다. 순간적으로 같이 공부했던 동기나 선후배들을 떠올려본 지윤은 고개를 흔든다.

"네, 없어요."

"응…? 대학 때 친구가 없다구? 4년을 같이 다녔는데?"

군대를 갔다 온 것도 아니고, 중간에 휴학을 하지 않았다면 쭉 같이 다녔을 것이므로 믿기 어렵다는 표정이다.

"네! 학교 다닐 땐 조별과제 같은 걸 같이 했지만 졸업 후엔 연락조차 해본 적이 없네요."

"헐…! 왜? 혹시 왕따였어?"

"왕따가 뭔지 아세요? 한국에서 학교 안 다니셨잖아요."

지윤은 진심으로 놀란 표정이다. 현수가 분명한 외국인이라 인식하고 있는 때문이다.

"내가 외국인이라 모를 거라 생각했나 봐."

"네? 그, 그건…"

지윤은 잠시 말을 더듬었다.

"나도 왕따가 뭔지는 알아. 집단적으로 따돌리는 걸 뜻하는 말이잖아. 맞지?"

"네, 맞아요."

"그래서 왕따였어? 아니었어?"

"뭐예요. 당연히 아니었죠. 제가 그럴 리가 없잖아요."

지윤은 어깨를 으쓱이며 눈을 상큼하게 뜬다. '나 정도면 괜찮지 않아요?' 라는 표정이다.

"……!"

현수는 대답 대신 고개를 끄덕였다.

지윤은 분명 메스가 전혀 닿지 않은 모태미녀이다. 게다가 몸매까지 늘씬하다.

현수는 상당히 많은 미녀를 아내로 거느렸었다.

그렇기에 매우 높은 안목을 지녔는데 지윤은 충분히 상위 0.00001% 안에 들 만한 미녀이다.

참고로 5,000만 인구의 0.00001%라면 5명이다.

예전의 김지윤이라면 이 정도는 못되었다.

아무리 높게 봐줘도 간신히 상위 5,000명 수준이었을 것이다. 하지만 현재는 E–GR의 혜택을 받은 후이다.

문제 발생 소지가 있던 유전자들은 모두 교정되었고, 미묘하게 틀어져 있던 오관의 균형이 완벽하게 잡혔다.

아울러 모든 오장육부가 최상의 상태로 활성화되어 제 성능을 발휘하고 있다. 그 결과 피부나 체취 등의 괄목상대할 개선이 실현되었다.

그 덕분에 대한민국 5대 미녀 안에 들어가는 것이다.

물론 이 기준은 현수의 눈으로 볼 때이다.

도로시는 누구보다도 현수의 취향을 잘 파악하고 있다. 하여 지윤을 황후 1순위 후보로 점지했던 것이다.

어쨌거나 상위 5,000위도 대단한 것이긴 하다.

숫자만 보면 상당히 많다.

하지만 전국 각지에, 각각의 연령대로, 그리고 서로 다른 모습으로 흩어져 있으니 웬만해선 보기 힘들다.

이런 미녀라면 아무리 쌀쌀맞게 굴거나 싸가지 없어 보여도 사내들이 외면하지 않는다.

아니, 절대로 그러지 못한다! 오히려 잘 보이고 싶어 온갖 호의를 베풀며 눈치를 볼 것이다.

지윤은 남자가 여자보다 훨씬 많은 대학생활을 했다.

젊음과 낭만이 지배하는 집단에서 이런 초절정 미녀를 왕따시킨다는 건 있을 수 없는 일이다.

아마도 늘 기회를 노리는 늑대들이 우글거렸을 것이다.

사실 제 돈 내고 학식을 먹은 적도 없을 뿐만 아니라, 자판기 커피조차 제 손으로 뽑아본 적이 없었다.

이 모든 건 헛물켜는 늑대들이 지불했다.

이런 걸 보고 있던 여러 여우들이 있었다. 그녀들은 지윤을 부럽다는 눈으로 보긴 했지만 질투하진 않았다.

봉황과 참새를 어찌 비교할 수 있겠는가!

어찌 되었거나 지윤의 교우관계는 이해되지 않았다.

"그런데 왜 대학 때 친구가 없어?"

"글쎄요…? 그건 잘 모르겠어요. 그냥 그렇게 되었어요."

대답은 이렇게 했지만 지윤은 같이 공부했던 동기들을 탐탁지 않게 여기고 있다.

대한민국 최고의 인재들이 다니는 대학이지만 상당수가 오로지 공부만 해서 그런지 일반상식이 부족했다.

예를 들자면 '신데렐라' 가 사람 이름이라는 것이다.

'재투성이' 라는 뜻의 신더(Cinder)와 본명인 엘라(Ella)가 합쳐져 신데렐라가 되었다는 걸 아는 친구는 거의 없었다.

빅토르 위고의 작품인 '노트르담의 꼽추' 를 월트 디즈니의 작품으로 알고 있었다.

하도 웃겨서 그림 백설공주 이야기에 등장하는 일곱 난쟁이의 직업이 뭐냐고 물었더니 전혀 모른다고 하거나 '약초꾼' 이라는 대답을 하기도 했다.

참고로, 일곱 난쟁이의 직업은 광부(Miner)이다.

맷돌의 손잡이 '어이' 를 '어의' 로 잘못 알고 있거나 '이의를 제기하다' 의 '이의(異議)' 를 '이이' 로 알기도 했다.

침대가 뭐냐고 물었더니 조금도 지체치 않고 '과학' 이라 하여 실소를 금치 못하게 하였다.

나중에 들어보니 세 살인가 네 살 때부터 오로지 공부만 시킨 부모님의 성화 때문에 홍길동전 같은 동화책조차 변변히 읽어본 게 없다고 하였다.

제대로 알고 있는 건 국어 교과서에 나온 작품들뿐이다.

그나마 전부를 아는 게 아니라 교과서에 나온 부분만 해박할 뿐 나머지는 아예 본 적이 없다 하였다.

상식이 부족한 동기는 그나마 나았다. 모르는 건 언제고 새로 배우면 되는 때문이다.

어떤 학우는 매우 이기적이었고, 사회규범에 자신을 적응시키려 하지 않고 늘 제멋대로 굴었다. 그동안엔 공부를 잘했으니 그렇게 해도 용납이 되었던 모양이다.

하여 지윤은 일부를 제외한 나머지 학우들은 괴짜이거나 사회부적응자였고, 진따이거나, 개싸가지라 여긴다.

또 다른 일부는 너무 출세 지향적이라 언제든 배신할 수 있으니 가까이 하지 말자는 생각을 하게 만들었다.

뉴스를 보면 심심치 않게 동문들이 저질렀거나 개입된 범죄들이 보도되는 일이 많았다.

주로 정치인과 언론인 등 사회지도층 인사들인데 좋은 머리를 나쁜 쪽으로 쓴 결과이다.

하여 그런 자들을 본인의 반면교사로 삼았다.

하여 미래에 본인이 회사를 세우거나, 사람 뽑는 일을 하게 될 경우 결코 동문들은 뽑지 말아야겠다고 생각한다.

고등학교 때 친구 10명을 Y—파이낸스에 천거할 때 현수와 이런 대화를 했다.

"지윤씨! 아다시피 Y—그룹은 새로 만들어지는 회사인지라 많은 인재들이 필요해. 알지?"

"네, 그렇죠."

"지윤씨 주변 사람들을 눈여겨보았다가 괜찮다 싶으면 언제든 이야기해줘."

"……!"

김지윤이 아는 사람들의 면면을 떠올릴 때 현수의 말이 이어졌다.

"지윤씨가 천거하면 적극적으로 생각할게. 알았지?"

좋은 대학을 나왔다는 걸 알기에 하는 말이라 생각하였다. 하여 이렇게 대꾸하였다.

"네! 그럴게요. 근데 제가 나온 대학 사람을 추천하는 일은 아마 없을 거예요."

"응? 왜? 똑똑한 사람들이 다니는 학교잖아."

"맞아요. 근데 너무 경쟁적이라 인간미가 없어요."

"흐음! 그래? 그럼 그 대학 출신은 뽑지 말라고 해야겠군. 알았어. 그렇게 하지."

아무리 똑똑해도 인간성이 꽝이면 가차 없이 내치는 것이 현수의 성품이다. 지윤의 말 한마디로 동문들은 Y—그룹에 발붙이지 못하게 되었다.

그들이 아니더라도 뽑기를 바라는 사람들이 훨씬 많으니 아쉬울 일은 없다.

이런 결정은 곧바로 도로시에게 전해졌다. 하여 Y—그룹 입사 지원서 가운데 상당수가 삭제되었다.

지윤과의 대화는 짧았다. 하얏트 호텔에 당도한 때문이다.

"피곤할 테니 먼저 올라가서 쉬고 있어."

"네! 조심해서 다녀오세요."

지윤은 조신한 몸짓으로 하차를 하곤 허리 숙여 예를 갖췄다. 이 모습을 본 이들은 거의 없다.

어느새 경호원들에 의해 둘러싸인 것이다. 이들은 대통령궁 경호실에서 차출된 인원으로 12명이다.

3인 1조로 움직이기에 차를 4대나 동원했다. 누가 봐도 경호원인지라 기웃거리는 사람은 없었다. 힐끔거릴 뿐이다.

"많이 늦지는 않겠지만 그래도 졸리면 먼저 자."

"네, 그럴게요."

현수는 신일호로 하여금 지윤을 룸까지 에스코트(Escort)하도록 했다. 만일을 대비한 것이다.

도로시는 아주 좋은 배려라는 의견을 내놓았다. 현수는 이에 대해 아무런 대꾸도 하지 않았다.

자꾸 엮으려 하는 것이 마뜩지 않은 것이다.

호텔에 당도했으니 더 이상의 경호는 불필요하다. 호텔 내부는 자체 보안팀이 있어 안전하기 때문이다.

그럼에도 신일호를 딸려보낸 것은 긴 출장 때문에 가족과 생이별 상태로 있는 것이 미안해서이다.

도로시는 이런 게 황후에 대한 배려라면서 계속해서 떠들고 있었지만 한 귀로 듣고 흘렸다.

잠시 후, 신일호가 나와 조수석에 올라탄다. 말이 없는 걸 보면 임무를 완수했다는 뜻이다.

"어디로 모실까요?"

대기하고 있던 운전기사의 말이다.

"헤븐이라는 이름을 가진 나이트클럽으로 갑시다."

"헤븐이요? 아! 어딘지 압니다. 모시겠습니다."

의전차량 코티지는 미끄러지듯 모스크바 거리를 질주했다.

운전솜씨가 대단해서 빠른 속도로 우회전 또는 좌회전을 해도 몸이 급격히 쏠리는 일은 없었다.

그리고 그리 멀지 않았기에 금방 당도했다.

"헤븐에 도착했습니다."

"아! 그래요? 수고하셨습니다."

"네! 유쾌한 시간 보내시기 바랍니다."

운전기사의 어투는 정중했다. 나이트클럽에 왔으니 신나게 부비고 오라는 뜻이다.

아니라고 하기엔 뭐했기에 고개만 끄덕이고는 하차했다. 대화하는 동안 경호원들이 내려 삼엄한 호위태세를 갖춘다.

딸깍—!

"이제 내리셔도 됩니다."

"그래요."

차에서 내리니 입장을 대기하는 줄이 제법 길다.

10분 이상 기다려야 하지만 이미 100m가 넘었고 계속해서 길어지고 있다. 어디쯤 있나 싶어 대강 훑어보았지만 이리냐는 보이지 않았다.

"흠! 없네. 어디 갔나?"

'폐하! 기억 속의 모습과 다를 수 있잖아요.'

'그래! 그렇군.'

이리냐는 여신에 버금갈 만큼 아름답고, 우아하다는 평을 받았던 황후이다.

하지만 현재는 슈퍼포션의 혜택을 입지 못한 상태이다. 아울러 영양상태도 별로일 것이 분명하다.

하여 안력을 돋우는 동시에 귀를 쫑긋 세웠다. 실제로 귀가 움직인 것은 아니고 청신경에 집중한 것이다.

현재는 한번 도약으로 수직으로 100m를 뛰어오를 수도 없고, 한 주먹에 두께 30㎝짜리 강철판을 꿰뚫을 수 없다.

강력한 무력 투사는 불가능 하지만 슈퍼마스터 고유의 능력은 줄지 않았다.

지금처럼 신경을 집중하면 박쥐보다 더한 청력과 독수리보다 더 날카로운 시력을 갖게 된다.

청력은 1㎞ 밖에서 개미가 기어가는 소리를 들을 수 있고, 시력은 100m 거리의 카멜레온을 대번에 찾아낸다.

평상시에 신경을 곤두세우지 않는 이유는 너무 과한 정보가 한꺼번에 수집되어 뇌에 부하를 가하는 때문이다.

아무튼 대기줄은 100m가 넘었고, 다들 이런저런 대화로 웅성거리는 중이다. 현수는 그중 한 대화에 집중했다.

*　　*　　*

"헤이, 멋진 오빠! 나 어때요?"

"휘~유! 새끈한데? 맘에 들어."

"그쵸? 그럼, 한잔 살래요?"

"내가?"

"그래요. 한잔 쭈~욱 어때요? 그쪽이 마음에 들어요."

"크크! 나야 좋지. 근데 술만 사면 돼?"

"에이, 입장료와 팁은 있어야죠."

뭘 당연한 걸 묻느냐는 뉘앙스이다. 그 순간 사내의 시선은 여인의 위아래를 훑는다. 뭔가 싫은 것이다.

"크크! 그렇군. 근데 우린 셋이야."

"설마 나 혼자 셋을 감당하라고요?"

"가능하면…! 100루불 어때?"

현재의 환율은 1루불에 16원 정도이다. 따라서 100루불이면 1,600원에 불과하다.

"에이, 셋에 100루불이면 조금 너무하죠. 그죠?"

"그래? 그럼 200루불은 어때!"

"오빠! 그러지 말고 조금 더 써봐요."

둘의 대화에 끼어드는 사내가 있다.

"크크! 이봐 친구. 널린 게 여자라구."

"그치? 그래도 100루불은 조금 그러니 150루불 어때?"

"셋인데 햄버거 하나 값은 너무하지 않아요?"

"꺼져!"

지금껏 화기애애했던 분위기는 대번에 깨졌다.

"네? 뭐라고요?"

"꺼지라고! 이 친구 말대로 널린 게 여자야. 너 같은 창녀한테 쓸 돈은 없다구."

"뭐라구욧? 너무 심한 말 아니에요?"

"심하긴? 창녀 맞잖아. 안 그래?"

"야! 이 새끼야."

"뭐? 새끼…? 한 대 맞을래? 오냐 오냐 하니까 만만하게 보이지? 엉? 지금 기어오르는 거냐?"

사내의 표정이 험악해지자 짧은 치마를 입은 여인이 투덜거리며 돌아선다.

"쓰벌! 돈도 없는 것들이…. 에이, 재수 없어. 퉤에!"

신경질적으로 침을 뱉고는 핸드백 속의 담배를 꺼내 입에 물고 라이터로 불을 붙인다.

틱, 틱! 화르륵—!

"흐읍! 휴우우우~! 개새끼들…!"

연기를 내뿜는 여인을 본 현수는 안도의 한숨을 내쉰다.

'휴~우! 아니라서 다행이야.'

'칫! 이리냐님은 저 여자보다 키가 2.7㎝가 더 크잖아요.'

'그런가? 본지 너무 오래 되서 그래.'

이리냐가 사망한 건 1,000년도 넘은 과거의 일이다. 그리고 사망 당시엔 20대 때보다 신장이 줄어 있었다.

나이가 들면서 척추 디스크가 얇아지고 골밀도가 낮아지면서 뼈가 변형된 결과이다.

그럼에도 현수는 가장 찬란했던 때의 모습으로 기억하고 있다. 그때가 가장 행복했던 때문이다.

어쨌거나 1,000년 세월은 현수의 기억도 충분히 바랄만큼 긴 시간이다.

'정확히는 2.73㎝가 더 큰 171.25㎝예요!'

도로시와 짧은 대화를 할 때 사내들 뒤쪽 화장실에서 나와 다가선 여인이 입을 연다.

사내들의 덩치가 커서 현수 쪽에선 보이지 않는다.

"오빠들! 나는 어때?"

"……!"

사내들의 눈이 커진다. 조금 전 창녀보다 훨씬 괜찮은 얼굴이며 몸매라 그런 것이다.

"셋이니까 300루불만 줘. 같이 놀아줄게."

"정말 300루불이면 돼?"

가장 뚱뚱한 녀석이 홍미 돋는다는 표정으로 말을 이으려 할 때 그중 제일 탄탄한 몸을 가진 놈이 입을 연다.

"꺼져! 널린 게 계집이야."

"에이, 괜히 튕기지 마. 다른 애들은 꼬시기 힘들잖아. 그러지 말고 나랑 놀아. 내가 잘 해줄게."

"……!"

사내들은 서로 눈치를 본다.

헤븐은 가드가 수질관리를 한다.

사내는 나이가 많거나 추레하면 입장 불허이고, 여성은 미모가 떨어지거나 몸매가 꽝이면 출입이 거절된다.

원래는 창녀도 입장 불가이다. 하지만 손님들과 동반해서 오는 건 말리지 않는다.

계집이 많을수록 클럽 매상이 올라가는 때문이다.

하여 몸을 파는 여인들은 입장 대기줄에서 손님을 유혹하여 묻어서 들어가곤 한다.

아무튼 헤븐에서 놀기 위해 입장하는 일반여성 손님들은 대부분이 도도하다. 수질관리를 하니 입장이 허락된 건 본인이 보통은 넘는다는 걸 의미하는 때문이다.

이런 여자들을 꼬셔서 하룻밤 인연을 만드는 건 확률이 낮다. 원 나잇 스탠드에 성공하는 걸 전문용어로 '홈런을 친다'고 표현하는데 열 번 타석에 들어서면 한두 번이 고작이다.

여자들도 눈이 있으니 남자의 체격이 작거나, 뚱뚱, 또는 못생기면 타율이 확 떨어진다.

돈이 없어 보여도 그렇다.

주사 부리는 모습을 보게 되면 확률이 제로에 수렴한다.

어쨌거나 사내 셋은 평범하게 생겼는데 한 녀석은 체중이 120㎏을 훌쩍 넘기고 있다.

지금까지 셋의 타율은 1할, 0.5할, 0.3할이다.

사내 셋이 헤븐에 놀러온 건 서른 번 쯤 된다.

이들을 각각 A, B, C라고 하면 A는 세 번, B는 한번 반, C는 한 번 홈런을 쳤다.

B의 한번 반 중 반은 키스까지만 성공해서 그렇다.

몸무게 120㎏짜리 C가 홈런을 친 건 상대가 골뱅이 상태였기에 가능했던 일이다.

너무 취해서 정신까지 혼미해졌기에 C인줄 모르고 받아들인 것이다.

어쨌거나 셋은 사흘이 멀다하고 헤븐에 놀러오고 있는데 본인들의 경쟁력이 낮음을 인식하고 있다.

'너 자신을 알라(Know you yourself)' 고 했던 그리스의 철

학자 소크라테스(Socrates)로부터 상을 받을 만하다.

어쨌거나 본인의 꼬라지를 잘 알기에 항상 외모가 딸리는 여성들에게 추파를 던지며 놀았다.

조금 전 같이 놀자고 했다가 퇴짜 맞은 여성이 이에 속한다. 그래도 모스크바 여성들의 평균 정도는 된다.

워낙 미인이 많은 나라이기에 평범하게 보인 것이다. 그런데 지금 말을 걸어온 여인은 차원이 달랐다.

조금 전 여인이 호박꽃이었다면 지금은 화사한 튤립이다.

자신들과 놀아줬던 여인보다 훨씬 아름다워서 그런지 잠시 아무런 대꾸도 하지 못한 채 입을 벌리고 있다.

"오빠들! 설마 300루불도 없는 거야?"

선불이라는 듯 여성이 손을 내밀자 사내 중 하나가 곁의 사내를 툭 친다. 오늘의 물주는 너라는 뜻이다.

"엉? 왜…?"

"이봐! 몰라서 물어? 얼른 돈 꺼내."

"어? 그, 그래. 잠시만…."

물주가 지갑 넣은 주머니를 뒤질 때 가까이 다가간 현수가 먼저 입을 연다.

"아가씨! 나는 혼잔데 1,000루불 어때요?"

"에…?"

긴 생머리를 휘날리며 돌아서는데 이리냐가 확실하다. 그녀는 1,000루불짜리 지폐를 보곤 냉큼 다가선다.

"이거 진짜 줄 거죠?"

"그럼요! 자, 가져요."

지폐가 이리나의 손으로 들어갈 때 지금껏 수작을 부리던 사내들이 눈을 부라린다.

"어이~! 칭크(Chink), 지금 뭐하는 수작이야?"

비록 창녀이기는 하지만 지금껏 품어보지 못했던 미인이기에 살짝 화가 난 모양이다.

"칭크…? 난 지나인이 아닌데?"

"그럼 어디냐? 잽(Jap)이야?"

"아니! 일본인도 아니야. 난, 남아공 사람이라고."

"남아공…? 그럼 아프리카?"

"일단 국적은 그래. 근데 난 니들에게 용무가 없어."

"어쭈? 이게 어디서…? 한번 뒈져볼 테야?"

사내들이 현수에게 다가서려 할 때 뒤에 있던 경호원들이 일제히 다가선다. 상당히 위압적이다.

"……!"

사내들은 삼엄한 분위기에 살짝 쫄은 듯 입을 다문다. 이때 이리나가 현수의 소맷자락을 당긴다.

"미스터! 여긴 줄 서야 해요."

이리나는 줄의 맨 끝을 손짓으로 가리켰다. 공공질서를 준수하지 않는 것을 혐오하는 현수이기에 순순히 끌려간다.

"그래요."

현수가 줄의 뒤쪽으로 향하자 사람들의 시선이 쏠린다.

동시에 경호원들이 따라 움직였기에 저 동양인은 대체 누군가 싶었던 것이다.

호기심이 동해 잠시 웅성거렸지만 그 시간은 길지 않았다.

한편, 입구의 가드들은 눈을 가늘게 뜬 채 현수와 경호원을 살핀다. 그러다 아직 시동이 꺼지지 않은 코티지와 넉 대의 경호차량들에 시선이 미쳤다.

코티지는 시중에서는 볼 수 없는 차이므로 대체 저건 어떤 차종인지 하는 표정이다. 그러던 중 하나가 화들짝 놀라며 무전기를 집어 든다.

한편, 현수와 줄의 맨 끝으로 가는 동안 이리냐의 입술이 나풀거린다.

"저는 이리냐라고 해요. 그쪽은요?"

"이리냐…? 이름 예쁘네요. 난, 킴이라고 해요."

"아! 미스트르 킴이군요. 근데 킴은 누구기에 이렇게 많은 경호원들을 데리고 다녀요?"

"경호원이요? 조금 많죠?"

"네! 많아요. 그래서 그런지 카리스마 작렬이에요."

조금 전 사내들과의 대화와 달리 확실한 존댓말이다.

"그냥 조그만 사업을 해요. 이리냐는…?"

"저는…."

이리냐는 쉽게 말을 잇지 못했다.

뭐라 대꾸해야 할지 난감한 때문이다. 하긴 '저는 몸을 파는 창녀예요.' 라는 대답을 어찌할 수 있겠는가!

갑자기 본인의 처량한 신세를 느꼈는지 처연한 표정으로 바뀐다. 현수도 이런 분위기는 싫다.

"말하기 싫음 안 해도 돼요. 근데 우리 언제 입장해요?"

"아! 이제 금방 입장할 수 있을 거예요. 입장료는 1인당 200루불이에요. 어머! 이제 시작인가 봐요."

이리냐의 말이 떨어질 때 클럽의 문이 활짝 열리면서 환한 빛이 쏟아져 나온다.

그 빛에 이리냐가 걸친 핑크색 재킷과 안에 입은 흰색 블라우스가 선명하게 보인다.

재킷은 추위를 차단하기엔 너무 얇아 보였고, 블라우스는 세탁한지 오래되었는지 색깔이 바래 있었다.

게다가 둘 다 매우 저렴해 보인다. 조만간 세상에서 완전히 사라져버릴 'Made in China' 일 것이 분명하다.

뭔가의 디자인을 베낀 짝퉁인데다 품질마저 형편없으니 매서운 추위를 막기엔 역부족일 듯하다.

왠지 불쌍해보였지만 아무런 내색도 하지 않았다. 대신 파트너로 입장하려면 팔짱을 끼라며 왼팔을 살짝 들었다.

"그럼 본격적으로 놀아볼까요? 아가씨!"

"네. 좋아요. 헤헤!"

이리냐가 냉큼 팔짱을 낌과 동시에 뭉클함이 느껴진다.

아주 오래 전에 느꼈던 감촉이다. 하여 저도 모르게 오른손으로 이리냐의 손등을 덮었다.

"……!"

수족냉증이라도 있는지 아주 차갑다.

"어우, 손이 되게 차갑네요."

"죄, 죄송해요."

이리냐는 살짝 고개를 숙이며 손을 빼려했다. 하지만 그러진 못했다. 현수가 힘주어 잡았던 때문이다.

"괜찮아요. 내 손이 따뜻하니까요."

"어머! 정말 그러네요. 손이 따뜻한 사람은 마음도 따뜻하다면서요?"

"후후! 아마도요."

시답지 않은 대화를 하고 있는 사이에 대기줄이 빠르게 짧아졌다. 앞 커플이 들어가고 현수, 이리냐 순서가 되었다.

입구의 가드는 현수 뒤쪽의 경호원들을 힐끔 바라보고는 어서 안으로 들어가라는 손짓을 한다.

"입장료가 얼마죠?"

"손님 일행은 그냥 들어가셔도 됩니다."

"네…?"

바로 앞까지 모두 입장료를 내고 들어갔다.

그런데 이제 무슨 일인가 싶다.

하여 뒤에 있던 경호원 책임자에게 시선을 돌리니 본인도 모르는 일이라는 듯 어깨를 으쓱거린다.

아마도 그럴 것이다.

경호원 중 어느 누구도 헤븐의 가드와 대화하는 걸 보지 못했다. 그리고 경호원들은 이곳으로 오는 걸 모르고 있었으니 사전연락도 하지 못했을 것이다.

뭔 일인가 싶지만 안 내도 된다는데 굳이 내겠다고 우길 이유가 없다.

"그거 고마운 말이군요. 좋아요! 이건 팁이에요."

가드 둘은 현수가 내민 1,000루불짜리 지폐 두 장을 받아들며 고개를 숙인다. 지금껏 환전한 바 없기에 조금 전에 경호책임자로부터 빌린 것 중 일부이다.

"아이구, 감사합니다."

Chapter 06

클럽 헤븐에서

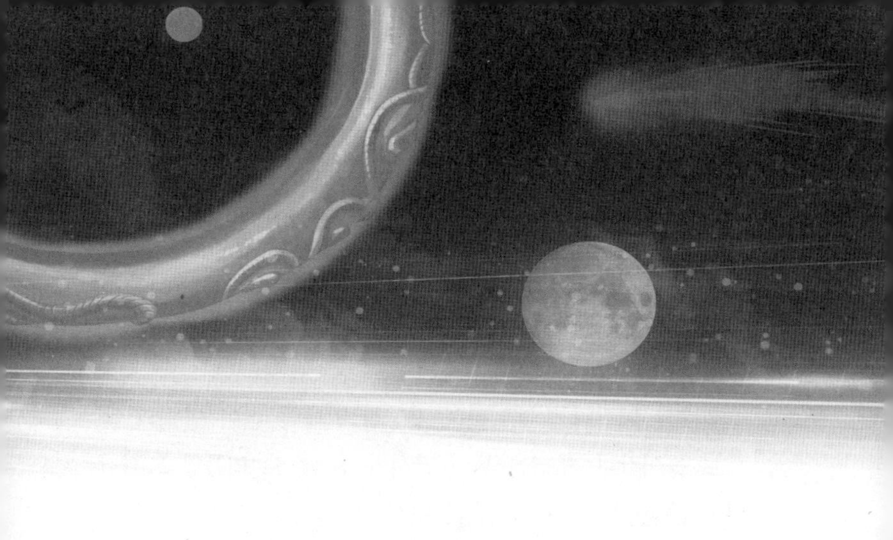

가드들의 허리가 직각으로 굽혀진다. 현수 일행의 뒤쪽에 있던 손님들의 눈이 대번에 커진다.

입장객을 선별하는 임무를 맡고 있기에 헤븐의 가드들은 고압적으로 이름나 있다.

가끔 인물이 빠지는 등 입장을 허락해줄 수 없는 손님이 뇌물을 주기도 하는데 그러면 안 된다.

클럽 입구엔 CCTV가 설치되어 있다. 하여 가드는 뇌물을 받지 않는다. 그렇기에 돈을 주려하면 되려 매를 맞는다.

그런데 동양인이 준 돈을 받으며 허리를 꺾으니 매우 이상하게 보인 것이다. 하여 일행에게 시선이 쏠렸다.

대체 누군가 싶었던 것이다. 하지만 그들의 궁금증은 풀리지 않았다. 일행이 빠르게 입장한 때문이다.

안에 발을 들여놓으니 벌써부터 사람들의 혼을 빼놓으려는 요량인지 음악소리가 요란하다.

쿵, 쿵, 쿵, 쿵—! 두그두그두그두그! 쿵, 쿵, 쿵, 쿵—!

현수와 이리냐는 웨이터의 정중한 안내를 받아 안쪽의 룸으로 들어갔다. 두터운 문이 닫히자 진동으로 리듬만 느껴질 뿐 조금 전처럼 시끄럽지는 않다.

신일호는 문 앞을 지키고, 대통령궁 소속 경호원들은 복도 등에 배치되었다. 놀러온 손님들은 이런 상황을 자주 겪었는지 알아서 피해 다닌다.

잠시 후, 안주와 술이 세팅되었다.

술은 '루이 13세 스페셜 에디션 블랙펄'이다. 100년간 오크통 속에서 숙성된 것으로 786병만 생산된 것이다.

한국엔 2007년에 6병이 들어왔는데 그때 술집에서 받은 가격은 병당 1,500만 원이다.

유럽에선 300~400만 원 정도로 거래된 바 있으니 한국은 거품이 아주 심한 편이다.

어쨌거나 이것은 헤븐이 가지고 있는 술 중 최고급이다.

안주는 세 가지가 들어왔다.

보르쉬(Borscht)와 샤슬릭(Shashlik), 그리고 비프 스트로노가노프(Beef Stroganov)이다.

소고기와 토마토 그리고 비트가 듬뿍 들어간 스프와 쇠고기와 양고기, 채소, 해산물 꼬치구이, 그리고 길쭉하게 썬 쇠고기를 볶은 뒤 스메타나[7]를 곁들인 것이다.

헤븐의 메뉴에는 없던 것이다. 혹시나 해서 가능하냐고 물었더니 찍소리 않고 만들어 왔다.

하여 팁으로 3,000루불을 줬다.

없던 메뉴를 만드느라 애쓴 주방에 1,000루불, 음식을 가져온 웨이터 1,000루불, 그리고 특별주문을 허락해준 매니저 1,000루불씩이다.

러시아에서 보드카의 안주로 제일 많이 찾는 것이 절인 오이, 절인 토마토, 또는 절인 버섯 등이다.

때로는 보드카의 안주로 맥주를 마시는 경우도 있다.

한국사람 입장에서 보면 오이와 토마토, 그리고 버섯은 보드카 같이 독한 술의 안주가 될 수 없다.

하물며 맥주는 어떠하겠는가! 이건 결코 술안주가 아니다.

헤븐의 메뉴 또한 이런 것들이 주를 이루고 있다.

그런데 이리나는 현재 빈속이다. 빈속에 술이 들어가면 어찌되겠는가!

흡수가 빨라 혈중 알코올 농도가 급격히 상승한다. 아울러 이를 분해할 영양분이 부족하므로 해독이 지연된다.

또한 위 점막에 상처가 발생되거나 파괴될 수도 있다.

7) 스메타나(Smetana) : 중앙유럽과 동유럽 등이 기원인 샤워크림의 일종.

그리고 알코올 대부분이 위장에서 바로 흡수되어 곧바로 간으로 전달되기 때문에 간에 큰 부담을 준다.

하여 세 가지 안주를 주문했던 것이다.

"한잔 따를게요."

"그래요."

이실리프 제국 3황후였던 이리냐에겐 세인들이 모르는 특기가 하나 있다.

그것은 폭탄주 제조에 일가견이 있다는 것이다.

원두커피와 소주를 섞는 '소원주' 는 씁쓸하면서도 향긋하다.

홍초와 소주를 블랜딩한 '홍익인간주' 는 빛깔이 고왔고, 달달한 맛이 있어 좋다.

메로나와 소주, 그리고 사이다를 섞는 '메로나주' 는 달달하면서도 상큼한 맛이 일품이다.

메로나 대신 스크류바, 죠스바, 또는 각종 아이스크림을 넣은 것도 있었는데 서로 다른 맛을 내서 좋다.

매실주와 소주를 섞는 '링겔주' 는 목 넘김이 너무 부드러웠고, 콜라가 깔린 소주잔을 맥주잔에 빠트리는 '고진감래주' 는 씁쓸한 소주 맛 뒤에 달달한 콜라맛을 느낄 수 있다.

이밖에 이름을 알 수 없는 30여 가지의 폭탄주가 더 있었는데 이리냐 황후가 제조할 때면 늘 술자리가 즐거웠다.

그러고 보니 음주와 가무를 즐겨본 게 언젠지 까마득하다.

마음 놓고 허리띠를 푼 채 즐거운 마음으로 마셨던 건 아마도 1,000년이 훨씬 넘었을 것이다.

아무튼 술이란 좋은 일이 있거나 마음이 맞는 사람끼리 마실 때 더 맛있는 음식이다.

사랑하는 아내들이 모두 세상을 뜨고 난 뒤론 크게 즐거워할 일이 없었다. 하여 소소하게 잔을 기울였을 뿐이다.

매년 건국기념일 및 초대황제 탄신일 등의 잔치가 있었지만 옆구리가 허전한 상태로 마신 술은 맛있지 않았다.

하여 가끔 아내들이 생각날 때, 또는 문득 쓸쓸함을 느낄 때만 한잔씩 했다.

이리냐가 서툰 솜씨로 양주를 따르고 있다. 한때 몹시도 사랑했던 아내이다. 물론 지금은 아니다.

쪼르르르륵—! 쪼르르륵—!

"한잔 하세요."

"그래요."

잔이 채워지자 현수는 단숨에 잔을 비운다.

쭈우욱—!

"에이, 건배도 안 하시고…."

이리냐는 현수가 거물이라는 걸 눈치 챘다.

하여 지극히 조신한 모습으로 잔을 잡는다. 현수가 마셨으니 본인도 마셔야 한다 생각한 모양이다.

"잠깐만요!"

"네? 왜요?"

"빈속이잖아요. 일단 배부터 채워요."

"……!"

"대체 얼마나 굶은 거예요? 하루? 이틀…?"

"에? 그걸 어떻게…?"

"공복으로 인한 구취(口臭)가 느껴져요."

음식물을 먹지 않으면 침의 분비가 감소되어 자정작용(自淨作用)이 떨어지면서 냄새가 난다.

구취엔 여러 종류가 있는데 기상 시 구취, 공복 시 구취, 노화에 의한 구취, 월경에 의한 구취, 약물 또는 흡연으로 인한 구취, 구강 내 장치에 의한 구취 등이 있다.

현수는 매우 민감한 후각을 가졌으며, 양의학과 한의학에 정통해 있다. 그렇기에 연한 냄새만으로도 원인이 뭔지 대번에 알아차린 것이다.

"입 냄새요? 어머…! 죄송해요."

이리나는 얼른 물 잔을 집어 든다. 물로 입 안을 헹구면 냄새가 덜해짐을 아는 것이다.

"괜찮아요. 뭘 먹으면 없어질 테니까요. 그러니 일단 배부터 채워요. 알았죠?"

"네! 근데 같이 안 드세요?"

"난 저녁 먹은 지 얼마 안 되었어요. 그러니 신경 쓰지 말고 양껏 먹어요."

현수는 차려진 음식들을 이리냐의 앞으로 끌어다 놓았다.

"네. 고맙습니다."

이리냐는 사양하지 않고 포크를 집었다. 그러곤 야무지게 먹기 시작한다. 하루를 꼬박 굶어 배가 고픈 것조차 느끼지 못할 정도였지만 음식을 보니 문득 허기가 동한 것이다.

우걱, 우걱! 쩝쩝~! 후르륵! 후르르륵—!

와드득! 우걱! 쩝—! 쩝쩝쩝! 후르륵! 우걱, 우걱—!

사흘 굶은 각설이가 밥 먹는 소리가 난다.

이리냐를 바라보는 현수의 눈길엔 측은함이 배어 있다.

가진 게 아무것도 없는데다 의지할 사람조차 없으니 얼마나 춥고 배가 고팠을지 충분히 짐작되는 때문이다.

그러던 어느 순간 도로시의 음성이 들린다. 실제 귀로 듣는 것이 아니라 뇌로 전달되는 것이다.

'폐하! 보고 드려요?'

'그래!'

'일단 표로 보세요.'

말 떨어지기 무섭게 눈에 익은 표가 시선에 뜬다.

— 신장 171.25㎝ — 체중 45.3㎏

— 좌우시력 1.2, 0.7 — 면역지수 24.3

— 충치 3개, 풍치 2개 아프타성 구내염 심각

— 임질, 매독 2기. 유레아 플라즈마 증상 발현

— 심장기능 36.2% 감소 — 폐기능 44.1% 감소

— 신장기능 50.8% 감소 — 간기능 55.4% 감소

— 췌장기능 86.2% 감소 — 소장기능 39.8% 감소

— 위염 및 위궤양으로 인한 초기 위암세포 발생되었음

— 영양실조로 인한 당뇨 때문에 췌장 결석 발생되었음

— 심한 변비로 인한 치질 및 체내 호르몬 균형 실조

……

한 번에 다 볼 수 없을 만큼 다양한 질병도 문제지만 오장육부의 기능 감소가 특히 눈에 뜨인다.

못 먹어서 그런 것도 이유겠지만 미래에 대한 불안감과 심한 스트레스가 문제라는 것이 도로시의 진단이었다.

최종 진단결과는 다음과 같았다.

※ 총체적 난국! 여명(餘命)은 13개월 17일.

이 기간 동안 상당한 고통이 수반될 것으로 판단됨. 하지만 E—V라면 충분히 해결할 수 있을 것으로 사려됨.

'난국 맞네. 뭘 어떻게 했기에 몸이 이렇게 망가졌지?'

'영양실조와 체온유지 실패, 그리고 스트레스 때문이죠.'

'정말 엘릭서 바이올렛(E—V)이면 충분해?'

'당연한 말씀이세요. 사실은 엘릭서 다크 블루(E—D)만으

로도 충분할 것 같아요.'

현수는 고개를 끄덕였다.

오장육부가 쇠잔한 상태이고, 각종 성병에 걸린 상태이며, 암세포까지 있다지만 엘릭서 다크 블루라면 깨끗하게 만들 수 있음을 누구보다 잘 알고 있기 때문이다.

참고로, 엘릭서 다크 블루는 원액 농도 50%짜리로 4기암도 치료해낸다.

'그래? 그런데 왜…?'

한때 '약 좋다고 남용(濫用) 말고, 약 모르고 오용(誤用) 말자!' 라는 문구 약국을 도배한 적이 있다.

1971년 제 15회 '약의 날' 을 맞이하면서 채택된 표어이다. 이는 약물 복용 위험성에 대한 경고 문구였다.

대한민국이 이러했듯 새롭게 선진 의약품이 들어가게 될 콩고민주공화국 약품소매점에도 이런 문구가 필요할 것이다.

하지만 엘릭서 시리즈는 이에 해당되지 않는다.

아무리 많이 남용해도 부작용이 없으며, 오용이란 건 할 수도 없다. 오로지 인체를 유익하게 하는 효능만 있는 것이기 때문이다.

아무튼 50%짜리 엘릭서 다크 블루와 원액 농도 75%짜리인 엘릭서 바이올렛은 효능 차이가 상당하다.

전자로 충분함에도 후자를 복용하면 질병을 다스리는 이외의 추가 효능을 보이게 될 것이다.

체내 불균형을 바로잡는 것은 기본 중의 기본이다.

호르몬의 균형 또한 잡힐 것이고, 오관의 비대칭이 수정되며, 모든 노폐물을 배출시키고, 다시는 질병에 걸리지 않는 신체로 탈바꿈시키게 될 것이다.

'이리냐 황후님은 많이 아끼시던 분이었잖아요.'

'그래! 그러긴 했지.'

현수는 잠시 이리냐가 얼마나 애교 넘치는 여인이었는지를 떠올렸다. 항상 유쾌했고, 늘 사랑스러웠다.

'바이올렛 대신 화이트를 준비해.'

E—W는 원액 100%짜리로 죽음의 사신이 목덜미를 움켜쥐었다 하더라도 금방 살려내는 효능이 있다.

목숨이 완전히 끊어진 상태만 아니라면 살려낼 수 있는 것이다.

이리냐는 사랑하던 아내였다. 어찌 아끼겠는가!

'넵! 준비해놓을게요.'

기대리던 반응이었는지 즉각적인 대답이다.

'참! 모스크바에 예전에 쓰던 저택이 있어. 그거 확인해봐.'

'저택이라 하심은…?'

'모스크바 이리냐궁 말이야.'

레드마피아의 수장이었던 알렉세이 이바노비치가 현수에게 선물로 주었던 것은 제정(帝政) 러시아 시절의 공작이 사용하던 저택이다.

대지 1만 평에 건평은 2,000평이고, 3층짜리 건축물이다. 층고가 높아서 현대식 건물로 따지면 7층 규모이다.

예전엔 이를 현대식으로 개조하였고, 한동안 이리냐가 머물렀기에 이리냐궁이라 칭했다.

이밖에 킨샤사에 있던 저택은 '연희궁'이라 불렀고, 양평의 것은 '지현궁', 평양에 있던 저택은 '설화궁', 몽골에 있던 건 '테리나궁'이라 칭했었다.

'네! 그 저택 알아요. 근데 그걸 왜 사들여요?'

'이리냐의 거처가 마땅치 않잖아.'

'아…! 넵. 알았어요.'

도로시는 비록 한때였지만 황후였던 몸이니 허름한 아파트 같은 곳에 모실 수는 없다는 판단을 하던 차이다.

*　　　*　　　*

'참! 그거 좌우와 뒤쪽의 저택들도 모두 사들여.'

'여섯 채를 뭉뚱그려 사라는 말씀이시죠?'

'그래! 그러면 면적이 얼마나 되지?'

'총 6만 3,887평이에요.'

'제법 넓네. 그럼 거길 궁전으로 개조해.'

'어떻게요?'

'일단 도서관, 오디토리움, 그리고 수영장은 있어야 해.'

이리냐가 독서와 음악 감상, 그리고 수영을 좋아했음을 떠올린 것이다.

'도서관 장서수는요?'

'이리냐 혼자 사용하는 거면 10만 권이면 되지 않겠어? 종류는 다양하게하고 교양을 쌓을 수 있는 걸로 채워.'

'알겠어요. 수영장은 국제경기를 치를 정도면 되는 거죠?'

'응! 25m에 50m짜리면 충분하지.'

'혼자 쓰는 걸로는 너무 크지 않을까요?'

'그런가…? 그럼 10에 25짜리로 줄여. 오디토리움도 적당한 규모로 만들고. 대신 언제든 확장할 수 있도록 배치해.'

'물론이에요!'

'담장에 신경 써서 외부 침입을 대비하는 거 잊지 말고.'

'당연한 말씀이세요. 그리고요?'

'맞은편 저택도 매입해.'

'맞은편이라면 알렉세이 이바노비치 보스가 쓰던 거 말씀하시는 거죠? 근데 그건 사용 불가능 상태예요.'

'그래, 그거. 근데 왜?'

'다 털어내고 다시 지어야 할 정도예요. 보여드릴게요.'

말 떨어지기 무섭게 이바노비치가 쓰던 저택이 보인다. 폭탄이라도 터졌는지 처참하게 무너져 내린 상태이다.

이바노비치를 제거하기 위해 빅토르 일당이 설치한 C4가

제 역할을 한 결과이다.

'이리나궁도 보여드릴게요.'

이 건물도 정상은 아니다. 무너진 것은 아니지만 오랫동안 사람의 손길이 닿지 않아 잡초와 거미줄만 무성하다.

하여 건물의 윤곽이 제대로 확인되지 않을 정도이다.

문득 캄보디아에 위치한 앙코르와트가 처음 발견되었을 때의 모습 같다는 생각을 했다.

'이바노비치 보스의 가족들은 어떻게 되었어?'

'베르세네바 이바노비치와 올가 파블류첸코, 그리고 나타샤 자고예프는 사망한 걸로 기록되어 있어요.'

'헐…! 다 죽었다고?'

'네! 건물이 폭파될 때 그랬나 봐요.'

현수의 인상이 살짝 찌그러진다. 그냥 보아 넘길 상황이 아님을 의미한다.

'나쁜 놈들이네. 그럼 사위들은?'

'유리 파블류첸코와 안드레이 자고예프는 둘 다 출근한 상태라 다행히 화를 면했어요.'

유리는 올가의 남편으로 연방재판소 판사이고, 안드레이는 나타샤의 부군으로 검사로 재직 중이다.

유리의 부친은 러시아의 원자력을 총괄하는 로스 아톰사 사장이고, 안드레이의 부친은 항공기 제조사들이 합병된 거대회사 UAC의 부사장이다.

둘 다 친(親) 푸틴계 인사들이다.

유리와 안드레이는 뛰어난 두뇌를 가졌으며, 열정적이고, 충성심이 매우 깊었다.

그리고 자치령의 공동 행정수반직을 성공적으로 완수한 바 있다.

인연이 된다면 이번에도 데려다 쓸 생각이 있다.

'그건 다행이네. 그럼 이바노비치 보스의 유산은?'

'거의 대부분 빅토르 아나톨리에스키와 그 일당이 찢어 가진 걸로 추정되고 있어요.'

일가가 완전히 붕괴되었다는 뜻이다.

'그럼, 빅토르와 그 일당의 금융재산을 모조리 압수해.'

'넵!'

또한번 활약할 수 있어 신난다는 뉘앙스이다.

'그리고 일당의 근거지와 위치를 실시간으로 파악해둬.'

조만간 철퇴를 가할 생각이기에 내린 명령이다.

'알겠어요.'

'그리고 이바노비치 보스의 저택도 사들여.'

'네? 근데 이리냐궁과의 사이에 있는 도로 때문에 두 부지는 병합(竝合)이 어려워요.'

도로시의 말처럼 둘 사이에 꽤 폭이 넓은 도로가 있다. 하여 저택을 하나로 만드는 것이 어렵다는 뜻이다.

'아냐! 그건 지르코프에게 선사할 거야.'

아주 오래 전, 지르코프가 킨샤사 외곽의 저택 '연희궁'을 선물한 바 있다. 그걸 되갚아주려는 것이다.

'아…! 알겠어요.'

'매입 즉시 공사 시작해. 도면은 도로시가 그려서 주고.'

'네! 지시대로 할게요.'

'내?외부 인테리어와 마감은 유니콘 아일랜드 팀에 의뢰해.'

'네, 그럴게요.'

'가전제품은 LG전자 것으로 채우고 식기는 한국의 도자기 회사 것들로 넣어줘. 가구는 적당히 알아서 배치하고.'

'알았어요.'

'잠깐! 그 부지 전체면적이 얼마나 되지?'

'좌우와 뒤의 것까지 매입하면 6만 2,200평이에요.'

'흐음! 이것도 제법 크네. 그럼, 저택만 짓지 말고 부지 외곽에 지르코프 상사 본사 건물도 지어.'

'그럼 빌딩이겠네요. 저택과 빌딩 규모는요?'

'저택은 이전 크기 정도면 적당할 거야.'

이리냐궁 못지않은 규모였으니 결코 작지 않을 것이다.

'그럼 본사 건물은요?'

'유럽 전체에 항온의류를 독점 공급할 인력이 필요하니 그걸 감안해.'

도로시의 연산은 현존 최고의 슈퍼컴퓨터를 가볍게 즈려

밟을 정도인지라 즉각적인 대답이 나온다.

'러시아식 운영을 한다면 직원은 626명, 주차 및 건물 관리 등을 지원할 인력은 98명이 필요해요.'

지원 인력은 건물 유지 보수 및 경비와 구내식당 등에 필요한 인력이 포함된 숫자이다.

'그럼 건물 규모는?'

'바닥면적 800평으로 12층이면 충분해요.'

'724명? 그럼 넉넉하게 880세대짜리 아파트를 조성하고, 내방객을 위한 레지던스 객실 120개를 갖추도록 해.'

유럽 각지에서 항온의류를 납품받기 위해 찾아올 내방객들을 위한 숙소까지 조성하라는 것이다.

참고로, 레지던스는 가정집 같은 분위기를 가진 호텔 수준의 서비스가 제공되는 숙박업소이다.

외국인이나 가족 단위 장기 투숙객이 주요 고객이다.

'넵!'

무엇이든 되(升)로 받았으면 말(斗)로 갚는 것이 현수의 모토이다. 과거의 호의에 대한 보답이다.

참고로, '말'은 '되'의 10배이다.

'난방시설 갖춰야 하는 거 잊지 마.'

'네…? 항온마법진 안 쓰실 거에요?'

마법진을 쓰면 설치비용도 유지비용도 전혀 들지 않을 뿐만 아니라 화재나 폭발 같은 사고가 발생될 수 없다.

이실리프 제국에서 수천 년간 사용해서 얻은 결론이다. 따라서 항온마법진은 필수라 생각했던·모양이다.

'응! 안 써. 그건 이리냐궁과 자치령 내에서만 쓸 거야.'

'에? 이리냐궁은 왜요?'

형평성이 어긋나지 않느냐는 뉘앙스이다.

'거긴 휴머노이드가 보안책임을 맡을 거니까.'

자지 않고, 피곤해지지도 않으며, 먹지 않아도 되는 존재이다. 하나만 있어도 사단병력의 침투를 물리칠 수 있다.

비행 가능하므로 위급상황 발생 시 이리냐를 안전한 곳으로 이동시킬 수도 있다.

도로시는 휴머노이드 배치가 가진 의미를 알고 있다. 그렇기에 더 이상의 반문은 없었다.

'알았어요.'

'그러니까 지르코프 쪽만 보일러를 설치해. 영하 40℃ 이하로 떨어질 수 있음을 감안하고.'

참고로, 모스크바는 1892년 1월이 가장 추웠다. 그때의 기록은 −42.2℃이다.

'알겠어요.'

'보일러는 한국산으로 하는데 기성품을 설치하지 말고 주문제작 시켜.'

'사이즈와 연료 사용량은 줄이고, 열효율과 난방효율은 늘리라는 말씀이신 거죠?'

'그래! 도로시가 적당히 설계해서 제작하도록 해. 현재의 기술과 자재로 가능한 걸로. 내구성도 높이고.'

한국의 보일러 회사들도 본인 소유이다. 따라서 조금 더 발달된 기술을 전수해줘도 상관이 없다.

이실리프 제국이 우주를 개척할 때 제일 먼저 테라포밍한 곳은 당연히 달(Moon)이다. 가장 가깝기 때문이다.

달 후면의 밤 기온은 영하 183℃ 이하로 떨어진다.

이런 곳에서도 정상적으로 작동하는 보일러의 설계도가 있으니 −40℃ 정도는 문제가 아닐 것이다.

'알겠어요.'

'그렇다고 너무 앞선 걸로는 하지 말고 이 시대보다 딱 한 세대 정도 진보된 거면 충분할 거야.'

급격한 기술발전이 가져올 부작용을 의식한 말이다.

'네, 지시대로 할게요.'

도로시와의 짧은 대화를 마친 현수는 어느 정도 배를 채웠는지 따라놓은 물을 마시는 이리냐에게 시선을 주었다.

"다 먹었어요?"

"네! 고마워요. 근데 추한 꼴 보여서 어쩌죠? 배가 너무 고파서 허겁지겁 먹느라 정신이 없었어요."

"괜찮아요. 이제 좀 괜찮아요?"

"네! 고마워요."

이리냐는 새삼 부끄러움을 느낀 듯 머리를 쓸어 넘긴다.

"먹고 사는 거 힘들죠?"

"… 네! 일가친척 하나 없는데다 날씨까지 추워져서…."

"내가 좀 도와줘도 되죠?"

이리냐는 무슨 의미냐는 표정으로 바라본다.

"… 지금 벗을까요?"

이리냐는 입술을 잘근 깨문다. 사내들이 원하는 바가 무엇인지 경험상 알기 때문이다.

"아뇨! 벗지 않아도 돼요. 이따 같이 나갈래요?"

"네! 그래야죠."

이리냐는 어제 겉옷을 빨았다. 지난 며칠 동안 진눈깨비가 내려서 젖었고, 진탕까지 튀어 더러워진 때문이다.

이리냐는 집이 없다. 하여 사내들과 하룻밤 인연을 맺지 못하는 날은 버려진 트럭 안에 머문다.

저유가 시대로 접어들면서 러시아 경제는 급격히 쪼그라들었다.

그 결과 망해서 비워진 공장들이 제법 있는데 그중 하나에 바퀴 없는 낡은 트럭이 세워져 있다.

유리창에 주먹만 한 구멍이 뚫려 있지만 안에서 잠그면 밖에선 열 수가 없다.

그리고 유리창은 웬만해선 안에 무엇이 있는지 알 수 없을 정도로 뿌옇다. 뚫린 구멍을 넝마 같은 걸로 틀어막으니 찬바람이 확실히 덜 들어오기에 그곳에 머물고 있다.

그래도 춥기는 하다. 난방장치가 없으니 당연하다.

지하철 역사(驛舍) 안쪽이 조금 더 낫기는 한데 그곳은 여성 노숙자가 머물만한 곳이 못된다.

남성 노숙자들이 득실거리는 곳이기 때문이다.

그곳에 머물렀다면 매일 매일 그들에게 시달리게 될 것이며, 그러다 재수 없으면 임신하게 될지도 모른다.

그렇기에 밤새 덜덜 떨지만 낡은 트럭을 택한 것이다.

어쨌거나 지금까지는 그런대로 괜찮았다. 그런데 요 며칠 갑자기 기온이 내려가서 견디는 것이 고통스러웠다.

하여 밤새 달달 떨다 새벽 무렵에야 잠시 잠들곤 했다.

이리냐의 소지품은 모두 이 트럭에 있는데 노숙자가 무슨 짐이 많겠는가! 하여 겨울 외투는 딱 한 벌뿐이다.

오늘 걸치고 나온 것은 가을에 입던 것이라 추위를 차단해 주지 못한다.

그럼에도 거리를 헤매다 이곳까지 온 것은 극심한 허기 때문이다.

술을 마시면 추위가 덜 느껴지고 재수가 좋으면 음식까지 얻어먹을 수 있다. 너무 춥고, 배까지 고프니 사내들에게 몸을 주는 건 일도 아니다. 생존이 가장 시급한 문제이다.

이리냐는 기회가 되면 남쪽으로 내려갈 생각이다.

목적지는 그리스 아테네이다. 모스크바 보다 훨씬 따뜻하며 관광객도 많아 수입이 나을 것이라는 생각이다.

히치하이킹을 하거나 그쪽으로 가는 트럭을 얻어 탈 요량이다. 대신 운전사에게 몸을 제공한다 생각하고 있다.

엄마까지 돌아가셨으니 이리냐는 사고무친[8] 한 신세인지라 러시아 또는 모스크바에 대한 미련이 없다.

부모의 고향인 체첸도 마찬가지이다.

어쨌든 겨울은 이제 시작이다. 하여 얼마나 더 추위에 떨면서 주린 배를 움켜쥘지 생각만으로도 까마득했다.

오늘은 현수를 만나 1,000루불을 챙겼고, 식사도 해결하였다. 이제 그에 합당한 대가를 치르는 일만 남았다.

룸에서 거사를 치르는 것보다는 동양인 사내가 머무는 숙소가 훨씬 좋다.

버릇없이 굴다 쫓겨나지만 않으면 오늘 밤엔 추위에 떨지 않아도 된다.

그러니 이제부터는 아양을 떨어야 할 타임이다.

"저기요. 술 더 마실래요?"

"그럴까요?"

"네! 한 잔 드릴게요."

쪼르르륵—!

현수의 잔이 채워진다.

쭈욱—! 크흐!

제법 비싼 술이지만 현수의 입에는 그저 그렇다. 하긴 훨씬

8) 사고무친(四顧無親) : 주위에 의지할만한 사람이 전혀 없음

질 좋은 엘프주만 마셨는데 어찌 비교하겠는가!

탁—!

"이제 나가요."

잔을 내려놓은 현수가 한 말이다.

"벌써요?"

들어온 지 30분도 안 되었기에 하는 말이다.

Chapter 07

—

호텔로 갑시다!

"그래요. 여긴 좀 답답하네요. 일단 나갑시다."

"네에."

이리냐가 자리에서 일어서려 할 때 노크소리가 들린다.

똑, 똑, 똑—!

"네에."

문이 열리고 50대 중반 사내가 들어선다.

"아, 안녕하십니까? 저는 이 클럽을 운영하는 사장 발레리 치르센코라 합니다."

여느 때처럼 집무실에서 빈둥대던 발레리는 가드의 무전을 받고는 클럽 밖으로 나갔다.

그곳에 주차되어 있는 코티지를 보고는 화들짝 놀라지 않을 수 없었다. 국빈급에게만 제공되는 의전차량임을 한눈에 알아 본 때문이다.

직원 대부분이 모르지만 발레리는 FSB 소속이다. 아울러 이 클럽 운영주체는 FSB이다.

미국으로 치면 CIA와 FBI를 합쳐놓은 기관이 정보수집과 공작비 확보를 목적으로 만들어놓은 것이다.

집무실로 되돌아온 발레리는 즉시 본부에 연락했고, 누가 방문했는지 확인해달라고 했다.

그에 대한 답변은 '푸틴의 귀빈' 이었다. 이 소리를 듣자마자 자리를 박차고 헐레벌떡 달려온 것이다.

"아! 그래요? 그런데요?"

"귀빈이 오셨으니 인사를 드리는 게 마땅한 일 아니겠습니까? 뭐든 필요한 게 있으시면 말씀해주십시오."

"괜찮…, 아! 이 아가씨를 눈여겨 봐두십시오."

"네…?"

무슨 소리냐는 표정이다.

"이리냐, 정식 이름이 뭐죠?

"저, 저요? 저는 이리냐 파블로비치 체홉이라고 해요."

"들으셨죠?"

현수의 시선을 받은 발레리는 얼른 허리를 숙인다.

"네! 이리냐 파블로비치 체홉, 확실히 들었습니다."

"좋아요. 언제든 이 아가씨가 이곳에 놀러오면 VIP로 대우해주시기 바랍니다."

"네? 아, 알았습니다. 그렇게 하겠습니다."

발레리가 고개를 끄덕일 때 현수가 일어섰다.

"오늘은 이만 가려고 합니다."

"네? 오신지 얼마 안 되었는데 벌써요? 혹시 저희 서비스가 부족했거나 직원들이 무례해서 그런 건 아닌지요?"

"아뇨! 그런 거 아닙니다. 그냥 여기가 어떤 곳인지 궁금해서 들른 겁니다."

"네…?"

나이트클럽이 어떤 곳인지는 굳이 와보지 않아도 충분히 알 수 있기에 반쯤 얼이 빠진 표정이다.

"며칠 내로 또 올게요. 참! 이 술을 보관해주세요."

"아! 네에. 그때 더 잘 모시겠습니다."

발레리는 이제야 굳었던 표정을 푼다. 헤븐이 잘못한 게 없다는 뜻이기 때문이다.

"그래요! 고맙습니다."

말을 마친 현수는 이리냐를 데리고 밖으로 나왔다.

미처 입장하지 못한 사람들은 왜 금방 나오나 싶은 시선으로 둘을 살피며 떠든다.

"야야! 저 칭크가 엄청 급했나 봐. 크크크!"

"그러게! 저넌 꽤 지저분해 보이는데 칭크가 보기엔 절세미녀일 수도 있겠어. 쯧쯧!"

"하고 싶어서 환장한 놈 치고는 여유 만만한데?"

"그래도 그렇지 너무 이르잖아. 혹시 쫓겨난 거 아냐?"

"아! 그럴 수 있겠다. 여기 가드들이 칭크 싫어하잖아."

"그래! 근데 어떻게 입장을 한 거지?"

"그러게! 가드가 한눈파는 사이에 들어갔다가 잡혔나보지."

혹시 쫓겨난 건가 싶었는데 뒤 따르는 경호원들을 보고는 일제히 시선을 돌린다.

아니다 싶었던 모양이다.

코티지는 사람들의 시선을 피해 멀찌감치 세워놨던 모양이다. 금방 당도하지 않아 잠시 서성이는 동안 들은 대화들이다.

기분 나쁠 수 있지만 한 귀로 듣고 한 귀로 흘렸다.

빠~앙—!

입구 쪽에 사람들이 몰려 있기에 자신의 위치를 알림과 동시에 현수의 시선을 끌려고 누른 클랙슨(klaxon)이다.

"헐~! 저건 또 뭐냐? 엄청 비싸 보인다."

"그러게! 완전 최고급인데? 난 처음 봐."

사람들의 시선이 코티지로 집중되었지만 어쩌겠는가!

"타요!"

"어머! 이 차예요?"

이리냐가 눈을 동그랗게 뜬다. 한눈에 보기에도 범상치 않은 차였으니 당연한 일이다.

차에 타니 지윤처럼 두리번거린다.

"어디로 모실까요?"

"하얏트호텔로 가죠."

"네! 모시겠습니다."

코티지와 경호차량이 떠날 때 슬금슬금 물러나는 사내들이 있었다. 조금 전 현수와 이리냐를 상대로 헛소리를 지껄이던 놈들이다. 혹시라도 끌려갈까 싶어 도망가려는 것이다.

차가 이동함과 거의 동시에 도로시의 음성이 있었다.

'폐하! 문제가 발생하였어요.'

'문제…? 무슨 문제?'

'BD봇이 다 떨어졌어요.'

'으잉? 네오콘과 매파가 그렇게 많았어?'

'아뇨! 사이비 종교 관계자가 너무 많아서요.'

'세계가 아냐. 한국만 그러라고.'

'맞아요, 한국이요! 사이비 종교 지도자 및 관계자들이 너무 많아요. 총 90만 개의 BD봇 중 86만 5,547개를 썼는데 아직도 멀었어요.'

'헐~! 뭐가 그렇게 많아? 종교를 빌미로 사사로운 이익을 취하거나 신자들을 상대로 성적 학대 같이 나쁜 짓 하는 것들만 그러라고 했잖아.'

현수는 사이비를 인간취급하지 않는다. 그렇기에 사람이나,

놈, 또는 년 같은 표현을 쓰지 않고 '것' 이라고 한 것이다.

'그러니까 그런 것들이 엄청 많다고요.'

'끄응~!'

현수는 나직한 침음을 냈다. 한국은 선진국 중 하나이다.

그럼에도 미개한 아프리카 주술사만도 못한 것들의 꼬임에 빠져 허접한 사기꾼 같은 것들을 숭배하듯 따르는 족속이 많다는 것에 잠시 할 말을 잃은 것이다.

하지만 그 시간은 그리 길지 않았다.

'좋아, 얼마나 더 남았는데?'

'적극 가담자 전원을 제거하려면 적어도 140만 개는 더 있어야 해요.'

사이비 종교로 사회에 악영향을 끼친 죄로 세상에서 지워버릴 인원이 무려 220만 명이 넘는다는 뜻이다.

인구가 5,000만 명 정도인 국가이니 전체인구의 4% 이상이 해당된다. 확실히 많기는 많다.

'휘유~!'

한숨이 저절로 나올 소리였다.

'근데 뭐가 그렇게 많아? 기준 정해줬잖아.'

'근데 예상보다 훨씬 많아요. 신자들 행적을 다시 조사해보니 그러네요. 너무 은밀해서 쉽지 않았어요. 어떻게 하죠?'

현수는 잠시 방법을 모색해보았다.

신일호 형제들을 파견하여 일일이 목숨을 취하는 방법이

있을 것이다. 그렇게 되면 경찰의 수사가 시작된다. 증거 따위를 남기진 않겠지만 신경 쓰이는 일이다.

아울러 남은 자들 모두 깊숙이 숨어버리는 결과를 야기할 것이다. 따라서 직접적인 처벌은 가급적 지양해야 한다.

'위성에 새 휴머노이드 보내달라고 했지? 언제 보낸대?'

'며칠 안 걸릴 거예요.'

'좋아! 그럼 BD봇과 캔서봇, 그리고 데스봇을 각각 180만 개씩 내려 보내라고 해. 참, 전부 활성화된 거지?'

'네! 이번에 내려 보내는 것까지는 그럴 거예요.'

'에구! 내가 얼른 마나를 쓸 수 있어야 하는데….'

아공간만 쓸 수 있으면 이런 일로 고민하지 않아도 된다. 그 안에는 이실리프 제국의 역사가 고스란히 잠겨 있다.

제국 어디서든 누가 무엇을 만들든 새로운 것이 생기면 설계도와 함께 샘플로 저장해놓은 것이다.

그걸 휴머노이드에게 주고 만능제작기로 만들라는 지시만 내리면 된다.

그럼 그게 무엇이든 하루에 1억 개 이상 제작하는 것이 가능하다. 만능제작기 대수만 늘리면 된다.

그렇게 제작한 후 축소마법과 활성화마법만 부여하면 끝인데 이는 손바닥 뒤집는 것보다도 쉬운 일이다.

일일이 하는 것이 아니라 일괄 처리되는 때문이다.

'폐하! 근데 정말 나머지들도 처벌해요?'

'누구…? 사이비 떨거지들?'

'네, 숫자가 너무 많잖아요. 확인해보니 전 신자의 94.27%가 해당자예요.'

최근에 입교한 자들을 뺀 나머지 전부가 구제해줄 가치가 없다는 뜻이다.

'도로시! 하나 묻자. 겨울철이 되면 김장을 하지?'

'네! 11월 중순 이후부터 12월까지 그러지요.'

'그래! 그 김장을 하려면 여러 재료가 필요해.'

'맞아요! 배추, 무, 마늘, 생강, 쪽파, 액젓 등이 들어가죠. 돼지고기를 넣는 곳도 있구요.'

'그래! 그거 다 다듬고 남은 걸 뭐라고 부르지?'

'그거요…? 음식물 쓰레기잖아요.'

뭐 이리 당연한 걸 묻느냐는 어투였다.

'그래! 그걸 거의 모든 가정에서 배출하지?'

'그야 그렇죠. 집안에 쌓아둘 수는 없으니까요.'

'그래! 그 음식물 쓰레기를 그냥 놔두면 어떻게 될까?'

이쯤 되면 비유의 말씀이라는 걸 알아들어야 한다.

'무슨 말씀이신지 알았어요! 그렇긴 해도 숫자가 너무 많아서요.'

'사람은 절대로 고쳐 쓰는 게 아니란 말을 또 해?'

'네? 그건….'

도로시가 쉽게 대답하지 못하는 이유는 현수의 지론(持論)이기 때문이다.

그냥 하는 말이라면 반박이라도 하겠는데 현수는 3,000년 가까이 살면서 수많은 군상들을 보아온 산 증인이다.

그 과정에서 얻은 교훈 가운데 하나가 '사람은 절대로 고쳐 쓰지 않는다' 는 것이다.

처음엔 어떻게든 교화(敎化)하고자 했다. 그런데 얼마 지나지 않아 그런 노력이 부질없음을 깨달았다.

사람이 아니라 용수철인 듯 고쳐놓으면 슬금슬금 예전으로 돌아가곤 했다. 하여 많은 일들이 빚어졌다.

그것의 후폭풍으로 선량한 다수가 고통을 겪거나 손해를 입어야 했다. 그러고도 본인의 잘못을 깨닫지 못하고 뻔뻔하게 굴던 인간들이 여럿 있었다.

'물에 빠진 놈 구해줬더니 보따리 내놔라' 는 속담의 당사자는 양반이라 할 수 있는 것들이었다.

하여 이실리프 제국에선 인간성 후진 것들을 과감히 내치는 법률이 제정되었다.

타인에게 고의적으로 손실을 입히거나 폭행을 가하는 등 악의적이거나, 너무 이기적이면 곧바로 영토 밖으로의 추방하는 것이 그 법률의 골자(骨子)이다.

그 결과는 100% 고통스러운 죽음으로 끝난다.

지구에선 발가벗긴 채 악어나 피라니아가 있는 강물 속에 내던지거나, 굶주린 상어떼 한 가운데에 떨궜다.

가끔은 아나콘다나 하이에나 서식지로도 보냈다. 이런 곳에서 살아남을 확률은 한없이 제로에 수렴한다.

때로는 사람이 절대로 헤어 나올 수 없는 화산 분화구 속에 떨구기도 했으며, 발가벗긴 채 북극이나 남극대륙 한복판으로 이동시키기도 했다.

이는 순식간에 죽지도 못하는 형벌이며, 사망에 이를 때까지 지독한 고통을 겪는다.

지구가 아닌 달이나 화성 같은 곳에서는 영토 밖으로 추방하는 것만으로도 지구와 맞먹는 결과를 냈다.

사람으로 태어나 제대로 된 교육과정을 거쳤다면 그에 걸맞는 인성(人性)을 갖춰야 한다.

더군다나 이실리프 제국은 사람답게 살 수 있도록 만반의 제도를 갖추었고, 온갖 혜택을 주는 곳이다.

세금을 걷지 않고, 부역이나 군역을 요구하지 않는다.

직업 선택의 자유와 거주 이전의 자유가 있으며, 원하기만 하면 그리 힘들지 않은 일자리가 제공되는 곳이다.

단 한 푼의 세금도 징수하지 않으니 물가는 더 없이 저렴했고, 온갖 식재료는 신선(新鮮) 그 자체이다.

게다가 주거 공간까지 값 싸게 제공받는다.

그럼에도 남의 고통 따위엔 아랑곳하지 않거나 연쇄살인을 저지르는 등의 소시오패스 같은 것들이 식량을 축내는 꼴을 두고 보지 못했던 것이다.

'사이비 종교에 찌든 것으로도 모자라 그걸로 남들에게 피해를 주는 건 인성이 심하게 오염되었다는 뜻이야. 내가 왜 그런 것들을 고쳐 쓰도록 노력을 해야 해?'

*　　　*　　　*

사이비 종교의 특성 중 하나는 은밀하고 끈질긴 포교이다.

본인만 구렁텅이에 빠져서 끝나면 다행인데 끊임없이 다른 사람들을 교묘한 언사로 포섭하여 나락으로 떨어트리려 노력한다. 그 결과 맹신자 숫자만 늘어난다.

이런 걸 떠올리자 괜스레 분노가 치민다.

한국은 초등학교와 중학교 교육을 무상으로 실시하고 있다. 고등학교 무상교육도 곧 실시될 예정이다.

중학교까지는 무상급식도 실시하고 있으니 적어도 9년 동안은 공짜로 배우고, 먹는다.

이 모든 비용은 국민이 낸 세금으로 지불된다.

그럼에도 주술사보다도 못한 사이비들에게 속아서 사회분란을 일으키고 있으니 어찌 화가 나지 않겠는가!

그렇기에 현수의 어투는 아주 단호했다. 그래도 포기할 도로시가 아니다.

'그래도 사람이잖아요.'

'거죽은 사람 맞아! 근데 속이 아니잖아. 그러니까 버려야

지. 쓰레기야. 아무짝에도 쓸모없는 쓰레기.'

'그렇다 하더라도 너무 많으니까 그러죠.'

'고름은 결코 살이 될 수 없다는 말 몰라? 500만 명 아니라 5,000만 명이 된다 하더라도 치울 만하면 깡그리 치워야 해. 안 그래? 쓰레기를 옆에 끼고 살 수는 없잖아.'

'네! 알았어요.'

도로시는 풀죽은 음성으로 대꾸했다.

이 정도면 '그래 내가 다시 생각해볼게' 라는 반응이 있어야 하지만 현수의 표정은 굳어 있었다. 인간 같지 않은 것들까지 생각하는 것조차 불쾌한 때문이다.

'숫자는 그렇다 치고, 남녀 성비는 어때?'

'압도적으로 여성이 많아요. 뭉뚱그리면 7 : 3쯤 되는 거 같아요.'

여성이 육체적으로 남성보다 약하니 처벌을 줄여달라는 뉘앙스이다. 하지만 어림도 없는 소리이다.

대한민국의 여성 중 일부는 남성과 동등한 대우를 주장하는 게 아니라 역차별까지 요구하는 중이다.

현수는 이에 대해 불만이 없다. 하여 남성과 100% 동일한 대우를 한다.

그 예가 군산에서 조성이 시작된 Y—시티 소방대원의 체력시험 배점기준이다.

남녀구분 없이 동일한 기준으로 실시될 예정이다.

다만 선천적으로 차이날 수밖에 없는 악력과 배근력 등엔 약간의 배려를 했다.

예를 들자면 2016년 현재의 소방대원 체력시험 평가점수는 다음과 같다.

종목	성별	1점	10점
악력	남	45.3~48.0kg	60kg 이상
	녀	27.6~28.9kg	37kg 이상
배근력	남	147~153kg	206kg 이상
	녀	85~91kg	121kg 이상

10점 만점을 기준으로 했을 때 악력은 남성의 61.67%, 배근력은 58.73% 이상이면 여성도 동일 점수를 취득한다.

표에 나타나 있듯 여자 최고점수는 남자 최저점수의 기준에도 확연히 못 미치고 있다.

이 정도 근력으로는 화재현장 등에서 남성대원을 보조하는 일조차 수행할 수 없다.

하여 Y-시티에선 다음과 같은 기준으로 선발한다.

종목	성별	1점	10점
악력	남	45.3~48.0kg	60kg 이상
	녀	36.2~38.4kg	48kg 이상
배근력	남	147~153kg	206kg 이상
	녀	117~122kg	164kg 이상

여성이 남성에 비해 근력이 약한 것은 인정해주지만 아무리 못해도 남성의 80%는 되어야 한다는 뜻이다.

그래서 Y―시티의 안전을 책임지게 될 자체 치안대원 체력시험 항목 중 팔굽혀펴기와 윗몸일으키기는 여성이 남성의 80% 이상이어야 동일한 점수를 취득한다.

남성이 만점을 받으려면 1분에 각각 55회 이상을 해야 하니 여성은 44회 이상이어야 하며 '정자세' 만 인정한다.

달리기는 남성의 1.1배를 기준으로 한다.

예를 들어, 100m 달리기 기록은 남성이 13초, 여성은 14.3초 이내가 만점이다. 마찬가지로 1,000m 달리기는 남성 3분 30초, 여성은 3분 51초 이내여야 만점이다.

대한민국 일부 직장에선 힘든 일들은 모두 남성에게 부담시키고 있다. 예를 들면 정수기 물통교체 같은 것이다.

현수는 여성이라 하여 힘들거나 하기 싫은 것들을 회피하려는 것들을 두고 보지 못한다.

하여 Y―그룹은 남녀간 급여 차이가 없다. 아울러 똑같은 복지혜택을 받는다.

따라서 여성도 정수기 물통교체를 스스로 해야 하고, 숙직 및 당직이 있다면 순번에 따라 찍소리 않고 수행해야 한다.

출장도 마찬가지이다. 여성이라 하여 빼주거나, 가까운 곳만 배정하는 일 따위는 없다. 이게 싫으면 그만둬야 한다.

도로시는 현수의 성향을 정확히 파악하고 있다.

하여 여성들이 저지르는 각종 교통법규 위반을 철저하게 채증(採證)하여 신고하고 있다.

속도위반, 신호위반, 차선위반은 물론이고, 주정차 위반과 장애인 주차구역 주차 등 범칙금이나 과태료가 부과되는 모든 법규위반을 신고하고 있다.

대한민국의 거의 모든 차량에 설치된 블랙박스와 CCTV 영상이 증거로 제출되니 과태료 및 범칙금 부과와 벌점 부여는 피할 수 없다.

덕분에 각 지자체들은 엄청난 범칙금 및 과태료 수익을 거두고 있다.

다음은 연도별 교통과태료 및 범칙금 수입이다.

	교통과태료 및 범칙금 징수액
2012년	5,543억 원
2013년	6,379억 원
2014년	7,190억 원
2015년	8,046억 원
2016년	**1조 7,954억 원**

참고로, 2016년 징수액은 9월 31까지이다. 이 추세대로라면 연말까지 2조 5,000억 원 이상 징수된다.

2015년과 비교하면 징수액의 3배 이상 폭증이다.

그와 동시에 벌점 누적으로 인한 면허정지 및 면허취소 처분통고가 쉴 새 없이 실시되고 있다.

운전이 미숙하거나 교통법규를 준수하지 않으려면 차를 끌고 나오지 말라는 뜻이다.

이뿐만이 아니다.

페미니스트와 각종 여성단체 및 여성가족부 관련자들은 일거수일투족이 철저하게 조사되고 감시된다.

교통법규 위반만 고발되는 것이 아니다.

노상방뇨, 쓰레기투기, 무단횡단 등 경범죄처벌법 위반사항까지 모조리 신고 된다.

횡령과 배임 등 형사법 위반은 당연히 고발된다.

아울러 간통죄가 폐지되어 법으로 처벌할 수 없는 불륜은 관련자에게 정보를 제공하여 개망신을 당하게 하고 있다.

일련의 일들은 현수에게 보고된 바 없다. 도로시가 자의적으로 실시하는 일종의 사회정화 프로젝트이다.

하여 그 끝이 없다. 각종 여성단체들과 여가부 관련자들이 '완전히 착해질 때까지' 계속된다는 뜻이다.

어쨌거나 사이비 종교에 심취해 있는 남녀의 비율이 3 : 7이라 한다. 단지 여성이 많다는 이유만으로 선처해줄 하등의 이유가 없다. 그렇기에 현수의 어투는 단호했다.

'그래도 BD봇 투여해. 변형 캔서봇이나 데스봇이 아닌 게 어디야? 안 그래?'

지독한 고통을 겪지 않는 걸 다행으로 여기라는 뜻이다. 이에 대해 어찌 반론을 제기하겠는가!

'그거야 그렇긴 하죠.'

'그거 투입하면서 은밀히 소문 하나를 퍼뜨려.'

'소문이요? 뭔데요?'

'사이비 종교를 믿는 자들은 뇌사상태인 동안 신의 처벌을 받는다고! 그러다 죽으면 지옥에 갈 거라고!'

'……!'

도로시는 현수가 '징벌하는 이'라는 것을 안다.

그렇기에 현수의 처벌을 받아 죽음에 이르면 영혼까지 말살된다는 걸 잘 알고 있다.

따라서 죽으면 지옥에 간다는 말은 거짓이다. 그런데 왜 이런 소문을 퍼뜨리라 하는지 잠시 이해되지 않았다.

잠시 혼란을 느끼고 있을 때 현수의 말이 이어진다.

'아무튼 사이비 종교에 관계되는 자들은 발견 즉시 BD봇을 투여해. 이건 황명(皇命)이야!'

'네! 폐하. 명을 받드옵니다.'

더 이상 반항할 수 없음을 깨달았는지 지극히 공손한 대답이었다.

'사이비가 아니더라도 종교를 빌미로 사사로운 이득을 취하거나 나쁜 짓을 자행하는 자들도 마찬가지야.'

'네!'

'그리고 이 명령의 유효기간은 앞으로 1,000년이야.'

사이비 종교의 뿌리까지 완전히 뽑으라는 뜻이다.

'대한민국에 국한된 건가요?'

'아니! 포교라는 명목으로 외국으로 나간 것들까지 모조리! 그것들은 하나의 예외도 두지 말고 전부 처벌해.'

'황명을 받드옵니다.'

'그리고 사이비 종교 관련 개별건물들은 모두 철거해.'

'네?'

무슨 소리냐는 뉘앙스이다.

'사이비 전용 건물들을 몽땅 붕괴시키라고! 쓰잘데기 없는 것들이 괜히 땅만 차지하고 있잖아.'

'그, 그게 엄청 많은데 그거 전부요?'

실제로 대단히 많다.

'뭐가 얼마나 많은데?'

'종교단체를 크게 나눠 A?B?C?D가 있다고 하면 A와 C는 사이비가 거의 없고, B는 약간인데 D가 문제예요.'

'그래? 흐음, 어딘지 짐작은 가….'

'그쪽은 신을 믿으라는 게 아니라 자신을 믿으라는 식으로 설교를 하니까요. 그런 건 전부 사이비잖아요.'

'그래! 그것들은 종교를 빌미로 돈 뜯어내는 양아치들이지.'

현수가 나직한 침음을 내자 기다렸다는 듯 묻는다.

'어떻게 할까요?'

'어떻게 하긴…? 아무리 많아도 사이비들이 사용하는 개별

건물은 모조리 붕괴시키라니까.'

여기서 말하는 개별건물이란 대지 위에 종교목적으로만 사용되는 건축물을 뜻한다.

'그럼 임대한 것들은 어떻게 해요?'

'건축물안전등급 알지?'

'네! A부터 E등급까지 있죠.'

'그중 제일 위험한 게 뭐지?'

'E등급이에요. 주요부재에 발생한 심각한 결함으로 인하여 시설물의 안전에 위험이 있어 즉각 사용을 금지하고 보강 또는 개축(改築)을 하여야 하는 상태죠.'

'그래! 사이비 소유 건물이면 신축이라도 E등급으로 만들어. 입주자들이 퇴거할 시간적 여유가 있을 만큼 위태롭게.'

사이비 종교 관련자들이 건물 임대수입을 얻을 수 없도록 하기 위함이다.

'그런 다음에는요?'

'퇴거가 끝나는 즉시 붕괴지!'

이렇게 되면 종교목적으로 사용할 수 없을 뿐만 아니라 폐기물이 된 건축물 잔해를 치우는 비용도 지불해야 한다.

만일, 같은 부지에 새 건물을 지을 경우는 설계비, 감리비, 건축비 및 취득세를 부담해야 하니 삼중으로 손해이다.

'그럼 다른 사람이 소유한 건물을 임대한 건 어쩌죠?'

'그건 더 이상 사용할 수 없도록 해. 방법은 도로시가 알

아서 하고.'

귀신이나 유령 소동이라도 부리라는 뜻이다. 이건 별로 어렵지 않을 것이다.

'알았습니다.'

도로시는 잠시 틈을 두었다가 말을 잇는다.

'그런데 붕괴시킬 때 초음파를 쓸까요? 폭탄을 사용한 폭파는 증거가 남으니까요.'

'그 방법은 도로시에게 일임할게. 아무튼 전국의 사이비 관련 건물들은 싸그리 못 쓰게 해. 알았지?'

사람뿐만 아니라 사이비의 온상까지 제거하는 것이 맞다. 안 그러면 독버섯처럼 또다시 움틀 수 있는 때문이다.

'알겠어요.'

이실리프 제국엔 세금뿐만 아니라 종교도 없다. '모든 분쟁의 근원' 이라 판단하여 금지시켰기 때문이다.

본인 혼자서 뭔가를 갈구하는 것은 트집 잡지 않지만 타인에게 전파하려고 하면 재산몰수 후 즉시 추방이다.

여기서 타인이란 본인 이외의 존재를 뜻한다. 부모와 배우자 또는 자식에게도 종교를 전하지 말라는 뜻이다.

재산을 빼앗는 이유는 모두 이실리프 제국에서 준 혜택으로 말미암은 것이기 때문이다.

아무튼 사이비들은 종교 축에도 끼지 못할 것들이다. 어찌 그냥 놔두겠는가!

발본색원만이 정답이기에 단호한 조치를 명령한 것이다.

"와~! 이 차 너무 좋아요. 이런 차 처음 타봐요."

"마음에 들어요?"

"네! 너무 고급지고, 너무 정숙해요."

이리냐는 가죽의자 등을 손으로 쓰다듬으며 연신 탄성을 터뜨린다. 바퀴 없고, 유리창엔 구멍이 뚫린 다 썩은 트럭에서 사니 당연한 반응이다.

"마음에 든다니 다행이네요."

현수가 흐뭇한 미소를 지을 때 차가 멈춘다.

"호텔에 당도했습니다."

"아! 그래요. 수고했네요."

딸깍―!

어느새 내린 경호팀장이 차문을 연다. 먼저 내린 현수는 손을 내밀어 이리냐의 하차를 도왔다.

"고마워요! 와아! 여긴…!"

이리냐의 눈에는 하얏트 호텔이 호화찬란하게 보인 듯 나직한 탄성을 낸다.

"자! 들어갑시다."

"네에."

Chapter 08

—

목욕 다 했어요?

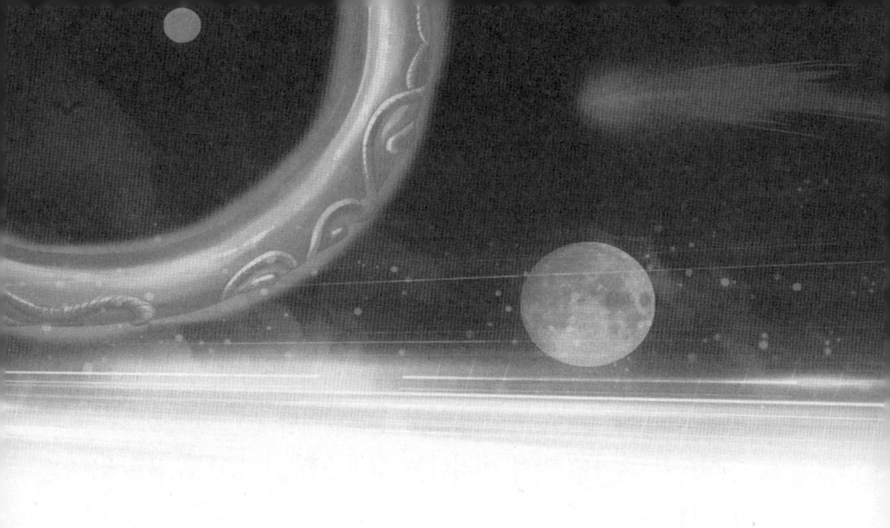

이리냐는 조신하게 현수의 뒤를 따르면서도 연신 눈알을 굴린다. 처음 들어와 보는 5성급 호텔이라 그렇다.

띵―!

엘리베이터는 스위트룸까지 한 번에 올라왔다.

스르르르―!

엘리베이터 문이 열리고 신일호와 경호팀장, 그리고 현수와 이리냐가 차례로 내린다.

띵―! 딸깍!

객실 카드키를 대니 잠금장치 열리는 소리가 들린다. 신일호와 경호팀장이 먼저 안으로 들어가 사방을 훑는다.

당연히 아무도 없다. 신일호와 경호팀장이 나오자 이리나에게 안으로 들라고 손짓으로 안내했다.

"자~! 들어가요."

"네에."

이리나는 잔뜩 주눅 든 모습으로 따라 들어선다. 바닥에 깔린 푹신한 양탄자의 촉감이 이상한 모양이다.

현수가 소파에 앉자 이리나는 엉거주춤 선 상태로 욕실을 찾는다.

"저어, 저 먼저 씻을까요?"

"그럴래요? 잠시만요. 욕조에 따뜻한 물 받아놓을게요."

욕실로 들어가 물을 틀어놓고 나오니 이리나는 뻴쭘한 표정으로 앉아 있다가 화들짝 놀라며 일어선다.

"왜 일어서요? 괜찮으니까 편히 앉아요. 뭐 마실래요?"

객실 냉장고를 열어서 보여주니 각종 음료와 주류들이 들어 있다. 현수는 콜라를 꺼내든다.

이리나가 콜라를 좋아한다는 걸 아는 것이다.

"콜라 어때요?"

"네? 아! 조, 좋아요."

"그래요."

컵에 따라서 건네주니 얼른 두 손으로 받아 든다.

"그냥 마음 편히 있어요. 참! 이 룸은 침실이 두 개이니 이리나는 저쪽 방을 써요."

"네? 아, 네에."

"가서 보고 오세요. 다른 방이 더 좋다고 하면 바꿔줄게요."

"……!"

이리냐는 고개를 갸웃거린다.

"근데 왜 이렇게 잘해주세요? 저 같은 거 한테…"

"저 같은 거라니요. 이리냐가 어때서요?"

"저, 저는…"

차마 몸을 파는 창녀라는 말은 하지 못했다. 그랬다가 쫓겨날 수도 있다는 두려움 때문이다.

"먼저 방 구경부터 하세요."

"네에."

이리냐가 침실로 이동할 때 신일호는 여성의류 매장의 문을 열고 있었다. 현수의 심부름이다.

'와~! 이 방, 진짜 좋다.'

이리냐의 눈이 커진다. 생전 처음 보는 호사스러운 룸이었으니 어찌 안 그렇겠는가!

괜히 침대도 눌러보고, 소파에도 앉아보았으며, 화장대 앞에 앉아 본인의 얼굴을 살피기도 했다.

못 먹어서 야윈 데다 창백하긴 했지만 바탕이 어디 간 것은 아니다.

'잘하자! 뭐든 원하시는 게 있으면 다 들어드리자.'

이리나는 오늘 밤에 있을 잠자리를 떠올리고는 입술을 잘근 깨문다. 그러다 문득 요의를 느꼈다.

다행히 룸에 별도의 화장실이 있어 소변을 보고는 팬티를 올리려다 멈춘다.

'근데 어쩌지? 이 속옷은 너무….'

자주 세탁할 수 없어 냄새가 날 수 있음을 떠올리고는 난처한 표정을 짓는다.

'아냐! 이따 목욕 후에 샤워가운만 입고 나가면 괜찮을 거야. 어차피 그 일은 옷을 다 벗고 하는 거니까.'

좋은 아이디어라 생각이라 여겼는지 살짝 웃으며 본인의 얼굴을 살핀다. 수척했지만 여전히 예쁘다.

그러다 머리 감은지 나흘이 지나 떡져 있음을 발견했다. 감으면 괜찮겠지만 커트한지 반년이 넘어 길이가 제각각이다.

'머리는 묶고 나와야 해. 근데 올림머리를 좋아하실까?'

남자들이 여자 목덜미 솜털을 보고 성적흥분을 느낀다는 걸 본 기억이 있어 떠올린 것이다.

'근데 고무줄 같은 게 있을지 모르겠네. 없으면 어쩌지?'

이리냐가 이런 저런 생각을 하는 동안 욕조의 물은 빠르게 채워졌다.

그러는 사이에 지윤의 룸으로 가서 입욕제를 얻어왔다.

은은한 라일락향이 나는 것이라는데 물에 넣으니 물 색깔 전체가 연한 보라색으로 바뀐다.

"이리냐! 아직 멀었어요?"

"네? 아, 아뇨! 나, 나가요."

거울 속 제 얼굴의 요모조모를 살피던 이리냐는 화들짝 놀라 대꾸하고는 얼른 튀어나온다.

"어때요? 방 마음에 들어요?"

"네? 아, 네에. 그럼요! 아주 좋아요."

"다행이네요. 욕조에 물 다 받아놨으니 이제 들어가서 씻어요. 느긋하게!"

"……!"

"나는 처리할 일이 있어 잠깐 외출할 거니까 천천히 씻고 나와도 돼요. 알았죠?"

"네에. 다녀오세요."

공손히 대답한 이리냐는 욕실로 들어가 옷을 벗었다. 그러다 멈추고는 소리 없이 흐느낀다.

"흑! 흐흑! 흐흐흑…!"

때 끼어 꼬질꼬질하고 남루해진 옷을 보니 본인의 신세가 한심하고 처량해서이다.

학창시절에 제법 공부를 잘해 대학으로 진학했지만 엄마가 돌아가시는 바람에 모든 것이 멈췄다.

장례를 치르던 날 동네 양아치가 찾아왔다. 그러곤 엄마에게 적지 않은 돈을 빌려줬다면서 차용증을 보여주었다.

그럴 리가 없다고 하였지만 돈 빌려준 날짜가 대학 등록금

납부일 직전이다.

딸 공부를 위해 모아놓았던 돈이라고 했지만 특별한 직업 없이 일용직으로 하루 벌어, 하루 먹던 엄마였다.

아무래도 빌린 게 맞는 모양이다.

양아치는 돈을 갚든지 몸으로 대가를 치르라는 협박을 했다. 집도 절도 없는 이리나에게 돈이 어디에서 생기겠는가!

엄마의 시신을 매장하던 날, 그 양아치에게 순결을 잃었다. 그리고 그날 이후 석 달 이상 거의 매일 밤 시달렸다.

아침에 눈을 뜨면 눈물부터 흘리는 나날이었다.

그러던 어느 날 내일부터는 업소에 나가 손님을 받으라는 통보를 받았다. 본격적인 창녀가 되라는 뜻이었다.

그날 밤, 그 양아치가 잠자는 사이에 서둘러 짐을 쌌고, 그의 지갑에서 훔친 돈으로 가장 빨리 출발하는 기차를 탔다.

잡히면 꼼짝없이 창녀가 될 것이 뻔했던 때문이다.

딱히 목적지나 연고가 있는 것이 아니었기에 무작정 탄 것이 모스크바행이었고, 도착한 날부터 고생이 시작되었다.

역에서 나설 때 가져왔던 돈을 소매치기 당했고, 며칠을 굶은 끝에 음식을 대가로 몸을 팔았던 것이다.

이리나는 눈물을 떨구며 옷을 벗는다. 그러곤 따끈한 물이 채워진 욕조에 몸을 담갔다.

은은한 라일락 향기를 맡고는 또 눈물을 쏟았다.

매년 봄이면 피어나던 집 앞 라일락 나무가 생각났던 것이다. 엄마가 살아 있는 동안엔 가난했지만 행복했다.

그런데 지금은 전혀 그렇지 못하다.

그리고 지금까지 여러 사내들을 만났지만 오늘 처음 본 동양인처럼 자상하게 대해준 사람은 없었다.

꿈 많던 어린 시절에 꿈꾸던 반려자의 모습이다.

그런데 다가갈 수가 없다. 창녀가 어찌 경호원들에 둘러싸인 채 이동하는 사내의 짝이 될 수 있겠는가!

1990년에 개봉한 줄리아 로버츠와 리차드 기어가 주연한 '귀여운 여인(Pretty Woman)'은 영화일 뿐이다.

현실에선 결코 이루어질 수 없음을 알기에 서러웠다.

"흐흑! 흐흐흑! 흐흐흑…!"

눈물샘이 터져버린 듯 줄줄이 흘러내린다. 이리냐는 눈물을 훔치지도, 굳이 그치려 애쓰지도 않았다.

꿈꾸던 백마를 탄 왕자를 만난 것 같은데 순결했던 예전의 몸이 아니다. 그러니 하룻밤 인연으로 끝내야 한다.

그 사실이 못내 섭섭하고 억울했던 것이다.

이리냐가 눈물 흘리는 동안 현수는 신일호가 있는 여성의류 점포에서 구입해온 속옷 등을 살피고 있었다.

'이 사이즈가 맞아?'

도로시에게 물은 말이다.

'네! 제가 확인했어요.'

'조금 작은 거 같은데? 내가 몸매 사이즈를 알아.'

'근데 현재의 이리냐님은 몹시 말라 있어요.'

'흐음! 그래? 그럼 이건…? 따뜻할까?'

'네! 아마 그럴 거예요.'

흰색에 가까운 밍크코트는 디자인도 괜찮고, 보기보다 가볍다. 가격은 43만 3,700루블이다. 한화로 약 774만 원이다.

"샤프카(Shapka)는?"

샤프카란 러시아 전통 방한모자이다.

"여기 있습니다."

신일호가 얼른 모자를 건넨다. 밍크코트와 세트인 듯 같은 색상이다.

북실북실한 게 쓰면 춥지 않을 듯하다. 가격은 5만 5,000루블, 한화로 88만 원이다.

"란제리는?"

"이겁니다. 도로시님이 골라주셨습니다."

레이스가 달린 조금 야 한 디자인의 팬티와 브래지어였다. 일부가 망사로 되어 입으면 안이 훤히 들여다보인다.

"이건 좀 야 한데? 굳이 시스루일 필요가 있을까?"

"다른 것으로 찾아보겠습니다."

"그래! 건전한 걸로 가져와. 무슨 뜻인지 알지?"

사서 주는 것이니 선물이라면 선물인데 야 한 걸 주면 오해할 수 있기에 한 말이다.

"네, 찾아보겠습니다."

신일호가 팬티 브라 세트를 가지러 간 사이에 모직 바지와 블라우스, 그리고 부츠와 양말을 살폈다.

'이것들 사이즈 맞는 거 사온 거지?'

'당연하죠.'

'이것만으론 부족해. 하나만 입고 살 수는 없잖아.'

'내일 굼 백화점에 가셔서 사면 되죠.'

'그래, 그러자.'

호텔로 돌아온 현수는 욕실 앞에 속옷을 놓는다.

"엘릭서는?"

"저기 탁자 위에 놓았습니다."

"비닐은?"

"그건 살 데가 없어서 패드와 이불을 샀고, 갈아놨습니다."

호텔 침구에 피해를 주지 않기 위함이다.

엘릭서를 복용하면 수면을 취하는 동안 체내의 노폐물이 빠져나오게 마련이다.

대부분 연한 황색인데 때로는 갈색이 나오기도 한다.

색깔이 진할수록 체내 노폐물이 많았다는 뜻이고, 냄새 또한 더 고약하다. 아무리 비위가 좋은 사람이라도 웬만해선 극복할 수 없을 정도이다.

따라서 한번 쓴 침구는 버려야 한다.

"악취 제거 분무기는?"

"만능제작기로 제작하고 있습니다. 금방 될 겁니다."

일반적인 공기청정기로는 도저히 감당할 수 없으므로 적극적으로 냄새를 분해하는 액체를 분무하려는 것이다.

이실리프 제국의 하수종말처리장과 분변처리장에서 사용하는 것으로 어떠한 악취든 확실하게 제거하는 성능을 가졌다.

"그래? 준비되면 설치해."

"네! 폐하."

물러갔던 신일호는 악취제거 분무기를 설치하고는 다시 물러났다. 그리고도 한참이 지났다. 그럼에도 이리냐는 나올 생각이 없는 듯 아무런 소리도 나지 않는다.

똑, 똑—!

"……!"

대답이 없다. 사람이란 등 따습고, 배부르면 졸리게 마련이다. 한참을 흐느껴 울던 이리냐는 가수면 상태였다.

참고로, 가수면(假睡眠)이란 의식이 반쯤 깨어 있는 상태에서 옅은 잠을 자는 것이다.

똑, 똑—!

"……! 네? 네에."

"이리냐! 목욕 다했어요?"

"네? 아, 네에. 거의 다 했어요. 금방 나가요."

화들짝 놀라서 깨어난 이리냐는 서둘러 욕조에서 나왔다.

그러곤 샤워타월을 찾아 거품을 만든다.

오랜만에 맡아보는 바디워시와 샴푸, 그리고 린스의 향에 또 눈물을 흘렸지만 그 시간은 그리 길지 않았다.

"이리냐! 욕실 앞에 갈아입을 속옷 갖다 놨어요. 입던 거 입지 말아요."

"……! 네에."

양치하던 이리냐는 서둘러 물기를 닦아낸다.

딸깍—!

문이 살짝 열리고 하얀 손이 나오더니 의자 위에 개어놓은 속옷들이 사라졌다.

'어머, 이건…!'

새 팬티와 브래지어를 본 이리냐는 살짝 놀랐다. 상당히 비싼 브랜드였던 것이다.

얼른 발을 꿰곤 브래지어도 착용했다. 그런데 종이쪽지가 바닥으로 떨어진다.

*　　　　*　　　　*

이리냐!

입던 속옷은 새것이 아니라면 세탁하지 말고 버려요.

겉옷은 세탁에 맡긴다고 했으니 주머니에 담아 룸 밖에 내놓아요.

참, 나가면 문이 저절로 잠긴다는 거 잊지 말아요.

잠시 후 하얀 샤워가운을 걸친 이리나의 발이 욕실 밖으로 나온다. 샤워타월로 머리를 둘둘 말아 올린 상태이다.

그런데 아무도 보이지 않았다. 하여 잠시 두리번거리다 거실로 나왔다.

"저기…, 미스트르 킴! 어디에 계세요?"

"……!"

"아무도 안 계세요? 미스트르 킴! 저 목욕 다했어요."

"……!"

제법 큰 소리였지만 아무런 대꾸도 기척도 느껴지지 않았다. 살금살금 나와 보니 탁자 위에 아주 예쁜 크리스털 병이 놓여 있고, 그 앞엔 흰 종이가 있다.

이리냐!

병 속에 담긴 건 몸에 좋은 거예요. 구하기 힘든 것이니 한 방울도 남기지 말고 다 마셔요.

나는 외부에 볼 일이 있어 또 나가니 먼저 자요.

— 미스트르 킴

"뭐지…? 이거 혹시 흥분제인가?"

이리냐는 고개를 갸웃거리다가 크리스털 병을 집어 든다.

"에이, 흥분제면 뭐 어때. 각오한 일인데."

이리냐는 미스트르 킴이라면 기꺼이 몸을 열어줄 생각이기에 뚜껑을 당긴다.

뽕~!

"흐아음…! 와~아!"

냄새부터 맡아보니 허파가 시원해지는 느낌이다. 그렇지 않아도 갈증을 느끼고 있었기에 한 모금 마셔본다.

꿀꺽—!

"와~아! 이건 뭐지?"

놀란 눈으로 병을 바라본다. 예상치 못했던 맛이었던 것이다. 달고 상쾌한 느낌이었다. 이내 다시 한 모금 마신다.

꿀꺽—!

"와! 이거 정말 미쳤다. 속이 뻥 뚫리는 것 같아."

크리스털 병은 이내 비었다.

이리냐는 남은 액체까지 알뜰히 먹기 위해 냉장고의 생수를 붓고 흔든 뒤 마셨다.

꿀꺽, 꿀꺽—!

"캬아~!"

마지막 한 방울까지 탈탈 털어서 병을 비운 이리냐는 다시 두리번거렸다.

목욕하라 해놓고 어디로 갔나 싶었던 것이다.

혹시 다른 방에 있나 싶어 문을 열어보았지만 정갈하게 정돈된 상태이다. 아직 사용하지 않았다는 뜻이다.

여기저기를 살피다 본인의 방문을 열었다.

"응? 저건…?"

옷걸이에 걸린 건 상당히 비싸 보이는 밍크코트와 샤프카, 그리고 바지와 블라우스였다.

그 아래엔 무릎까지 올라오는 부츠와 양말이 있다.

한 걸음에 다가가 만져보고 살펴본다. 상당히 고가인 듯한 상품들이다. 부츠를 들어보니 눌린 쪽지가 드러난다.

마음에 안 들어도 입어요.

내일은 더 좋은 걸 사줄게요.

조금 전에 보았던 쪽지와 같은 필체이다.

"응…? 나한테 왜…? 뭐지?"

이리냐는 고개를 갸웃거리다 옷을 입어본다. 욕실에 있는 것과는 하늘과 땅만큼 차이가 날 정도로 좋은 옷이다.

'와! 내 사이즈는 어떻게 알았지?'

마치 맞춤옷인 듯 딱 맞았던 것이다.

같은 순간, 현수는 지윤과 마주하고 있다.

"이 방 마음에 들어?"

"네! 좋네요."

이 방은 현수가 쓰려던 스위트룸의 건너편 방이다.

“목걸이 고마워요.”

“고맙긴…! 나중에 더 좋은 거 사줄게.”

“네…?”

지윤은 대체 무슨 의미인지 가늠하는 눈빛이다.

조금 전, 노크소리에 문을 열어보니 현수가 서 있었다. 들어가도 되느냐는 물음에 마음이 덜컥 내려앉는 기분이었다.

동침하자는 뜻으로 받아들인 것이다.

‘서, 설마 오늘인거야?’

지윤은 연애 경험이 없다. 따라서 성교를 해본 적이 없다. 아울러 남들 다 본다는 야동도 본 적이 없다.

그럴 시간 있으면 공부를 더 했을 것이다.

섹스에 대해 아는 거라곤 학창시절에 배웠던 성교육과 영화에서 본 베드신이 거의 전부이다.

이밖에 친구들이 떠들 때 단편적으로 얻어들은 말도 안 되는 지식 몇 가지 밖에 없다.

예를 들자면 다음과 같은 몇 가지이다.

— 남자랑 키스만 해도 임신하는 경우가 있다.

— 생리 중 성관계는 임신을 피할 수 있다.

— 질외사정하면 임신되지 않는다.

— 관계 직전에 피임약을 복용하면 효과가 있다.

전부 잘못된 지식이다.

어쨌거나 현수를 흠모하고 있기에 사랑해주면 좋겠다는 생각은 했지만 갑자기 한방 맞은 기분이었다.

"네? 아, 네에. 그, 그럼요. 들어오세요."

성큼 성큼 걸어 안으로 들어왔던 현수는 더블베드를 보고는 살짝 인상을 찌푸린다.

"에이, 침대가…. 지윤씨! 이 방은 안 되겠어. 다른 방으로 옮기자."

하나뿐인 침대는 조금 흐트러져 있다.

종리공관에서 저녁을 먹은 후 곧장 이곳으로 왔다. 도착 즉시 샤워를 하고 머리를 말리느라 침대에 걸터앉았었다.

하여 조금 흐트러졌는데 그걸 지적당했다 생각했다.

"네…? 이 침대, 아직 안 쓴 거예요. 그, 금방 치울게요."

지윤의 얼굴은 물론이고 목덜미까지 새빨갛게 달아올랐다.

현수는 대꾸대신 프런트로 전화를 걸어 다른 스위트룸을 요구했다. 누구의 말씀이라고 감히 거절하겠는가!

금방 벨보이가 와서 직접 안내해주었다.

지윤은 쭈뼛거리며 본인의 짐을 챙기며 이런 생각을 했다.

'오자마자 샤워를 해서 다행이야! 그나저나 어쩌지…?'

샤워를 했으니 당연히 속옷은 갈아입었다. 그런데 문제가 있다. 생리주기를 따져보니 지금은 임신 가능기간이다.

전에는 이런 계산이 불가능했다. 생리주기가 불규칙했던 때문이다. 하지만 현재는 정확히 28일 주기이다.

E—GR을 복용한 결과이다.

지윤은 콘돔이 어디에 있는지 알지 못한다. 사실은 어떻게 생긴 건지 알지 못하니 바로 앞에 있어도 모른다.

'그냥 했다가 임신하면 어쩌지? 그럼 책임져 주실까?'

'아! 어쩌지? 임신하면 회사 그만 둬야 하나?'

'하긴 임신한 비서를 누가 데리고 다니겠어?'

'어쩌지? 응! 나, 어떻게 해야 해?'

'싫다고 해? 그럼 뭐라 하실까?'

'으아! 나 어떻게 해? 미치겠네.'

지윤은 갑자기 생각이 많아졌다. 하지만 현수는 이런 표정을 보지 못하였다. 그러는 가운데 룸이 바뀌었다.

'어라, 여긴…! 방 바꾼다더니 전무님 방이네.'

현수의 스위트룸과 동일한 구조이고, 집기까지 같다.

캐리어를 끌고 오면서 이런저런 생각을 하였기에 룸 번호가 바뀐 것을 모르니 잠시 착각한 것이다.

'수고했어요. 이건 팁!'

벨보이는 1,000루블짜리 지폐를 받고는 허리를 숙인다.

러시아는 현재 심각한 경제위기를 겪는 중이다. 하여 직장인 평균임금은 지난해와 비슷한 3만 8,590루블이다.

한화로 61만 7,440원이다.

급여는 비슷하지만 물가가 비싸졌으니 실제로는 작년에 비해 5% 가까이 낮아진 셈이다.

따라서 1,000루불은 상당히 많은 팁이다.

'아! 고맙습니다! 행복한 시간 보내시길 바랍니다.'

시선 둘 곳 없어 두리번거리던 지윤의 시선이 벨 보이와 마주치자 싱긋 웃음을 지어 보인다.

잠시 후 이 방에서 어떤 일이 빚어질지 안다는 표정이라 느꼈기에 얼굴을 붉히지 않을 수 없었다.

생각만으로도 몹시 부끄러웠던 것이다.

'그래요! 수고했어요.'

벨 보이가 나간 후 지윤은 뻘쭘하게 서 있었지만 현수는 두 방을 차례로 살펴보았다.

중앙의 거실로 나온 현수는 지윤을 바라본다.

"음료수가 마땅치 않네. 지윤씨, 맥주 한잔 할래?"

"네? 전, 술을 잘…, 아! 아니에요. 마실게요."

맨 정신으론 감당하지 못할 것이란 생각한 것이다.

"근데 안주가 없네. 이 동네는 안주랄 게 별로 없거든."

"제 캐리어에 과자 있어요. 잠시만요."

캐리어를 여니 온갖 군것질거리가 들어 있다. 그중 짭짤한 맛이 나는 과자봉지를 꺼냈다.

현수가 맥주를 꺼내는 동안 지윤은 봉지를 뜯었다.

딱—! 딱—!

캔맥주 뚜껑을 따서 건네자 두 손으로 공손히 받는다.

"나 따라다니느라 고생이 많았어."

"네? 아, 아니에요."

"피곤하지? 이거 하나씩만 마시고 들어가자."

"네에."

맥주 캔 하나 비우는데 얼마나 시간이 걸리겠는가!

지윤은 오늘 밤에 있을 일을 떠올렸다.

'옷은 어쩌지? 전무님이 벗기시는 건가? 아님 내가 직접 벗어야 하나? 팬티랑 브라도…? 하아! 너무 부끄러워.'

생각만으로도 손이 바들바들 떨렸지만 현수는 알지 못하였다. 지윤의 손이 탁자보다 아래 있었기 때문이다.

꿀꺽, 꿀꺽—!

"카아—!"

두어 모금 마시고는 과자를 집어 든다. 생감자로 만들었다는 오리온 포카칩이다.

와삭, 와삭, 와삭—! 꿀꺽—!

과자를 씹어 삼키는 현수의 목젖을 본 지윤의 눈빛이 몽롱해진다. 문득 섹시함을 느낀 것이다.

꿀꺽, 꿀꺽—!

"카아—!"

두어 모금 마시고는 또 과자를 집어 든다.

와삭, 와삭, 와삭—! 꿀꺽—!

"응? 왜 안 마셔?"

"네? 아! 마셔요, 마셔."

꼴깍, 꼴깍—!

"크~으!"

지윤도 현수처럼 과자를 집어 들었다.

'이거 먹으면 입 냄새 나지 않을까? 아! 그러면 안 되는데.'

집었던 것을 도로 내려놓자 현수가 의아한 표정을 짓는다.

"왜? 다른 거 먹으려고?"

"네? 아, 아니에요. 조금 아까 양치질을 해서요."

"에이, 먹고 또 하면 되지."

꿀꺽, 꿀꺽—!

와삭, 와삭, 와삭—! 꿀꺽—!

현수는 거침없이 맥주를 마셨고, 과자를 씹었다.

지윤의 시선은 계속 목젖에 꽂혀 있었다. 그러고 보니 너무 남성적이다.

'오늘 밤, 난 괜찮을까? 하아! 처음하면 엄청 아프다고 하는데 죽을 정도면 어쩌지? 그게 생살이 찢기는 거잖아.'

지윤은 생각만으로도 두렵고 겁이 났다. 하여 이맛살을 찌푸리곤 맥주캔을 들었다.

'맥주도 후딱 마시면 금방 취한다고 했지? 알코올 섭취가 빨리 되니까.'

러시아의 국민맥주 발찌까는 여러 종류가 있다.

총 11종류가 있는데 현수가 마시는 것은 8%짜리이고, 지윤의 것은 무알콜이다. 다시 말해 0%짜리이다.

따라서 빨리 마시든 천천히 마시든 절대로 취하지 않는다.

우연히 그렇게 된 것이 아니라 현수가 의도한 바이다.

도로시는 지윤이 애모하고 있다고 했지만 확인된 바 없다.

하여 여직원에게 술을 먹이고 어떻게 해보려 했느냐는 소리를 들을 수 있기에 일부러 무알콜로 고른 것이다.

'그러고 보니 이건 또 오랜만이네.'

예전엔 자주 마시던 것이지만 1,000년 넘게 그러지 않았던 것이라 새삼스럽다는 표정을 짓고는 나머지를 비웠다.

꿀꺽, 꿀꺽, 꿀꺽—!

"크아아!"

과자를 집어 들려는데 지윤의 목이 뒤로 젖혀진다. 그러곤 계속 목울대가 움직인다.

꿀꺽, 꿀꺽, 꿀꺽, 꿀꺽, 꿀꺽, 꿀꺽—!

"캬아아!"

단숨에 캔을 비운 지윤은 팔뚝으로 입술을 훔친다. 그러곤 과자 한줌을 집어 든다.

Chapter 09

—

오늘 합방하세요

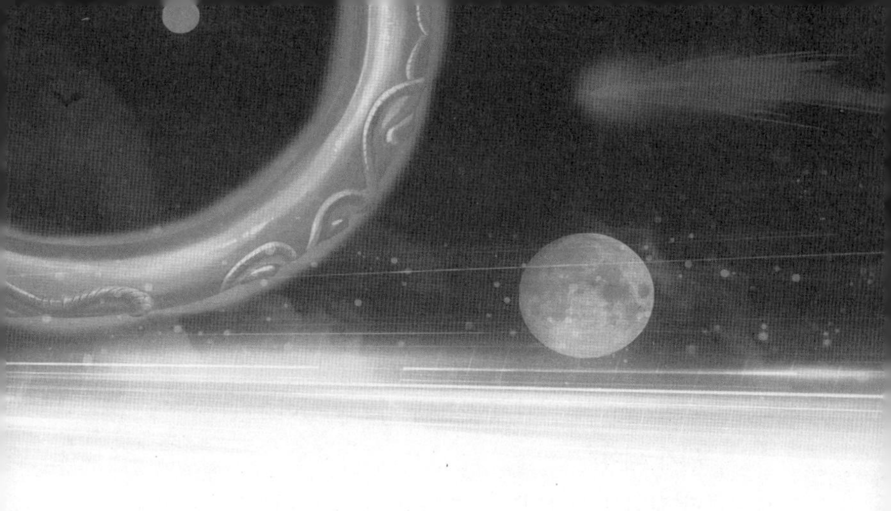

"뭐가 그렇게 급해?"

"네? 아! 네에. 전무님 모시려면 제가 먼저…."

"모셔? 날? 어디로…? 나 어디 안 가."

현수는 대체 무슨 소리냐는 표정을 짓는다.

"오늘…, 저는 괜찮아요, 참아볼게요."

"뭘 참아?"

대체 뭔 소린지 이해할 수 없었다.

'아! 부끄러운데 왜 안 취하지?'

지윤은 정신이 너무 또렷해서 미칠 지경이다. 맥주향만 나는 걸 마셨는데 취할 수 있겠는가!

"암튼 난 다 마셨네. 내일 아침은 대통령궁에서 아침을 먹을 거야. 지윤씨도 같이 가야 하니까 들어가서 쉬어."

"네?"

말을 마친 현수는 본인의 룸 곁의 화장실로 들어갔다. 옷을 훌훌 벗어던지고는 양치하고, 샤워도 했다.

'에이, 오늘 분위기 좋았는데 왜 그러셨어요?'

'뭐가 왜야?'

'딱 보니까 지윤님도 각오를 한 거 같았어요.'

'뭔 각오를 해?'

'폐하를 모시는 거요. 오늘하면 임신이 딱인데.'

못내 아쉽다는 어투였다.

'난 그럴 생각 없다니까.'

'그럼 조차지는 누가 물려받나요? 그냥 적당한 사람 찾아서 무상으로 주실 거예요?'

'뭐, 그래도 되지. 안 될 거 뭐 있어?'

'그럼 죽 쒀서 개주는 일이 될 수도 있어요.'

'그래도 할 수 없지.'

'에이, 그러지 마시고 오늘 합방하세요. 네?'

샤워하는 내내 도로시에 의해 시달려야 했다.

대화를 하다보면 너무 논리적이라 고개를 끄덕이지 않을 수 없다는 걸 알기에 가급적 단답으로 대답했다.

너무나 끈질겼기에 그만하라는 소리를 했지만 도로시는 듣지 않았다.

오늘 밤이 임신 최적기이고, 둘이 같은 룸에 있으니 기회가 왔다 생각한 것이다. 하지만 현수는 굳건했다.

오랫동안 금욕생활을 했기에 전혀 동하지 않은 것이다.

'에이, 너무하셨다. 오늘이 정말 좋은 기횐데. 지구에 또한번 이실리프 제국의 정통이 생길 수 있는 날이란 말이에요.'

'그래도 안 돼! 지윤씨가 뭐라 생각하겠어?'

'폐하를 몹시 애모한다니까요. 손만 내밀면 스르르 허물이 벗겨진다고요. 네? 오늘 하세요.'

'시끄러! 묵음모드!'

'칫!'

도로시는 삐친 듯한 소리를 끝으로 더 이상의 성화는 부리지 않았다.

한편 거실에 남은 지윤은 생각 중이다.

'샤워를 하시는데 난 어쩌지? 옷은 어쩌지? 다 벗고 침대에 들어가 있어야 하나? 아님 팬티와 브라만 남겨?'

한참을 망설이던 지윤은 입술을 잘근 깨물었다. 생수를 꺼내 입가심을 하고는 겉옷을 벗는다.

잠시 후 현수가 쓰려는 침대의 이불이 살짝 들렸다.

덜컥—!

"후와아! 시원하네."

현수는 수건으로 머리를 말리다가 스킨로션을 집어든다.

탁, 탁—!

두어 번 손뼉을 마주하고는 스킨로션을 바르며 본인의 얼굴을 살핀다. 이목구비가 완벽하게 균형 잡혀 있다.

팬티를 꺼내 입고는 불을 껐다. 그러곤 침대 옆 협탁의 스탠드를 켰다. 은은한 불빛이 방안을 채운다.

'내일 아침 7시에 나오라고 했지?'

중얼거리고는 TV 리모콘을 집어 든다.

"하아! 하아! 하아악! 하아, 하아…!"

"이건 뭐야? 헐…, 이네."

마지막으로 이 방을 썼던 사람이 보던 채널이 포르노였나 보다. 이런 건 참으로 오랜만이다. 화면의 남녀는 물고, 빨고, 핥으면서 몸부림치고 있다.

현수는 약 30초쯤 보다가 꺼버렸다.

"에이! 하필이면…."

현수는 팔베개를 하고 누웠다. 아직 잠들 컨디션이 아닌 것이다. 밖은 영하의 기온이지만 실내는 쾌적한 온도이다.

이 방엔 아무도 없다는 것을 잘 알기에 마음 편히 누워 있던 현수는 문득 곁에서 따뜻한 온기를 느꼈다.

'뭐야? 러시아에도 온수매트 같은 게 있는 거야?'

더블베드이니 한쪽만 켜놓았나 싶어 옆을 더듬어보려 손을 뻗었는데 뭔가 뭉클한 것이 닿는다.

"읏…!"

화들짝 놀라며 일어나 앉았다. 그러곤 이불을 살그머니 들춰 보니 여체 하나가 있다.

현수의 손이 하필이면 두 개의 융기 중 하나를 움켜쥐어 화들짝 놀라 웅크린 것이다.

"전무님…!"

"엉? 지윤씨가 왜 여기에 있는 거야?"

"……!"

"지윤씨 저쪽 방 쓰기로 했잖아. 근데 왜…?"

"… 그냥 여기 있을래요."

"뭐어…? 여기가 맘에 들어? 알았어, 그럼 내가 갈게."

이불 밖으로 나왔는데 챙길게 많다. 내일 아침에 입고 갈 겉옷과 구두 등이다.

"가지 마세요."

먼 훗날 지윤이 흑역사라 칭하는 대사였다.

"저, 전무님 좋아해요."

현수는 아무런 대꾸도 하지 않았다. 도로시가 주장했던 게 맞다는 걸 증명하는 말이었기 때문이다.

조금 전 샤워를 할 때 도로시가 조르던 중 다음과 같은 대화를 한 바 있다. 그중 일부이다.

'그럼 지윤님이 폐하를 좋아한다거나 사랑한다고 고백하면 어쩌실 거에요?'

'에이, 그럴 리가 없지.'

'만일 그렇다면 오늘 밤에 합방 하실 거죠?'

'그럴 리가 없다니까.'

'그래요! 그럴 리가 없으니까 지윤님이 고백하면 오늘 합방 하시는 거예요. 아셨죠?'

'그래! 지윤이 그런다면 내가 그런다.'

'진짜죠? 폐하! 남아일언은 중천금이랍니다.'

'그래! 남아일언중천금이야.'

'약속하신 겁니다. 폐하!'

현수는 부끄럼 많은 지윤이 절대로 먼저 고백하는 일이 없을 것이라 생각하였다.

그런데 그 예측이 깨졌다.

한편, 너무나 부끄러워서 저도 모르게 좋아한다 말한 지윤은 쥐구멍이라도 찾고 싶은 심정이다. 하여 고개를 수그린 채 이불을 잡아 당겨 몸을 감추려 손을 뻗었다.

그런데 하필이면 현수의 손목이 잡힌다. 이 순간 현수의 뇌리를 스치는 생각이다.

'응? 뭐야? 왜 이렇게 적극적이야?'

"어맛! 죄, 죄송해요."

화들짝 놀란 지윤은 얼른 이불 속으로 파고든다. 그때 보았다. 지윤이 브라와 팬티만 입었다는 것을!

"헐…!"

현수는 자리에서 일어나 삐져나온 둔부를 덮어주었다. 오늘은 레이스가 많이 달린 흰색 팬티였다.

"지윤씨 마음 알았어. 근데 여기는 아냐."

"……!"

지윤은 아무런 대답도 하지 않았다. 방금 들은 말이 무슨 뜻인지를 해석하기에 바빴던 때문이다.

"오늘 밤은 저 방에 가서 잘게."

현수는 대답을 기다리지 않고 본인의 의복을 챙겨 나왔다. 그러는 사이에 도로시의 묵음모드가 깨졌다.

'폐하~! 남아일언중천금이라 하셨잖아요.'

'……!'

무슨 말을 할 수 있겠는가!

'남아일언중천금! 설마 무슨 뜻인지 모르세요?'

현수는 대꾸 없이 옆방으로 들어갔다.

'폐하! 오늘이 기회라니까요. 오늘 합방하세요. 그럼 2세를 보실 수 있단 말이에요. 폐하~!'

'미안! 오늘은 안 되겠어.'

'왜요? 왜, 안 되는데요?'

'저건 남이 쓰던 침대잖아. 내 2세를 보는 일을 그런데서 하면 되겠어?'

'… 그럼 어쩌시려구요?'

'나중에…!'

'칫! 또 빠져나가려고 하시는 거죠? 아무튼 지윤님은 이제

황후후보가 아니라 1황후가 되신 거예요.'

'……!'

현수는 아무런 대꾸도 하지 않았다. 본인 입으로 내뱉은 게 있으니 반박할 말이 생각나지 않은 것이다.

'짧은 시간이지만 두 분은 한 침대에 머무셨어요. 두 분 다 속옷차림이었고요. 그리고, 폐하의 왼손은 지윤님의 유바….'

뒷말을 다 들으면 몹시 민망할 듯 하다. 하여 서둘러 입을 열었다.

'그만! 알았어. 내가 거둘게.'

'그럼 1황후로 인정하시는 겁니다. 설마 지윤님의 유바….'

또 뒷말을 듣고 싶지 않다.

'알았다니까! 김지윤을 아내로 맞이할게. 됐지?'

'헤헤! 감축드려요, 폐하!'

끊임없는 노력 끝에 얻은 찬란한 영광인 듯 도로시의 어투가 바뀌었다. 몹시 유쾌하고, 기쁘다는 듯했다.

'끄~응!'

현수는 낮은 침음으로 대꾸하고는 눈을 감았다.

한편, 홀로 남게 된 지윤은 한참 동안 낯을 붉히고 있었다. 그러다 문득 현수의 손길을 받은 가슴에 손을 얹었다.

"뭐지? 전기에 감전된 거 같았어. 어떻게 그럴 수 있지?"

"그나저나 어떻게 해? 좋아한다는 말은 왜 했지?"

"으아! 나 미쳤나 봐! 진짜 미쳤나 봐! 어쩌지…?"

"내가 정말 전무님을 좋아하는 건가? 그래! 그건 맞아."

"근데 그런 말을 대체 왜 하느냔 말이야."

"아! 미쳤어, 진짜 미쳤어! 난 미친년인거야."

"근데 왜 날 두고 가신 거지? 내가 싫으신 건가?"

"혹시 나한테서 이상한 냄새가 나나?"

"근데 '지윤씨 마음 알았어. 근데 여기는 아냐' 는 무슨 뜻 일까? 뭐지? 뭘까?"

"흐음! 다른 데서 하자는 건가? 그리고 오늘 밤은 저 방이라고 하셨으니까 내일 밤엔 이 방? 꺄아! 미쳤어, 미쳤어."

뭘 상상했는지 발버둥까지 치며 진저리를 친다.

"나 어떡해. 어떡해. 내일 씻을 시간 없으면 어쩌지?"

"아! 그러다가 오줌 마려우면 어쩌지?"

"내일은 하루 종일 물마시면 안 되겠구나. 그럼 지금 조금 마실까? 아! 근데 냉장고는 거실에 있는데…."

지윤은 계속해서 중얼거리고 있었다. 물론 결론은 결코 날 수 없는 중얼거림이다.

두 남녀의 밤은 길었다. 그리고 둘 다 잠 못 이루고 전전반측을 반복했다.

다음 날 오전 6시.

샤워를 마치고 나오는 현수는 캐주얼한 차림이다. 거실 소파에 앉은 지윤은 이미 성장한 상태였다.

"잘 잤어?"

"네에. 전무님은요?"

"잘 잤지. 불편한 자리 자꾸 만들어서 미안해."

"아뇨! 괜찮아요. 크렘린궁에서 아침을 먹는 건 좋은 경험이잖아요. 영광이죠. 글구 언제 또 먹어보겠어요. 그죠?"

"그래! 그건 그렇긴 해. 아무튼 너무 긴장하지 마. 푸틴 대통령이 폭군으로 알려져 있지만 알고 보면 부드러운 남자야. 로맨티스트이기도 하고."

"그런가요?"

"그래. 어! 내가 사준 목걸이 했네. 마음에 들어?"

"네! 너무 예뻐요. 고맙습니다."

지윤은 고개 숙여 감사를 표했다. 그런데 앞섶 윗 단추가 풀리면서 보여주면 안 되는 것까지 보여준다.

"험, 험! 예쁘다니 다행이네. 반지는?"

"여기요."

손을 펼쳐 보여준다.

"그것도 예쁘네."

"네! 마음에 들어요."

지윤의 눈이 반달처럼 휘어진다. 흡족하다는 미소였다.

"커피 한잔 하고 있어. 금방 나올게."

"네! 전무님도 드실 거죠?"

"그래! 늘 먹던 대로 부탁해."

"네! 전무님 양복은 안쪽에 뒀어요."

"그래!"

현수가 양복으로 갈아입는 동안 지윤은 커피를 준비했다,

*　　　*　　　*

후르릅—!

입 안 가득 따뜻함이 느껴진다.

"맛 괜찮죠?"

"그래! 잘했네."

"여기 게 좋은 거죠. 근데 전무님!"

"왜?"

"어제…, 아, 아무것도 아니에요."

뭔가 할 말이 있지만 부끄러운 듯 낯을 붉힌다. 절세미녀가 수줍어하는 모습에 어찌 마음이 동하지 않겠는가!

"알아들었어. 나 좋아한다는 거."

"……!"

지윤의 두 볼은 홍시처럼 달아올랐다.

"나도 지윤씨 좋아해. 그러니 어려워하지 마."

"……!"

"그리고 이제부터 서로 알아가는 걸로 해. 내가 더 적극적

으로 대할게. 알았지?"

"… 네에."

"그럼, 이리 잠깐 와봐."

현수가 소파 옆자리를 손으로 치자 지윤이 자리를 옮긴다.

"날 좋아해줘서 고마워."

"……!"

현수는 살며시 지윤의 어깨를 당겨 품에 안았다. 바들바들 떨고 있음이 느껴졌기에 살살 토닥이며 입을 열었다.

"이제 날 좀 편하게 대해. 알았지?"

"네에. 그럴게요."

아주 작은 음성이었다.

"그럼 오늘부터 1일인 건가?"

"…네에."

"알았어, 참! 나 잠깐 나갔다 올게."

현수는 서둘러 객실을 나섰다. 이리냐를 깜박하고 있었음을 깨달은 것이다.

똑, 똑, 똑—!

"잠시만요."

"누구세요?"

"나예요, 킴!"

"아! 네에. 잠깐만요."

이내 문이 활짝 열린다. 밍크코트를 뺀 나머지 의복을 모두 갖춰 입었는데 늘씬한 몸매가 돋보인다.

"잘 잤어요?"

"네! 덕분에요. 어제 바쁘셨나 봐요."

밤에 왜 안 들어왔느냐는 뜻일 거다.

"일이 있어서요. 그나저나 옷이 잘 어울리네요."

"네, 딱 맞아요. 참, 고맙습니다."

잊고 있었다는 듯 얼른 고개 숙여 예를 취한다.

"아침에 어딜 다녀와야 해요. 객실에 계속 있어도 되는데 어떻게 할래요? 어디 가야 해요?"

"아뇨! 그런 거 없어요. 어떻게 할까요?"

"그럼 일단 룸서비스로 아침식사를 해요. 먹고 싶은 게 있으면 뭐든 주문해도 돼요."

"그래도 돼요?"

"그럼요! 제일 비싼 거 먹어요. 특별한 일이 없으면 점심때쯤 올게요."

"정말 비싼 거 먹어도 되요?"

"그럼요! 먹고 싶은 건 뭐든 먹어도 되요."

"근데 나한테 왜 이렇게 잘해주세요?"

"그야…, 이리냐니까요."

"네?"

"이리냐가 마음에 들었어요. 그래서 잘해주는 거니까 부담갖지 말아요. 참! 아침 먹고 굼 백화점에 가요."

"어디요?"

"굼 백화점이요. 가서 사고 싶은 거 있으면 다 사요."

말을 하며 지갑의 카드를 꺼내서 건넸다.

"네에…?"

어젯밤에 잠깐 본 게 전부인데 대체 뭘 믿고 신용카드를 건네는 건지 이해되지 않는 표정이다.

"경호원 둘이 따라 다닐 거니까 마음 놓고 쇼핑해요."

"아! 네에. 그럴게요."

이리냐는 경호원을 감시자로 생각한 모양이다.

"속옷도 더 사고, 겉옷도 마음에 드는 거 있으면 더 사요."

"네, 그럴게요."

"그럼 이따 봐요."

현수가 자리에서 일어서자 이리냐가 따라 나온다.

"근데 아침에 어딜 가시는 건지 알려주실 수 있나요?"

공짜인 친절은 경계해야 한다고 배웠다.

혹시라도 본인을 매음굴에 팔아넘기려는 수작일 수도 있기에 물은 것이다.

"크렘린궁에 아침 먹으러 가요."

"네? 어디요?"

이리냐의 눈이 대번에 커진다. 전혀 예상치 못했기에 일시적으로 사고가 정지된 것이다.

현수는 이를 잘못 알아들었다는 뜻으로 받아들였다.

"푸틴 대통령과 아침식사를 하러 간다구요."

"……!"

"메드베데프 총리도 동석할 수도 있구요."

"허어…!"

이리냐는 눈동자만 굴린다. 진짜인가 싶은 것이다.

"갔다 와서 말해줄게요. 이리냐도 아침 먹고, 굼 백화점 다녀와요. 알았죠?"

"네에."

"대통령궁 소속 경호원들이니 믿어도 될 거예요."

"아…! 네에."

어제 봤던 사내들이 크렘린궁 소속 경호원이라는 뜻에 이리냐는 살짝 얼었다.

"그럼, 이따 봐요."

"네, 다녀오세요."

현수가 나가고 문을 닫고 그 문에 기대어 선 이리냐는 이게 무슨 상황인지를 가늠해보았다.

미스트르 킴은 푸틴 대통령의 손님이다. 작은 사업을 한다 하였지만 보나마나 엄청난 거물일 것이다. 블라디미르 푸틴이 아무나 만나주지는 않을 것이기 때문이다.

그런 사람이 아무것도 가진 것 없는 창녀인 자신을 데려와 호사스러운 호텔에서 재웠다. 어젯밤에 뭔 일이 있었는지 모르지만 매우 중대한 일이었을 것이다.

그러니 이 비싼 룸을 비웠던 것이다.

"대체 누구지? 누굴까?"

견식이 짧으니 생각나는 사람도 없다.

"에효! 내가 어떻게 알겠어? 앞으론 신문이라도 잘 봐야겠네. 그나저나 뭘 먹지? 룸서비스는 어떻게 하는 거야?"

이런 호텔에 와본 적이 없으니 방법을 알 수 없다.

이리냐는 아침에 일찍 일어났다. 그래서 배가 고팠다.

룸서비스를 부르는 방법을 모르기에 객실문을 열었다. 문 앞을 지키고 서 있던 두 명의 경호원이 바라본다.

"저기…, 식사를 하려는데 어떻게 해야 하죠?"

"조식 드시게요? 저희가 모시겠습니다."

"아! 근데 이 방 열쇠가 없어요. 나가면 문이 잠기잖아요."

"그건 괜찮습니다. 저희가 알아서 하죠."

경호원들은 상당히 우락부락한 체격이었고, 사실 인상이 썩 좋은 것은 아니다.

그럼에도 간이라도 빼어줄 듯 너무도 친절하다.

이리냐는 경호원을 따라 2층으로 내려갔다. 호텔에서 제공하는 조식이 뷔페식으로 서비스 되는 곳이다.

"안으로 들어가시면 됩니다."

"같이 안 들어가세요?"

"……?"

경호원은 다소 놀란 듯한 표정이다.

조금 전 VIP가 신신당부를 했다.

방안에 있는 아가씨가 불편하거나 겁먹지 않게 상냥하게 대해달라고 하면서 각각 2만 루블씩 주면서 한 말이다.

신일호가 환전해온 것은 5만 루블이다.

이중 1만 루블은 어제 빌린 것을 갚는데 썼다. 5,000루블을 빌렸는데 하루만에 두 배로 갚은 것이다.

나머지 4만 루블 전부를 털어서 준 것이다.

얼떨결에 돈을 받은 경호원들은 얼른 내민다.

"우, 우린 이런 거 받으면 안 됩니다."

"괜찮아요. 내가 좋아서 주는 거니까요."

"그래도 안 됩니다. 각하가 아시면 저희 다 죽습니다."

"에이, 내가 대통령님에게 말을 할 이유가 없잖아요."

"그래도 안 됩니다. 도로 받으십시오."

"내가 부탁할 게 있어서 드린 거니 괜찮아요."

"네? 부탁이요?"

"그래요. 이 방에 있는 아가씨가 아침식사를 마치면 굼 백화점으로 데리고 가줘요. 거기 가서 뭐든 살 수 있도록 도와주면 됩니다."

"네? 굼 백화점이요?"

"그래요! 신용카드 줬으니까 돈 걱정은 안 해도 되요. 그리고 짐이 많으면 좀 들어주구요. 알았죠?"

"그래도 이건 너무 많은데…"

경호원들은 이게 무슨 상황인가 하는 표정이다.

지시받은 경호대상은 현수와 김지윤 뿐이다. 그런데 창녀 하나를 데려다 놓더니 경호를 부탁한다.

"그 돈은 두 분이 애써주실 것에 대해 미리 주는 보답이에요. 그러니 어서 넣어둬요."

말을 마친 현수는 두 경호원과 시선을 마주치며 손 내밀어 악수를 청했다.

"저에게 아주 중요한 아가씨니까 잘 부탁해요. 겁먹지 않게 상냥히 대해주구요. 참! 모르는 게 많을 테니 불편하지 않게 안내 잘 부탁해요."

여기까지가 조금 전 대화였다.

두 경호원은 현수가 푸틴의 귀빈이라는 것을 안다.

그런 귀빈이 중요한 아가씨라 하였는데 아침을 같이 먹자고 한다. 어찌 당황하지 않겠는가!

"내가 이런데 처음 와봐서 어떻게 하는 줄 몰라요. 그러니까 같이 들어가서 좀 도와줘요."

"아…! 알겠습니다. 저희가 모시죠."

이리냐와 두 경호원이 들어서자 모두의 시선이 쏠린다. 개중엔 이리냐의 얼굴을 집요하게 바라보는 사람도 있다.

눈이 번쩍 뜨일 미녀인 것도 한 이유이지만 대체 누구이기에 경호원을 대동하고 다니나 싶었던 것이다.

특급호텔답게 조식은 아주 훌륭했다.

이리나는 먹고 싶은 것을 골라서 먹었다. 경호원들은 차마 동석할 수 없어 옆 테이블에 앉아 식사를 했다.

식사를 마치곤 곧장 굼 백화점으로 직행했다.

*　　　*　　　*

같은 시각, 풍성한 아침식사를 마친 현수는 푸틴과 마주 앉았다. 동행했던 김지윤은 알리나 카바예바와 크렘림 궁을 구경하고 있다. 구경을 마치면 차를 마신다. 퍼스트레이디 대접을 받는 중이다.

"총리 가족을 돌봐주었다고 들었습니다. 매우 고마운 일입니다. 감사합니다."

"뭘요. 참, 이건 대통령님을 위한 겁니다."

가방에서 꺼낸 것은 농도 25%짜리 엘릭서 블루(E—B)이다. 3기 암까지 다스릴 수 있다.

"호오! 이건 뭡니까?"

연초록빛 액체가 담긴 크리스털 병을 바라보는 푸틴의 눈엔 호기심 가득이다.

"3기 암까지 완치시키는 기적의 신약이죠."

"네에? 3기 암을 치료한다고요?"

정말 놀란 표정이다.

"네! 폐암, 췌장암, 간암 등 각종 암은 물론이고 백혈병까지 완치시킵니다."

"흐음! 들어본 바 없는 약물이군요."

이런 게 있다면 분명히 보고되었을 터인데 기억나지 않기 때문이다. 하여 현수의 눈을 빤히 바라본다. 어서 진실을 말하라는 제스처(Gesture)인 것이다.

그러거나 말거나 현수는 여유만만하다.

"그럴 겁니다. Y—R&D에서 최근에 개발을 마치고 임상시험 중에 있는 약물이니까요."

"Y—R&D라면…?"

"Y—그룹 중 일부지요. 모처에서 여러 가지를 연구하고 있습니다. 최근에 괄목할만한 성과가 있어서 다행히 총리부인의 골다공증과 일리야의 안구염증을 치료할 수 있었네요."

"……!"

푸틴은 어젯밤 늦은 시각에 메드베데프로부터 충격적인 이야기를 들었다. 스베틀라나와 아들의 병증(病症)이 확실하게 개선되었다는 것이다.

푸틴도 고사성어 가화만사성(家和萬事成)과 수신제가치국평천하(修身齊家治國平天下)라는 말을 알고 있다.

러시아의 겨울밤은 몹시 춥고, 길다.

KGB시절의 푸틴은 이를 견뎌내기 위해 술과 도박 대신 운

동과 독서를 선택했다. 참으로 건전했다.

KGB를 그만두기 직전엔 쿠데타가 일어났는데 보수파가 동참을 권했지만 움직이지 않았다.

동독에서 공산주의가 망하는 것을 보고 왔기 때문이다.

결국 보수파의 쿠데타는 실패로 돌아갔고, 동참하지 않았던 푸틴은 승승장구하여 대통령이 되었다.

어쨌거나 정치적 동반자인 메드베데프는 집안에 우환이 있어 늘 우울한 표정이었다.

그럼에도 서방의 병원으로 가보라는 말을 하지 못했다. 자칫 인질이 될 수도 있는 때문이다.

하여 메드베데프에게 마음의 빚을 진 기분이었다.

그런데 그것이 사라졌다는 것이다. 하여 날이 밝는 대로 병원에서 진단받을 수 있도록 지시를 내렸다.

일시적인 완화일 수도 있기 때문이다.

그래서 현수와 푸틴이 아침 식사를 할 때 스베틀라나 여사와 일리냐는 새벽 진료를 받았다.

식사를 마치고 집무실로 이동하던 도중 비서실 요원으로부터 쪽지를 건네받았다.

Chapter 10

—

잡초는 제거되었습니다

스베틀라나 메드베데프 : 골다공증 완치

일리야 메드베데프 : 안구 염증 완치 및 시력 회복 중

'허어! 이게 말이 되는 건가? 믿을 수 없네.'

대통령 주치의도 치료해내지 못했던 병증이었으니 당연한 반응이다.

자신이 본 것을 믿을 수 없어 쪽지의 내용을 다시 확인할 때 휴대폰이 진동했다. 꺼내보니 총리가 보낸 문자가 왔다.

잡초, 삭제되었음을 보고 드립니다.

잡초는 어젯밤에 정한 암호문이다. 이는 스베틀라나와 일리야가 완치되었음을 의미하는 것이다.

사실 말도 안 되는 보고이다. 그런데 메드베데프는 이런 일을 거짓으로 보고하지 않는다.

그렇기에 푸틴은 씨익 웃고는 쪽지를 접어 주머니에 넣었다. 큰 짐 하나가 덜어진 기분이라 매우 흡족해서 기념으로 남긴 것이다.

아울러 서방 세계에 크게 한방 먹이는 기분이었다.

그때, 미국과 영국의 첩보요원들은 이게 무슨 의미의 보고인지를 분석하고 있었다.

지난 2016년 10월 31일에 앤드류 파커 영국 정보국(MI5) 국장이 이렇게 말한 바 있다.

러시아는 기관 전반에 걸쳐 공격적 대외정책을 펼치고 있다. 선전, 스파이 활동, 사이버 공격 등이 포함된다.

유럽 국가들은 물론 영국에서도 작업을 진행하고 있으며 MI5의 임무는 이를 방해하는 것이다.

아울러 영국에서 활동하는 러시아 스파이가 군사기밀, 산업 프로젝트, 금융정보, 각종 대내외 정책 자료를 노린다면서 강하게 비난한 바 있다.

같은 날, 드미트리 페스코프 러시아 대통령실 대변인은 다음과 같은 성명을 발표했다.

파커 국장의 주장은 사실과 다르며, 터무니없으니 더 이상의 설명을 하지 않겠다.

성명에 이어 FSB로 지령 하나가 떨어졌다. 러시아에서 활동 중인 MI5요원을 체포 또는 사살하라는 것이다.

아울러 다른 국가 첩보원이 있다면 마찬가지라고 하였다.

명령이 떨어지자 FSB요원들의 움직임이 부산해졌다. 이에 영국과 미국 등 서방세계 정보국에 비상이 걸렸다.

일련의 정보를 입수한 것이다.

자국 첩보원의 정체가 드러났다면 얼른 탈출시켜야 하기에 정신없이 통지문을 보내던 중 정말로 신분이 발각된 스파이가 있음을 확인하였다.

당연히 꽁지에 불붙은 송아지처럼 정신이 없었다.

이 와중에 미국은 대통령 선거에 모든 이목이 쏠려 있는 상황이다.

힐러리 클린턴이 확실히 우세하긴 하지만 도날드 트럼프가 이길 확률도 있는 때문이다.

이에 영국이 주도하여 탈출을 돕기로 했다.

하여 서방에서 파견한 첩보원들이 썰물처럼 러시아를 탈출하기 시작했다. 이들의 뒤는 FSB 요원들이 따르고 있다.

타초경사(打草驚蛇)가 된 것이다.

'풀을 두드려 뱀을 놀라게 한다'는 뜻으로, 변죽을 울려 적의 정체를 드러나게 하거나 공연히 문제를 일으켜 화를 자초함을 비유한 말이다.

스파이들의 탈출하기 위한 움직임이 FSB요원의 눈에 뜨였다는 뜻이다. 그럼에도 상당수가 러시아를 뜰 수 있었다.

거의 동시에 일어난 일이고, 러시아보다 우수한 장비 덕을 본 것이다. 하지만 전부 성공한 것은 아니다.

MI5소속 첩보원 중 하나는 다음과 같은 통신문을 보냈다.

포위되었음. 탈출 가능성 제로! 가족을 보살펴주십시오. 구출 불가능! 더 이상의 희생은 불필요!

이후로 더 이상의 통신이 없어서 애를 태우던 중이다.

이런 와중에 메드베데프가 푸틴에게 의미심장한 문자를 보냈으니 어찌 놀라지 않겠는가!

실제로 MI5 첩보원은 FSB에 체포되었고, 압송되는 중이다.

그리고 미처 탈출하지 못한 스파이들은 쫓기는 신세가 되어 토끼몰이를 당하는 중이다.

푸틴은 자신의 휴대폰 중 하나가 감청됨을 알고 있었다.

하여 일부러 이 번호로 문자메시지를 보내도록 했다.

병법으로 치면 암도진창(暗渡陳倉) 쯤 된다.

'몰래 진창으로 건너가다' 라는 뜻으로, 정면으로 공격할 것처럼 위장하여 적의 병력을 집결시킨 뒤에 방비가 허술한 후방을 공격하는 계책이다.

다시 말해, 허위정보를 누설하여 역으로 이용하는 것이다.

푸틴의 이러한 계략은 상당한 성과가 될 것이 분명하다.

MI5 첩보원 이외에 CIA 요원 둘이 쫓기고 있는데 생포될 가능성이 매우 높은 상황이다.

누가 미국의 대통령이 되든 약점 하나가 잡히는 셈이다.

"내게 이걸 주는 이유를 알고 싶소. 내 가족 중엔 암에 걸린 사람이 없으니…."

"저희 Y-Data의 정보수집 능력은 인정하십니까?"

어제 총리의 팬티 문양과 색깔까지 맞혔다. 하지만 확실한 대답은 미뤄야 한다.

"…계속하시오."

"죄송한 말씀이지만 대통령님의 둘째 아들은 유전적으로 백혈병에 걸릴 확률이 매우 높습니다."

"둘째 아들? 난 아들이 하나뿐이오."

"압니다. 저는 이고르의 동생을 말씀드리는 겁니다."

"이고르의 동생…?"

"네! 알리나 카바예바 여사는 현재 임신 중입니다. 아이는 내년 7월에 태어나겠네요."

"……?"

소파에 기대어 있던 푸틴의 상체가 벌떡 일어난다.

알리나가 임신했다는 걸 전혀 모르고 있었던 것이다. 그러거나 말거나 현수의 말은 이어진다.

"출산 예정일은 7월 26일쯤 됩니다. 성별은 남자이고요."

"정말입니까?"

"임신 여부는 금방 확인이 되지 않을까요?"

"여기서 잠시만 기다리오."

푸틴은 대꾸도 가다리지 않고 집무실 밖으로 나간다. 현수는 식은 차 한 모금을 마신 뒤 소파에 기댔다.

약 20분의 시간이 흐른 뒤 돌아온 푸틴은 다소 상기된 표정이다. 내년에 둘째 아들이 태어난다니 기분 좋은 것이다.

지윤과 함께 담소를 나누고 있던 알리나는 불쑥 들어와 임신진단 키트를 내미는 푸틴을 보고 눈을 동그랗게 뜬다.

"드미트리! 임신테스트기는 왜 주는 거예요?"

"묻지 말고 당장 검사 해봐. 여기서 기다릴 테니."

"뭐, 알았어요."

상당히 빠른 대화였지만 지윤은 '임신'과 '검사'라는 단어를 알아들었다. 어쨌거나 결과는 선명한 두 줄이었다.

돌아온 푸틴은 현수를 지그시 바라보다 입을 연다.

"그래서 Y—Data에서는 뭐라 하오?"

"이고르의 동생은 4세에서 5세 사이에 백혈병이 발병될 확률이 매우 높다고 하더군요."

아직 태어나지도 않은 아이가 언제, 어떤 병에 걸릴지를 예언, 아니, 진단했다는 뜻이다.

당연히 불쾌해서 그래서 그런지 푸틴은 도발적인 눈빛으로 현수를 바라보며 말을 잇는다.

"그래서요?"

"그때 백혈병이 진단되면 이것을 복용시키세요. 그럼 말끔해질 겁니다."

"… 지금 한 말 참말이오?"

"제가 다른 곳도 아닌 크렘린궁에서 대통령님을 상대로 거짓말을 하겠습니까?"

현수는 너무도 태연자약하다.

"……!"

잠시 바라보던 푸틴의 표정이 누그러진다.

아직 태어나지도 않은 아기지만 그 아기가 걸릴 병을 완치시켜줄 약을 선물하는 상황이라는 것을 인식한 것이다.

"이건 이걸 보관하는 방법이고, 이건 복용법입니다. 여기 쓰여진 대로 하시면 별 탈 없이 완치되고 잘 자랄 겁니다."

쪽지를 건네는 현수는 여전히 여유만만이다.

"고맙소. 내년이라 했으니 잘 보관하겠소."

"참고로 뚜껑을 열면 약효가 반감될 수 있으니 궁금하더라도 절대 열어보지 마시길 권합니다."

"알겠소! 내 기억하리다."

고개를 끄덕이며 '병 열지 말 것' 이라는 메모를 추가한다.

"둘째 아드님에겐 병을 잘 이겨내라는 뜻에서 '빅토르' 라는 이름을 지어주고 싶네요."

"……!"

푸틴은 현저하게 흠칫하는 모습을 보였다. 얼마 전 잠자리에서 알리나와 했던 대화 때문이다.

"드미트리! 만일 둘째가 생기면 뭐라 이름 지을 거예요?"

"둘째? 아들이면 빅토르, 딸은 생각하고 싶지 않소."

푸틴에겐 1985년생 마리야 푸티나와 1986년생 예카테리나 푸티나가 있다. 하여 딸 둘에 아들 하나이다.

여기에 딸을 추가하고 싶지 않음을 확실히 한 것이다.

"호호! 제가 꼭 아들을 낳아야 하는 거군요."

알리나의 눈매가 살짝 좁혀진다. 요 대목에서 푸틴이 깨갱했다. 자칫 바가지 긁힐 말을 했음을 깨달은 것이다.

"아니, 내 뜻은 그게 아니라 아들이면 좋겠다는 거요."

"알았어요. 아들을 낳아보도록 노력할게요. 근데 그러려면 어떻게 해야죠?"

"내가 힘을 써야 하오."

"그래요! 그럼, 노력해보세요. 자, 시작이에요."

푸틴은 1952년생이다. 올해 64세이니 몸이 마음 같지 않다. 하여 비아그라 같은 약물이 절실하다.

하지만 주치의는 만일을 생각하여 복용하지 말라는 충고를 했다. 부작용을 우려한 것이다.

곰곰이 생각해보니 그날 둘째를 잉태시킨 것 같다.

어쨌거나 둘째의 이름을 빅토르로 하자는 것은 본인과 알리나만 아는 이야기이다.

그런데 그 이름이 현수의 입에서 나오니 어찌 놀라지 않겠는가!

"빅토르! 이 이름 괜찮지 않나요? 대통령님의 고조할아버지 이름도 빅토르였죠?"

"……!"

아버지와 할아버지의 이름은 알려진 바 있으나 그보다 윗대인 증조와 고조할아버지의 이름을 아는 이는 거의 없다.

그런데 또 현수의 입에서 의외의 정보가 튀어나왔다.

"전부 Y-Data에서 알아낸 거요?"

"그렇죠. 우크라이나에 올 때 혹시 대통령님을 만나 뵐지도 모르니 한번 알아봐달라고 했더니 모스크바와 상트페테르부르크의 도서관까지 싹 다 뒤졌다고 하더군요."

"……!"

"저는 제 직원들이 참 부지런해서 좋습니다."

빙그레 웃는 현수를 멍하니 바라보는 푸틴이다.

'대체 어느 도서관에 고조할아버지 이름이 있다는 거지?'

정보 출처를 물어보고 싶지만 입을 다물었다.

혹시라도 누군가 알게 되면 가문내력이 싹 밝혀질 텐데 선조 중에 살인마라도 있으면 곤란하기 때문이다.

"아무튼 저는 빅토르라는 이름을 추천드립니다."

"고맙소! 기억하리다. 그리고 이건 잘 보관하겠소."

"네에, 그게 도움이 될 겁니다."

"근데 혹시 남성들에게 도움이 되는 건 연구를 안 하오?"

"네? 남성들에게…, 아! 그거요."

푸틴의 눈빛이 더욱 반짝인다.

"바이롯이라는 건데 다음에 방문할 때 가져오겠습니다."

"오! 있다는 말이오?"

"네! 현재 임상시험 중입니다. 3상이 거의 끝나가니 조만간 혜택을 보실 수 있을 겁니다."

"그거 듣던 중 반가운 소리군요. 기대됩니다."

푸틴의 혈색이 확실하게 좋아진다. 살짝 흥분한 것이다.

"그나저나 제가 말씀드렸던 것은 생각해보셨는지요?"

화제가 조차지 제공으로 전환되자 표정이 진지해진다.

러시아에도 의회는 있다. 그리고 러시아의 경제는 자본주의지로 전환되었지만 체제는 아직 사회주의를 벗어나지 못했다.

그렇기에 최고 권력자인 푸틴이 정하면 따른다.

"조차를 해주면…."

푸틴과 현수의 대화는 점점 깊어만 갔다.

고개를 끄덕이기도 했고, 목청을 돋아 반박하기도 했지만 대체적인 분위기는 화기애애(和氣靄靄)였다.

현수는 러시아에서 제공해줄 조차지를 어떻게 이용할 것인지에 대한 대화를 나눴다.

"점심도 같이 하고 싶은데 선약이 있어서 아쉽소."

"괜찮습니다. 바로 출국할 것도 아니니까요."

"그럼 곧 연락을 주겠소."

"네! 저도 바이롯을 가져올 수 있는지 확인해보겠습니다."

"오! 그럼 더 좋을 것 같소."

강력한 권력 카리스마로 알리나 카바에바를 사로잡기는 했는데 정작 중요한 것이 마음 같지 않아 답답했다.

마땅한 방법이 없어 끙끙 앓던 차에 부작용이 전혀 없는 발기부전치료제가 있다는데 어찌 관심이 없겠는가!

*　　　*　　　*

굳은 악수를 하고 나서니 지윤이 기다리고 있었다.

같이 있던 알리나는 임신한 게 기쁜지 발그레하다. 둘의 시선이 마주치자 푸틴의 얼굴이 잠시 환하게 빛났다.

Y-Data는 매우 뛰어난 정보수집력을 가졌다. 그리고 그

정보는 100% 확실하니 빅토르의 탄생은 이제 시간문제이다.

크렘린궁을 나선 현수는 어제 방문했던 아샤의 눈물으로 향했다.

"어머! 또 오셨네요. 반갑습니다."

시선이 마주치자 안나가 반갑게 맞이한다.

"나도 반가워요. 혹시 사장님 계신가요?"

"네! 지금 안에 계세요. 잠시만요."

내실로 들어갔던 안나의 뒤를 따라 발레리 스미르노프가 튀어나온다.

"아이고 또 오셨네요. 어서 오십시오."

"환대해주시니 좋으네요. 아샤의 세트 추가 주문이 가능한지 알고 싶어서 왔어요."

"네에? 아샤의 세트를 하나 더요?"

360만 달러짜리를 두 개나 샀다. 그런데 불과 하루만에 하나 더 산다니 놀랍다는 표정이다.

"꼭 필요해서 그러니 어제 팔았던 것과 같은 디자인으로 한 세트 더 만들어주십시오."

"근데 어쩌죠? 러시아를 싹 뒤져도 그만한 핑크 다이아몬드를 구할 수 없습니다."

현재 지윤이 패용하고 있는 목걸이와 반지를 바라보면서 한 말이다.

핑크 다이아몬드 세트는 지윤이 패용했고, 투명 다이아몬드 세트는 조인경을 위해 주문된 상태이다.

"그럼 블루 다이아몬드는 있습니까?"

"잠시만요! 그건 확인해봐야 합니다. 워낙 고가라…."

발레리 스미노프는 다시 내실로 들어갔고, 안에서 통화하는 소리가 들렸다. 하지만 귀를 기울이지는 않았다.

그런다고 없던 게 생기지 않을 것이고, 있는데 안 판다고 하지 않을 것이기 때문이다.

5분쯤 지난 후 발레리가 나온다.

"아! 통화가 길었습니다. 죄송합니다."

그리 덥지 않는데 땀이라도 흘린 모양이다.

"괜찮습니다. 근데 있대요?"

"네! 있기는 한데 다른 목걸이의 것을 빼야 한다는군요."

매우 곤란하다는 뜻이다.

"반지는요?"

"아! 그건 가능합니다."

목걸이의 정가는 300만 달러이고, 반지는 60만 달러였다. 발레리는 10% 할인된 324만 달러에 판 바 있다.

"세트에 400만 달러 드리죠. 가능한지 알아봐 주세요."

"네? 400만 달러요? 아! 잠시만요."

반지가 정가라면 목걸이를 340만 달러에 사겠다는 뜻이다.이는 13%쯤 높인 가격이다.

다시 내실로 들어간 발레리는 제법 긴 시간을 통화했다. 뭔가 제대로 이루어지지 않고 있다는 뜻이다.

기다리던 현수는 안나를 불러 쪽지 하나를 건네도록 했다. 500만 달러까지 지불할 용의가 있다는 내용이다.

발레리의 음성이 급격하게 커졌고, 이번엔 제대로 흥정이 되는 듯했다. 그렇게 8분 정도가 흘렀다.

"아이고, 기다리시게 해서 죄송합니다. 저쪽에서 O.K. 했습니다. 가격은 420만 달러입니다."

굳이 값을 깎은 모양이다.

"다행이네요. 자. 이걸로 결제하세요."

발레리는 현수가 내민 블랙카드를 공손히 받았다.

"네, 420만 달러 결제하겠습니다."

"아뇨! 500만 달러로 긁으세요."

"네…?"

"사장님이 애쓰셨으니 그만한 보답이 있어야죠."

"아이고, 아닙니다. 저는 아샤의 세트를 하나 더 파는 것만으로도 충분한 이문이 남습니…."

발레리의 말은 중간에 잘렸다.

"괜찮아요. 500만 달러 긁으세요. 저 부자인 거 아시죠?"

세계최고의 부자이니 그 정도는 껌 값에 불과하다는 뉘앙스였다. 어찌 모르겠는가!

"네? 아! 네에. 그럼요. 그럼요."

"어제 깎아주신 것도 있으니 그냥 그렇게 하세요."

"감사합니다."

발레리가 고개를 숙일 때 현수의 입술이 다시 열린다.

"친절한 안나에게 10만 달러쯤 갔으면 좋겠네요."

"네? 아! 네에, 그렇게 하겠습니다."

발레리가 카드 승인신청을 할 때 곁에 있던 안나의 눈이 급격하게 충혈 된다.

"저, 정말 저에게 10만 달러를 주시는 거예요?"

"어제 오늘의 친절에 대한 보답이에요. 안나!"

"아아…! 고맙습니다. 고맙습니다. 정말 고맙습니다. 흐흑!"

급기야 닭똥처럼 굵은 눈물이 흘러나왔지만 안나는 그걸 닦을 생각도 못한 채 연신 굽실거린다.

경제위기인 현재 10만 달러는 엄청나게 큰돈이다. 직장인 평균연봉이 6,285.7달러이니 16년 수입에 맞먹는다.

대한민국의 2016년 직장인 평균연봉은 3,387만 원이다. 이것의 16배는 5억 4,192만 원이다.

한국 금은방에서 근무하는 여종업원에게 어떤 외국인 손님이 와서 친절히 대해줘 고맙다면서 일시불로 5억 4,192만 원을 준다면 어떤 기분이겠는가!

참고로, 이 종업원에겐 몸 불편한 아버지와 병석에 누운 어머니가 있다.

사는 집은 월세 50만 원이고, 빚은 2,000만 원 가량 있다. 저축은 물론 없다.

5억 4,192만 원이 생기면 가장 먼저 빚을 갚고, 살만한 전셋집을 얻거나 작은 빌라를 사고, 아버지와 어머니로 하여금 제대로 된 치료를 받게 하기에 충분하지 않을까?

가만히 있다가 인생 역전을 경험하게 된 안나의 눈물은 끝이 없었다. 하여 지윤이 나서서 다독이고 있다.

신일호는 표정의 변화가 없지만 곁에 있던 경호팀장은 몹시 부럽다는 표정이다.

작은 친절에 10만 달러라면 더 큰 친절엔 얼마나 베풀겠는가! 경호책임자는 현수의 뒷모습을 보며 생각에 잠긴다.

발레리 스미르노프가 카드전표를 가져온다.

"상품은 어디로 배달해드릴까요?"

"만들어지면 연락을 주세요. 찾으러 올 테니."

"네. 알겠습니다. 오늘도 구입해주셔서 대단히 감사합니다."

"오늘 주문은 최대한 빨리 부탁합니다. 아셨죠?"

현수 일행은 굼 백화점을 나와 하얏트호텔로 이동했다.

"점심식사 같이 해요."

"네? 아, 아닙니다. 저희는…."

왠지 경호팀장이 훨씬 더 공손해진 느낌이다.

"이름이…?"

"제 이름은 표도르 조브닌입니다."

"그래요, 미스터 조브닌! 할 말이 있으니 같이 식사해요."

"그, 그래도 됩니까?"

"아이고, 그럼요! 밥 먹는 게 뭐 어려워요? 갑시다. 다른 팀원들도 다 부르세요. 다들 어제부터 고생이 많으셨으니 제가 밥 한 끼 대접할게요."

"전부 다요?"

"네! 다 같이 가십시다. 호텔 안에서 경호하면 되는 거 아닌가요?"

"그, 그야 그렇지만…. 네! 알겠습니다."

잠시 후 현수와 지윤, 그리고 신일호와 경호팀 전원이 레스토랑에 들어서자 종업원이 튀어나와 자리를 안내했다.

이 호텔은 현수가 세계최고의 부자인 하인스 킴이라는 걸 알고 있다. 그렇기에 VIP중의 VIP로 대우하는 중이다.

"에고, 돈을 또 빌려야 하네요. 미스터 조브닌, 또 빌려줘요. 이따 갚을게요."

"아이고, 네에. 여기…."

본인 지갑 안의 현금 전부를 꺼내서 건넨다. 대략 7,000루불쯤 되는데 5,000루불을 뺀 나머지 잔돈은 되돌려주었다.

자리를 안내받아 모두가 착석을 하자 메뉴판이 들어온다.

"뭐든 양껏 드십시오."

"네에."

뭔가 전해들은 말이 있는지 일제히 메뉴판을 뒤적인다.

"지윤씨는 뭐 먹을래?"

지윤은 현수 곁에 앉았고, 신일호는 현수 뒤에 서 있다. 경호원들이 자리에 앉으라 권했지만 괜찮다며 서 있다.

개인 경호원인데 현수가 권하지 않으니 더 이상 앉으라고 하지 않는 것이다.

"전무님이 맛있는 걸로 골라주세요."

"그럴까? 흐음! 그럼 이거 어때? 이건 송아지 안심을…."

주문한 음식이 나올 때까지 시간이 걸린다 하였다.

지윤에게 양해를 구한 현수는 표도르 조브닌에게 말을 걸었다.

"팀장님! 내가 모스크바에 집을 지으려고 해요."

"아! 그러십니까?"

크게 고개를 끄덕이며 대꾸한다. 무슨 말을 하던 들을 준비가 되었다는 뜻이다.

"다 지어지면 경호원이 필요한데 미스터 조브닌이 추천해주실 만한 분이 있나 해서요."

"규모는 얼마나 되는지요?"

"흐음! 부지면적은 21만 1,200㎡쯤 되는데 여러 동의 건물이 지어질 거예요."

"상당히 넓군요. 혹시 어느 동네인지요?"

"잠시만요."

신일호로부터 주소를 전달받아 알려주었다.

"아! 거긴…. 터가 널찍널찍한 동네지요."

표도르 조브닌은 주소만으로도 어떤 곳인지 아는 모양이다.

이곳은 한때 귀족들이 몰려 살던 곳이다.

현재는 폐허나 다름없는 집도 있지만 나머지는 여전히 사용 중이다. 다만 지어진지 오래되어 고색창연해 보일 뿐이다.

한국으로 치면 재개발이 시급한 동네이다.

"면적이 넓으니 인원이 꽤 많이 있어야 하겠습니다."

"그래요. 그러니 믿을만한 분들을 추천해주십시오."

"네, 알아보고 말씀드리겠습니다."

표도르는 품 안의 수첩을 꺼내 면적과 위치를 메모한다.

"집 지으려면 시간이 걸릴 테니 천천히 하셔도 됩니다."

"그러죠. 근데 근무조건과 급여는 어느 정도인지요?"

상대의 눈치를 살피지 않고 단도직입적으로 묻는 걸 보면 표도르 조브닌은 군인 출신인 것이 분명하다.

"경호원도 서열이 있죠? 일단 신입경호원 연봉으로 5만 달러 정도면 괜찮지 않을까요?"

"헉…!"

표도르는 놀랐음을 감추지 못했다.

대통령 경호실 막내의 급여가 월 6만 2,500루불이다. 한화로 100만 원 정도이다.

러시아 직장인 평균급여에 비하면 50% 이상 더 받는 것인지라 경쟁률이 매우 치열하다.

경호팀장은 신입의 2배인 12만 5,000루블을 받는다.

따라서 표도르 조브닌은 한화로 약 200만 원을 월급으로 받는데 러시아에선 고소득층에 속한다.

미국 달러화로 환산하면 막내 연봉은 1만 200달러이고, 경호팀장이 2만 400달러이다.

그런데 신입 경비원 연봉으로 5만 달러를 제시했다. 경호팀장보다 훨씬 많은 연봉이다.

신입이 이렇다면 팀장급은 얼마나 되겠는가! 이런 상황이니 기함(氣陷)하지 않으면 이상할 것이다.

"왜요? 부족해요?"

"네? 아, 아뇨! 부족하긴요. 그 정도면 충분하고도 남습니다."

표도르는 정말로 그렇게 생각하고 있으며 본인도 경호실에서 퇴직 후 하인스 킴에게 의탁하고 싶다는 생각을 했다.

"아! 그래요? 신입은 됐고, 미스터 조브닌 같은 팀장의 연봉은 10만 달러정도면 되나요?"

"헉……!"

표도르 조브닌은 눈을 크게 뜬다. 5만 달러만 해도 감지덕지인데 그것의 두 배인 10만 달러를 준다면 정말 진지하게 대통령 경호실 퇴직을 고려해야 한다.

지금 받는 돈의 5배 가까이 되기 때문이다. 그런데 충격은 이것으로 끝이 아니다.

"저택 부지가 꽤 넓어서 외곽에 경호요원들을 위한 작은 빌라 단지를 지을까 싶어요."

"네? 그게 무슨 말씀이신지요?"

"4인 가족 기준으로 전용면적 165㎡ 정도 되는 주거지를 제공하려고요."

대한민국의 아파트를 예로 들자면 입구 현관, 계단실, 엘리베이터홀, 그리고 복도는 공유면적에 속하고, 현관문 안쪽이 입주자 전용면적이다.

공급면적 대비 전용면적을 전용률이라고 하는데 공급면적이 작을수록 작고, 넓을수록 크다.

25평형이든 65평형이든 계단실과 엘리베이터홀의 크기는 마찬가지인 때문이다.

현수가 말한 것과 비슷한 규모로 서울 강서구에 위치한 우장산 롯데캐슬 303동을 꼽을 수 있다.

이 아파트는 공급면적이 215.8㎡(65.28평)이고, 전용면적은 177.86㎡(53.80평)이다.

방 5개, 화장실은 3개이며, 서비스 면적인 발코니는 넓이가 43.47㎡(13.15평)이다.

이것의 전용률은 약 82.42%이다.

경호원들에게 제공하려는 거주공간을 이와 같은 비율로 환산한다면 공급면적이 200.2㎡이다.

한국식으로 표현하면 60.5평형이다.

다시 말해 4인 가족에게 방 5개짜리 빌라를 무상으로 제공한다는 뜻이다.

"……!"

Chapter 11

첫키스의 날카로움

20평 정도 되는 집에서 사는 표도르는 넋이 나간 표정이다. 그러거나 말거나 현수의 말은 이어지고 있다.

"경호원들이 출퇴근하느라 시간 낭비하는 것보다는 낫잖아요. 건너편 부지에 슈퍼마켓이 들어설 테니 사는데 큰 불편을 없을 거예요."

"네? 건너편이라 하심은…"

"레드마피아의 이전 보스인 알렉세이 이바노비치가 살던 저택이 무너졌더라고요. 그것과 주변 부지를 매입해서 항온의류 유럽총판이 입주할 건물을 지을 거예요."

표도르는 어제 대통령 비서 코크란으로부터 항온의류에 대한 이야기를 들은 바 있다.

얇고, 탄력 있는 데다, 촉감도 좋은데 가장 좋은 건 추위를 완벽하게 차단한다는 것이다. 그래서 팔기만 하면 아무리 비싸도 꼭 사겠다고 벼르고 있다.

이것은 하인스 킴이 발명한 것으로 러시아가 유럽총판이 된다는 말을 덧붙였다.

그러면서 얼마나 많이 팔릴지, 얼마나 많은 이익이 발생될지 가늠이 안 된다는 말도 했다.

이런 사실을 전해준 이유는 잘 경호하라는 뜻이다. 아무튼 표도르가 이런 생각을 하고 있을 때 현수의 말이 이어진다.

"거기도 저택 하나와 아파트 단지, 그리고 오피스 빌딩과 레지던스가 들어설 거예요. 주거지는 대략 1,000세대쯤 될 텐데 주민들 불편하지 않도록 식료품이나 생필품을 구입할 슈퍼마켓이 들어서게 될 거예요."

현수가 생각하는 슈퍼마켓은 결코 작지 않다.

홈플러스나 이마트에서 취급하는 거의 모든 품목을 갖추고 있을 뿐만 아니라 두 곳에 없는 것들도 있을 것이다.

예를 들자면, 다양한 가구와 초대형 정글짐 같은 것이다.

가구는 이마트나 홈플러스에도 있기는 하지만 선택의 폭이 좁다. 부피가 크니 더 넓은 공간이 필요해서 그럴 것이다.

가칭 Y-슈퍼마켓은 아파트와 레지던스 단지 지하 1층에 들어서는데 10,000평쯤 될 것이다.

참고로, 천안시 쌍용동에 들어서게 될 이마트 천안점의 매장면적은 3,800평이다.

이마트 천안점보다 3배 정도 넓으니 이리냐궁과 지르코프 단지에서 필요로 하는 모든 것들을 취급할 수 있을 것이다.

이리냐궁과 지르코프 상사 사람들만 사용하는 것이 아니다.

인근 주민들에게도 개방하여 한국식 마트 서비스를 경험하도록 할 것이다.

"설계를 해봐야 알겠지만 경호원 훈련을 위한 공간이 따로 마련될 거예요. 체력단련장이나 사격장 같은 거요."

"……!"

표도르는 눈만 껌벅이고 있다.

뇌의 사고회로에 갑자기 너무 큰 부하가 걸리자 랙(Lag) 상태가 된 것이다.

"제 생각은 대충 이래요. 그러니 믿을만한 분들을 천거해 주셨으면 합니다."

"저어…, 제, 제가 먼저 입사하면 안 될까요?"

뇌를 거치지 않고 저도 모르게 튀어나온 말이다.

"미스터 조브닌이요? 저야 환영하죠. 대통령 경호실 소속이시니 실력과 인성 모두 갖추셨을 테니까요."

"그, 그게…."

말해놓고 보니 큰일이다. 자칫 숙청대상이 될 수 있어서 그런지 이내 얼굴이 창백해진다.

조직을 배신하는 행위라 평가될 수 있기 때문이다.

하지만 이미 쏟아진 물이다.

"그럼 미스터 조브닌이 경호 1팀장을 맡아요."

"네? 그, 그게…."

표도르 조브닌은 말을 더듬는다. 그때 곁에 있던 부관이 옆구리를 쿡 찌른다. 얼른 대답하라는 뜻이다.

"네, 아, 알겠습니다. 열심히 하겠습니다."

"좋군요. 나머지 팀원은 미스터 조브닌이 추천해주세요."

현수의 말이 떨어지자 부관이 또 옆구리를 찌른다.

쿡—!

"아…, 네에! 알겠습니다."

"좋아요. 고민거리 하나 해결되었으니 이제 식사를 합시다."

현수의 말이 떨어지기 무섭게 정말 열심히 먹기 시작한다. 그들의 시선은 간간이 조브닌에게 향한다.

본인을 추천하지 않으면 죽일 듯한 시선이다.

팀원 모두가 대통령 경호실을 때려치우고 이리냐궁 경호원으로 이직하고 싶은 것이다.

조브닌은 쓴 웃음을 지으면서도 속이 답답했다. 팀원들 모두 그만둔다면 무슨 일이 벌어질지 알 수 없어서이다.

대통령궁 소속이라는 프라우드(Proud)와 어디서든 대접받는 특권보다 몇 배나 되는 보수가 더 좋다.

아무리 고매한 인품을 지녔거나 사회적으로 존경받는다 하더라도 배가 고프면 아무것도 아닌 것이 된다.

하긴 가족이 추위에 떨고, 굶주리는데 그깟 인품과 그깟 존경이 무슨 소용이 있겠는가!

게다가 경호원은 아무리 신임 받아도 경호원일 뿐이다.

나중의 일이지만 이들은 한날 한시에 사직서를 제출한다.

이를 이상히 여긴 푸틴이 호출을 했고, 표도르는 벌벌 떨면서 모든 내용을 털어놓는다. 이야기를 들은 푸틴은 껄껄 웃으며 사직서를 수리해준다.

확실히 통 큰 사내이다. 그리고 그게 러시아의 귀빈인 하인스 킴을 돕는 일이기 때문이다.

하지만 이것으로 끝이 아니다. 대통령 면담을 마치고 나온 표도르는 직속상관인 경호실장과 면담하게 된다.

그는 퇴직을 허락하는 대신 이리냐궁에서 일어나는 모든 일을 속속들이 보고하라는 지시를 내린다.

어쩌겠는가! 까라면 까야 한다.

무거운 발걸음으로 이리냐궁에 당도한 표도르를 비롯한 경호원들은 각자 제공받은 빌라로 향한다.

이제부터는 이리냐궁 소속 경호원인지라 대통령 경호실 제복을 벗어야 하기 때문이며, 제공받은 숙소가 어떤지 궁금했던 것이다.

문을 열고 들어선 표도르는 움직임을 멈춘 채 한참을 서 있는다. 아무것도 없을 줄 알았는데 가구며 가전제품 등이 모두 갖춰져 있었던 때문이다.

거실 옆 주방 장식장엔 한국산 도자기가 가지런히 정렬되어 있고, 싱크대 수납공간에는 믹서와 여러 개의 프라이팬 및 각종 주방용품들이 수납되어 있다.

정수기 기능까지 있는 LG DIOS 양문형 냉장고 내부엔 신선한 육류 및 채소 등이 채워져 있다.

냉장고의 옆 팬트리(Pantry)에는 오뚜기 마요네즈와 케찹, 드레싱, 간장, 컵라면, 설탕, 소금, 식용유 등 각종 식재료로 가득 차 있다. 이밖에 맥주와 와인, 보드카도 있다.

냉장고 포켓의 맥주 한 캔을 꺼내 소파에 앉아보니 시스템 에어컨과 공기청정기가 보인다.

둘 다 러시아에서 최고로 치는 LG전자 제품이다.

바닥엔 LG 로봇청소기가 분주하게 돌아다니고 있었고, 벽에 걸린 65인치 LG TV의 화질은 너무나 생생하다.

세탁실엔 대형 트롬 세탁기와 건조기가 있다. 이것도 모두 LG제품이다. 전동식 빨래건조대도 있어서 리모콘으로 여러 번 작동시켜보았는데 모두 정상 작동이다.

안방 문을 열어보니 옷에 밴 냄새를 제거해주며 바지의 주름을 잡아주는 등 다양한 기능을 가진 LG 스타일러와 벽에 걸린 TV만 있어서 다소 휑하다.

창문엔 커튼이 달려 있는데 경호원 직업특성을 고려한 암막커튼까지 추가되어 있다.

침대가 있을 법한 자리엔 아무것도 없는데 봉투 하나가 있어 그것을 열어보니 20만 루블과 쪽지 하나가 들어 있다.

침대와 침구는 원하는 것으로 구입하세요.

"세상에 맙소사…! 20만 루블짜리 침대가 있을까?"

한화로 320만 원이니 초호화 침대도 살 수 있을 것이다.

하지만 평생을 군인으로, 경호원으로 살아온 표도르는 그런 거에 관심을 가져본 적이 없다.

웬만한 가구와 집기는 다 채워져 있지만 침대와 화장대 등 몇몇은 개인 기호에 따라 구입하라면서 봉투로 대신한 모습에 표도르는 눈물을 흘렸다.

드레스룸도 안방처럼 비어 있고 봉투 하나가 놓여 있다.

브랜드보다 질을 먼저 따지세요.

활동성이 둔한 겨울옷은 따로 지급할 것이니 사지 말고요.

드레스룸에 있는 봉투에도 20만 루불이 들어 있다. 가족들 모두 새 옷을 장만하고도 남을 만큼 거금이다.

집을 모두 둘러본 표도르는 지하에 마련된 훈련장을 둘러

보았다. 체력단련장과 샤워실, 그리고 수영장이 있다.

10m×25m×1.8m이며 4개 레인이다.

완벽한 방음시설을 갖춰 문을 닫으면 안에서 전투를 벌여도 모를 사격연습장도 있다.

지하지만 유리창이 있어 이상히 여기고 다가가보니 모니터이다. 한적하고 목가적인 풍경이 30초 간격으로 바뀐다. 자세히 들여다보니 LG전자에서 제작한 OLED 패널이다.

환기시설도 훌륭하여 지하라는 생각이 들지 않아 정말 꼼꼼하게 배려하였음을 확실히 느낄 수 있다.

'뭐? 여기서 일어나는 일을 다 보고하라고? 치이, 안 해! 아니, 못해! 이제부터 내가 충성할 대상은 크렘린궁이 아니라 하인스님과 이리냐님이야.'

이런 생각은 표도르 뿐만이 아니다. 나머지 경호원 전부와 그 가족들까지 모두 동일하다.

세심하고 통 큰 배려에 마음을 완전히 빼앗긴 것이다.

하여 근무태만 같은 일은 빚어지지 않으며, 노쇠해서 더 이상 임무수행이 어려워지기 전까지는 퇴직신청도 하지 않는다.

물론 이직(移職)은 꿈도 꾸지 않는다.

이리냐궁의 집사와 요리사, 그리고 청소부 등은 별도의 빌라에서 기거한다.

그들과 경호원 가족은 진짜 가족처럼 친하게 지내게 된다.

등 따습고, 배부르며, 몸 편하고, 부족한 것 없으니 다투고 말고 할 것이 없는 것이다.

오고가는 따뜻한 마음과 볼 때 마다 환히 지어주는 미소가 있어 한국처럼 정(情)이 흘러넘치는 작은 씨족사회가 된다.

더 나중의 일은 이리냐궁 뒤쪽 부지 10만 평을 추가로 매입하는 것이다. 낡은 건물들이 밀집한 곳인데 모두 털어내고 약 2,000세대짜리 아파트 및 빌라촌 등을 조성한다.

은퇴한 집사장과 경호실장에겐 담장으로 둘러싸인 부지 200평에 건평 90평인 2층짜리 단독주택이 제공된다.

인근에 잘 조성된 공원과 경치 좋은 연못, 멋진 정자 등이 있어서 한국의 새 아파트나 고급 빌라촌이 부럽지 않다.

이곳은 이리냐궁에 재직했던 경호원 및 사용인들을 위한 은퇴공간이다. 인생이 끝나는 날까지 책임져주는 것이다.

이 건물 지하엔 각종 체육시설 및 재활시설 등이 있다. 노년을 위한 배려이다.

충성심이 저절로 우러날만한 배려가 아니겠는가!

"식사 잘 했습니까?"

"네에!"

"그럼 차 한잔 하고 쉬세요. 난 객실에 머물 겁니다."

말을 마친 현수는 자연스럽게 지윤의 손을 잡았다. 그러곤 표도르 등을 보며 다시 입을 연다.

"이 사람은 어제까지는 제 비서였지만 오늘부터는 제 연인입니다. 잘 부탁드립니다."

"…네에!"

경호원 모두가 지윤을 바라본다. 두 볼이 능금처럼 붉게 달아올랐는데 너무도 매혹적으로 보였을 것이다.

"가지."

"네!"

지윤은 고개를 숙인 채 엘리베이터 홀까지 따라왔다.

띵—! 스르르르—!

문이 열리니 벨 보이 하나가 고개 숙여 예를 갖춘다.

호텔은 숙박과 식음료 서비스만 하는 곳이 아니다. 손님의 비밀을 유지하는 것도 그중 하나이다.

봐도 못 본 척하고, 들어도 못 들은 척 하는 것이 호텔리어의 기본 덕목이다. 그렇기에 인사는 하지만 얼굴을 빤히 바라보며 웃음 짓지는 않는다.

그런데 벨 보이가 이를 드러내며 웃으며 고개 숙인다.

현수가 자리를 비운 새에 대통령 비서실 직원이 와서 국빈으로 대우하라는 통지문을 주고 간 까닭이다.

"스위트룸으로 가시나요?"

"네!"

"그럼, 모시겠습니다."

"고마워요!"

지윤의 대꾸에 벨 보이는 다시 웃으며 고개 숙인다. 이 호텔엔 현재 3명의 특급 VIP가 투숙하고 있다.

세계최고의 부자인 하인스 킴과 두 명의 여인이다.

각각 스위트룸 A·B라 칭하는데 어젯밤 하인스 킴은 A와 잤다. 체크인 할 때부터 동행했으니 배우자 또는 연인이다.

저절로 시선이 가고, 한번 멈춘 시선을 되돌리기 힘들만큼 아름다운 동양 미인이다.

하여 하루종일 호텔리어들의 입에 오르내렸다.

너무 아름답고, 예의 바르다는 것이 주 내용이고, 나머지는 부럽다는 것이다.

*　　　*　　　*

하인스 킴은 오늘 밤 B와 잘 것 같다.

어젯밤에 올 때는 다소 추레했다. 그런데 아침식사를 마치고 외출하는 B는 전혀 다른 사람이 되어 있었다.

하얀 밍크코트와 샤프카, 그리고 종아리를 감싼 부츠가 너무 잘 어울렸던 것이다.

한 가지 흠이 있다면 뭔가 지독한 향수냄새이다. 잘못 사용하여 엎지르지 않고는 그렇게 진할 수 없다.

점심식사 전에 돌아왔는데 굼 백화점 쇼핑백을 들고 왔다.

로비 근처에서 기다리고 있던 파파라치들이 일제히 카메라를 들자 두 명의 경호원이 뭐라 이야기했다.

잠시 후 파파라치들이 썰물처럼 흩어졌다.

이후 룸으로 들어간 B는 더 이상 모습을 드러내지 않았고, 점심식사도 걸렀다.

현수가 엘리베이터를 타고 올라간 직후 상당히 많은 기자들이 몰려들었다. 세계최고의 부자 하인스 킴을 취재하기 위함이었다. 하지만 룸에 들어간 현수를 어찌 취재하겠는가!

하여 하얏트호텔 로비와 현관 근처는 서성이는 기자들로 그득한 상태이다.

"피곤하지? 좀 쉴까?"

소파에 앉아 신고 있던 하이힐을 벗는 지윤에게 한 말이다.

"네…?"

지윤은 탐색하는 눈빛으로 바라본다. 방금 들은 말이 무슨 뜻인가 싶은 것이다.

'쉰다' 는 말이 가진 여러 의미 때문이다.

일반적인 의미는 '잠시 머문다' 는 뜻이다.

집에서 쉰다는 것은 '편한 옷을 입고 뒹굴뒹굴하거나 퍼져서 자는 것' 이다.

음식을 앞에 놓았을 땐 '상했다' 는 뜻이고, 내과의사가 청진을 할 때는 '공기를 들이마셨다가 내뱉는 것' 이다.

낙담하여 '큰 숨을 내쉬는 것' 도 있다.

하루 종일 노래를 불렀다면 '목청에 탈이 났다' 는 뜻이며, 가죽공장에서는 '피륙을 뜨물에 담가놓는다' 는 것이다.

마지막으로 호텔이나 모텔 앞에서 말하는 '쉰다' 는 건 앞의 것들과 의미가 많이 다르다.

외국인들은 이해하기 어렵겠지만 '라면 먹고 갈래?' 와 비슷한 의미다. 이러니 외국인들에게 한국어 회화가 얼마나 어려울지 충분히 짐작된다.

어쨌든 지윤은 별빛 같은 눈망울로 살피고 있다.

"오늘은 별다른 스케줄…, 아! 조금 있다가 백화점 갈래?"

"어제 갔던 굼 백화점이요?"

"응! 온 김에 옷 몇 벌 사. 가방도 필요하면 사고."

또 무슨 뜻인가 하는 표정이다. 곧이어 머리를 흔든다.

"… 괜찮아요."

"내가 사주고 싶어서 그래. 그러니까 여기서 조금 쉬었다가 한 4시쯤 나갈까?"

현재 시각은 오후 1시 15분쯤이다. 낮잠을 자도 되고 침대에서 한바탕 뒹굴어도 될 시간적 여유가 있다.

지윤은 현수가 뭘 원하는지 정확히 알지 못하기에 기어들어가는 소리로 대답한다.

"이르긴 하지만 전무님이 원하시면…."

하고 싶은 대로 하라는 뜻이다. 부끄럽지만 성교(性交)도 포함되어 있다. 그래서 그런지 몹시 수줍은 듯 움츠린다.

"에이, 전무님이 뭐야? 이제 그런 호칭은 쓰지 마."

"네? 그럼 뭐라고…."

지윤의 말은 중간에 잘렸다.

"으음! 자기? 여보? 아님 그냥 이름 부를래?"

"……!"

지윤은 '여보' 라는 말을 듣는 순간 얼굴이 빨갛게 변했다. 너무나 부끄러웠던 것이다.

"제, 제가 어떻게…."

"뭐가 어떻게야? 아까 하는 말 들었지? 알아들으라고 일부러 천천히 말했는데."

"네? 뭐를요?"

"어제까지는 비서였지만 오늘부터는 내 연인이니 각별히 대해달라고 했던 말 기억 안 나?"

"… 네! 기억나요…."

본인이 한 말도 아니지만 몹시 수줍어하며 목소리는 기어들어갔다.

"아! 그리고 보니 지윤씨 의사를 물어보지 않았네. 난 지윤씨 좋아하는데 지윤씨는 어때?"

"네? 그, 그게…."

대답을 못하고 우물쭈물한다.

"내가 마음에 안 들면 말해! 취소해줄게."

"그, 그게…."

훗날 지윤은 본인의 흑역사 중 하나라고 하는 행동을 하고 있다. 총명하고, 맺고 끊음이 명확한 성품이었는데 지금은 몹시 우유부단해 보인다.

이쯤 되면 상대를 도발해볼 필요가 있다.

"흐음! 나만 좋아했던 거구나. 뭐, 그럼 할 수 없지."

"……!"

지윤은 고개를 숙인 채 아무런 말도 하지 않았다. 도발이 부족했다는 뜻이다.

"여기선 경호를 받아야 하니까 연인인 척 할게. 비행기를 타고 여길 뜨는 순간부터는 다시 전무와 비서로 되돌아가면 되는 거지?"

"……!"

여전히 고개를 수그린 채 손만 꼼지락거리고 있다. 아무래도 더 큰 도발이 필요한 모양이다.

현수는 10초쯤 지난 후 다시 입을 연다.

"알았어! 그럼 그렇게 할게. 여기서 쉬고 있어. 난 원래의 내 룸으로 가 있을게."

자리에서 일어나 한 걸음 내디디려 할 때 지윤이 현수의 손을 잡는다.

"가지 마세요. 흑…! 한 번도 안아주지도 않고 갑자기 좋다고 하다가 그냥 가버리시는 건 너무해요. 흐흑!"

"……!"

이번엔, 현수가 대꾸하지 않았다. 그러자 지윤의 입술 사이로 묵혀두었던 방언이 터져 나온다.

"저, 전무님 좋아한단 말이에요. 옛날부터 좋아했어요. 아니, 사랑했어요. 전무님이, 아니, 자기가 너무 좋아요."

"……!"

현수가 뭐라 대꾸하기도 전에 지윤의 빠른 말이 이어진다.

"그러니까 가지 말아요. 여기서 그냥 안아주세요. 네? 제가 잘 할게요. 정말 사랑한단 말이에요. 흐흑! 흐흐흑!"

"……!"

"자기가 내 연인이라고 해서 얼마나 기뻤는지 알아요? 흐흑! 잘 할게요. 그러니까 여기 혼자 내버려 두지 마세요."

"……!"

"어젯밤에도 혼자 자게 하셨잖아요. 난 전무님, 아니, 자기 품에 안겨서 자고 싶었단 말이에요. 흐흐흑!"

밤새 안겨서 잔다는 것이 무엇을 의미하는지 알고나 하는 말인가 싶지만 토 달지는 않았다.

"……!"

"사랑해요! 그러니까 가지 마세요."

지윤은 현수의 손을 꼭 잡은 채 그간 마음에만 담아뒀던 것을 모두 토로(吐露)했다.

그러고 보니 애처롭다. 흐느끼느라 물결처럼 흔들리는 어깨를 보니 괜스레 측은한 마음도 동한다.

슬며시 주저앉은 현수는 말없이 지윤을 끌어안았다.

“그럼, 진즉에 말하지. 안 갈게. 그러니까 그만 울어.”

이 말이 기폭제인 듯 지윤의 어깨가 심하게 흔들린다.

“흐흑! 흐흐흑! 흐아아앙—! 사랑해요! 사랑한단 말이에요.”

현수는 지윤의 등을 토닥이며 속삭였다.

“알았어, 알았다니까. 그러니 그만 울어, 예쁜 얼굴 상하겠다. 지윤씨 마음 알았으니까 이제 잘 챙겨줄게. 알았지?”

“흐흑! 여기 혼자 두고 안 갈 거죠?”

“그래, 알았어. 여기 있을게. 어휴! 조금 쉬자고 했다가….”

그냥 편하게 늘어져서 쌓인 피로가 있으면 풀라는 의미였다. 그런데 사랑고백으로 이어져버렸다.

비록 육체적 접촉 없는 말뿐인 고백이었지만 현수는 신사고, 지윤은 지고지순한 순정파이다.

이젠 뒤로 돌릴 수 없는 관계가 된 셈이다.

“꼭 안아주세요.”

“…그래!”

현수는 지윤을 품에 안고 살살 토닥였다. 지윤은 저도 모르게 독백을 한다. 뇌를 거치지 않은 심장에서 나온 말이다.

“제가 잘할게요. 전무님, 아니, 자기를 정말 사랑해요.”

“그래, 그래! 알았어.”

“흐흑! 흐흐흐흑!”

지윤의 눈에서 또 샘물이 솟아난다.

그간 마음속에만 담은 채 애태우고 있던 것을 털어놓았고, 현수가 그걸 받아줘서 흘리는 안도의 눈물이다.

"이제 보니 울보였네."

"치이! 저 울보 아니거든요. 전무님이, 아니, 자기가 울린 거잖아요. 어떻게 할 거예요? 책임져요."

"책임…? 그래, 알았어!"

현수가 지윤의 턱을 당긴다. 놀란 눈으로 바라보지만 무시하고 서서히 다가가니 스르르 눈을 감는다.

긴장했는지 속눈썹이 파르르 떨리고 있다. 어찌 그냥 놔두겠는가! 지윤의 영혼에 낙인을 찍어버렸다.

"흡…! 으읍!"

키스라는 걸 처음 해보는 지윤은 잠시 숨이 막히는지 몸부림을 쳤지만 풀어줄 현수가 아니다.

첫 키스이니 설왕설래(舌往舌來)까지는 아니고, 입술 정도만 탐했다. 그럼에도 지윤은 축 늘어져버린다.

첫 경험이라 뭔지 알 수 없는 이상한 느낌이 전신을 관통하자 힘이 풀려버린 것이다. 그렇게 1분 정도가 지났다.

"이제 됐지?"

"… 몰라요."

몹시 부끄러운 듯 눈길을 마주치지 못 한다. 천하절색 미녀의 이런 모습이 어찌 귀엽지 않겠는가!

"하하! 하하하!"

부끄러워하는 지윤을 다시 꼭 안아주며 속삭였다.

“지윤씨랑 이렇게 돼서 너무 좋다.”

“… 저두요.”

“이제 좀 쉴까?”

“… 나갔다 와서 아직 안 씻었어요.”

“왜 씻어? 그냥 편히 앉아서 쉬자는 건데?”

“……!”

지윤의 얼굴이 빨개진다. 혼자 헛발질한 느낌인 것이다. 오늘 밤엔 아무래도 이불킥이 심할 모양이다.

같은 시각, 이리냐는 욕조에 담겨 있다. 몸에서 나는 악취 때문이다.

굼 백화점에서의 쇼핑은 금방 끝났다. 팬티와 브라 세트 2개, 그리고 셔츠와 바지 각 한 벌, 양말 두 켤레가 끝이다.

자고 일어나니 몸에서 나는 악취를 느끼고 대경실색했다. 썩은 똥과 고름을 섞어놓은 듯한 냄새였다.

화들짝 놀라 이불을 제치니 패드와 이불에 뭔가 끈적한 것이 묻어 있다. 색깔이 누래서 혹시 자다가 설사하고 뭉갠 것은 아닌가 싶어 팬티를 벗어 확인했다.

냄새가 나기는 했지만 뭔가를 싼 것은 아닌 게 분명했다. 하여 뭔 일인가 싶었지만 알 수 없었다.

서둘러 욕실로 들어갔고, 따끈한 물로 씻어 내리니 한결 덜

한 것 같았다. 그래도 혹시 몰라 향수를 뿌렸다.

지저분한 냄새를 가리기 위해 샀던 싸구려이다. 값이 싼 대신 냄새가 독하고, 그리 오래 가지는 않는 것이다.

경호원들과 더불어 아침식사를 하곤 곧바로 백화점으로 갔다. 걸치고 있는 옷에 꾸리꾸리한 냄새가 밴 것 같아 갈아입을 게 필요한 때문이다.

속옷을 취급하는 가게가 어디에 있는지 몰라 한참을 헤맸다. 경호원들도 굼 백화점을 드나든 경험이 없었기에 이리냐와 마찬가지였다.

귀퉁이에 처박혀 있는 속옷가게에선 마음에 드는 걸 고르지 않고 사이즈가 맞는 것을 달래서 가지고 나왔다.

다음으로 간 곳은 셔츠를 파는 가게였다.

눈에 뜨이는 것이 있어 얼른 계산을 하려 가격표를 본 이리냐는 그것을 내려놓았다. 너무 비쌌던 것이다.

별것도 아닌 T—셔츠 한 장에 15만 루불(240만 원)이었다. 그 옆 점포도 비슷했고, 그 옆도 그랬다.

몇 군데를 돌아보곤 그중 제일 저렴했던 것을 구입했다.

상대적으로 쌌을 뿐 그것 역시 평소엔 꿈도 못 꾸던 가격이었다. 바지도 마찬가지였다.

호텔로 돌아와서는 곧장 욕실로 갔다. 더운 물을 틀어놓고, 입었던 옷을 훌훌 벗어 냄새를 맡아봤다.

새로 사온 것과 비교해보니 확실히 꾸리꾸리한 냄새가 났다. 하여 얼른 손세탁을 하곤 욕조로 들어갔다.

현수가 가져다놓은 입욕제도 풀자 향긋한 냄새가 나서 마음이 스르르 풀어졌다.

감각 중에 가장 빨리 둔해지는 것이 후각이다.

그런데 어젯밤에 복용한 엘릭서—화이트 때문에 쉽게 둔해지지 않아서 생긴 부작용이다.

어쨌거나 이리냐는 현재에도 욕조 속에 담겨 있다.

꼬르륵! 꼬르륵—!

"하아! 배가 고프네."

이리냐는 배가 고팠지만 욕조에서 나오지 않았다.

"그냥 갈까? 아냐! 그럼 안 되지."

안면몰수하고 호텔 레스토랑으로 갈 수도 있다. 그러면 다른 사람들에게 피해를 주게 될 것이다.

악취를 좋아할 사람이 없으니 차라리 본인 배가 고프고 마는 게 낫다 생각한 것이다.

이런 걸 보면 이리냐는 확실히 선량하다.

Chapter 12

—

밥 먹어요

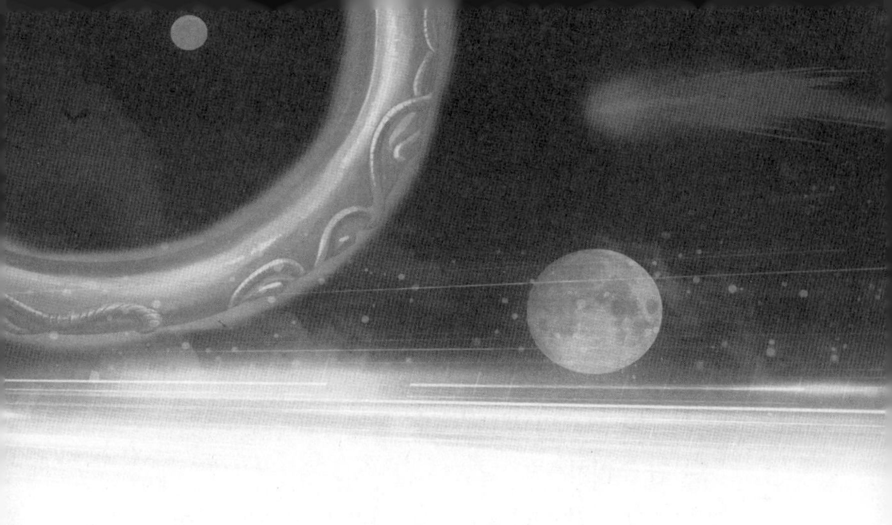

꼬르륵! 꼬르르르르륵—!

"하아! 배고파. 아침에 많이 먹을 걸 그랬나 봐."

욕조에 담긴 이리냐가 뒤늦은 후회를 할 때 현수는 룸서비스를 부탁했다.

스위트룸 B에 사람이 있기는 한데 욕실에 있으니 마스터키로 열고 들어가 세팅해달라는 주문이다.

아울러 스위트룸 A엔 커피와 주스를 주문하니 A에 먼저 들러달라고 하였다.

누구의 주문인데 어설피 하겠는가!

주방이 바쁘게 움직였고, 주문한 것들은 금방 만들어졌다.

띵똥—!

"잠시만요."

현수는 커피와 주스를 가져온 직원에서 팁을 주고 룸B는 욕실 앞까지 전화기를 가져다 놓으라는 부탁을 했다.

그리고 5분쯤 지난 후 스위트룸 A에서 B로 전화를 걸었다.

따르릉! 따르릉! 따르릉! … 따르릉!

"응? 뭔 소리지?"

깜박 졸고 있던 이리냐의 눈이 떠진다. 뭔가 싶어 어리둥절하고 있는 순간에도 벨 소리는 이어지고 있다.

따르릉! 따르릉! 따르릉—!

"전화 왔나? 올 데가 없는데? 아…! 그분이신가?"

욕조에서 나와 문 너머로 귀를 기울였다. 벨 소리는 계속해서 이어지고 있었다.

따르릉! 따르릉—!

"아! 안 계신데 뭐라고 하지?"

따르릉! 따르르릉—!

"에이, 시끄러워. 모르겠다."

이리냐는 젖은 몸으로 나와 수화기를 집어 들었다.

덜컥—!

"여보세요."

"아! 이리냐? 자고 있었어요? 킴입니다."

"네? 아뇨! 자지는 않았어요."

"아! 그럼 화장실에 있었나보네요. 미안해요."

"어머! 아니에요. 화장실 아니었어요."

"그래요? 암튼 점심 안 먹은 거 같아 룸서비스를 부탁했어요. 거실로 나가보면 음식이 있을 거예요. 난 좀 늦을 거 같으니까 그거 먹고 있어요."

"네…?"

"미안해요. 데려다 놓고 너무 바빠 밖으로만 나도네요."

"아, 아니에요. 저는 괜찮아요."

"그리 말해주니 고맙네요. 나는 이따 저녁때나 들어갈 거 같아요. 그러니 편히 앉아 먹어요. 참! 백화점 다녀왔어요?"

"네에. 다녀왔어요."

"뭐 많이 샀어요?"

"네, 필요한 거 있어서 샀어요. 아주 비싼 건 아니에요."

"비싸도 괜찮은데…. 혹시 깜박해서 못산 거 있으면 내일 가서 또 사요. 알았죠?"

"……!"

이리나는 뭐 이리 친절한 남자가 있나 싶어 귀에 대고 있던 수화기를 떼어 다시 바라본다.

"아무튼 난 조금 늦게 갈 거니까. 일단 점심부터 먹어요. 저녁도 너무 늦을 거 같으면 룸서비스 보낼게요."

"고맙습니다."

"고맙기는요. 혼자 둬서 내가 미안하죠. 심심하면 TV라도 보고 있어요. 최대한 서둘러 볼 테니까요."

"네에, 근데 부탁이 하나 있어요."

"오! 그래요? 뭐죠? 말해봐요."

"이따 오실 때 시간 나시면 향수 하나만 사다주실래요? 냄새 최대한 은은한 걸로요."

"은은한 향수! 알았어요. 그 밖의 것은요?"

"얼굴에 바르는 로션 작은 것도 부탁해요."

"그래요! 혹시 선호하는 브랜드 있어요?"

"아뇨! 그런 거 없어요. 그냥 얼굴에 바르는 거면 되요. 호텔에 있는 건 남성용이라…."

"알았어요. 향수랑 로션 사 갈게요. 어서 밥 먹어요."

"네에, 고맙습니다.

덜컥-!

수화기를 내려놓은 이리냐는 한숨을 내쉰다.

"휴우우~! 그놈만 아니었으면…. 분수도 모르고 대학을 가겠다고 했던 내가 밉다, 미워! 에고, 내 팔자야!"

꿈에서도 갈망하던 백마를 탄 왕자님이 나타났다.

그런데 그런 왕자의 짝이 될 기회를 잃었다 생각하니 한숨이 절로 나온 것이다.

시선을 돌려보니 입맛 당기는 요리들이 세팅되어 있다. 그것을 보니 식욕이 당긴다.

"일단 먹자, 먹어! 먹고 죽은 귀신 때깔도 곱다는데."

러시아에 이런 속담이 있는 건 아니지만 이런 뉘앙스의 말을 중얼거리곤 욕실로 돌아간다. 물을 빼놓아야 먹은 다음에 다시 하든 말든 할 것이기 때문이다.

욕실문이 열리자 구리구리한 냄새가 말아진다.

"읏! 그지 같은 냄새…! 이런 냄새가 대체 왜 나는 거지? 내가 그렇게 더러웠었나?"

그러고 보니 날씨가 추워진 이후 제대로 씻은 적이 없다.

"에휴! 앞으로는 매일 씻어야겠네. 이, 더러운 냄새!"

마개를 뽑은 후 물기를 닦아낸 이리냐는 샤워타월로 몸을 감싼 채 거실로 나왔다. 샤워가운을 입지 않은 이유는 거지같은 냄새가 밸 것이라 생각한 것이다.

다행인 것은 실내온도가 제법 높아 춥지는 않다는 것이다.

포크를 집어 들고 이것저것을 찔러보던 이리냐는 TV를 켰다. 그러곤 걸신들린 것처럼 흡입을 시작한다.

와구 와구! 쩝쩝! 우걱 우걱! 쩝쩝! 와구 와구!

잠시의 시간이 흐르는 동안 쇼 프로그램이 방영되었는데 별 관심이 없어 채널을 돌렸다.

광고에 이어 뉴스가 시작되려는 모양이다.

시사 혹은 정치와는 무관한 삶을 살고 있기에 다시 채널을 돌리려던 이리냐의 움직임이 멈춘다.

화면에 나타난 얼굴 때문이다. 그 순간 앵커의 멘트가 시작되었다.

"세계 최고의 부자인 하인스 킴이 우리나라를 방문하였습니다. 메드베데프 총리와 푸틴 대통령을 차례로 만난 하인스 킴은 우리나라에서…."

이리냐는 씹고 있던 음식이 있음에도 입을 벌리고 있다.

그리고 씹던 것이 입 밖으로 떨어지는 것도 모른 채 화면에 시선을 고정시키고 있다.

"한편, 하인스 킴은 To Jenny와 First Meeting을 작사 작곡한 뮤지션으로 이후에 발표한 잠자리와 나비, 그리고 나만의 그대까지 모두 빌보트 챠트 1위를…."

머~엉!

이리냐는 멍한 시선으로 화면 속 현수에게 시선을 고정시키고 있다. 그러거나 말거나 앵커의 멘트는 이어지고 있다.

"하인스 킴은 놀라운 투자능력으로 불과 1년만에 세계 최고 부자가 되었으며…."

화면에는 현수의 재산이 늘어나는 것을 표현한 그래프가 띄워져 있다. 오른쪽 위로 가파르게 상승하는 반곡선 옆에는 현재의 재산이 얼마나 되는지 표기되어 있다.

"하인스 킴의 재산증식 속도를 감안하여 추정한 것으로 2016년 11월 1일 현재 약 1조 달러를 보유한 것으로 추정되며, 이는 우리나라 1년 예산보다도 많은 금액으로…."

현수의 재산평가액은 9,987억 6,000만 달러정도이다.

10월 26일의 평가액이 약 9,008억 달러 정도였는데 불과 며칠 사이에 979억 6,000만 달러나 늘어났다.

지나의 대홍수와 전염병 창궐, 그리고 대한민국의 고립에 베팅한 결과 재산이 늘어난 것이다.

그런데 이것으로 끝이 아니다.

아직 정산되지 않은 것들이 있으니 시간이 지나면 최소 4,000억 달러 정도 더 늘어날 것이다.

세계 2위 부자인 스페인의 아만시오 오르테가와는 큰 격차로 벌어졌는데 약 17.6배이다.

참고로, 오르테가는 패션 브랜드 자라(ZARA)의 주인이다.

아무튼 현수의 개인 재산은 한화로 1,646조 500억 원 정도이다. 대한민국 국가예산은 진즉에 뛰어넘었다.

"하인스 킴의 방문목적은 지상용 방사능 정화장치 우선공급을 위해 메드베데프 총리의 요청으로 이루어졌는데…."

앵커의 멘트는 계속 이어지고 있다.

"하인스 킴이 우리나라를 방문하기 전 우크라이나에서는 상당한 면적의 영토를 조차지로 제공하는 것을 의회…."

화면엔 지도가 띄워져 있는데 조차될 땅의 위치와 면적, 그리고 인구 등이 표시되어 있다.

"한편 벨라루스에서도 조차지를 제공하기로…."

지도가 바뀌면서 체르노빌 북쪽의 땅 일부가 진한 색깔로 변한다. 현수에게 제공할 조차 대상지이다. 이것의 면적과 인구 또한 표시되어 있다.

"Y—그룹 총수인 하인스 킴은…"

뉴스는 이어지고 있다. 그 가운데에는 해외정보국(SVR)요원이 푸틴에게 제출했던 보고서 내용도 포함되어 있다.

뉴스가 분명한데 인물 다큐멘터리라도 되는 듯 하인스 킴에 관한 내용만 이어지고 있었다.

딸깍—!

이리냐는 들고 있던 포크를 내려놓았다. 그러곤 티슈를 뽑아 입가와 떨어진 음식을 닦았다.

입맛이 가신 것이다.

잠시 멍한 표정으로 계속되는 뉴스에 시선을 주고 있던 이리냐의 눈에서 샘물이 솟아난다.

"그 양아치만 아니었으면…"

자신의 순결을 깨버렸던 놈을 떠올린 이리냐는 무릎을 세우고 그 사이에 얼굴을 끼웠다. 너무 억울해서이다.

"흐흑! 흐흐흑! 흐흐흐흑!"

한참동안 흐느끼는 소리가 이어졌다.

팽, 패엥~! 팽! 패엥—!

흘러내린 콧물을 닦아 낸 티슈가 수북했지만 눈물은 그치지 않았다. 너무 억울하고 안타깝기 때문이다.

—

같은 시각, 현수도 TV를 보고 있다. 바로 곁에 앉은 지윤의 어깨에 팔을 두른 채이다.

'도로시! 내 재산이 정말 1조 달러야?'

'아직은 아니에요. 아! 지금 막 1조 달러를 넘어섰네요.'

'정말?'

'그럼요! 지금도 계속해서 늘어나고 있어요. 열흘쯤 지나면 1조 4,000억 달러를 돌파할 거예요.'

'많네.'

'많기는요. 앞으로 돈 쓰실 일이 얼마나 많은데요.'

'그렇긴 해도.'

도로시와 짧은 대화를 할 때 지윤이 놀란 표정을 짓는다.

"와아! 저거 정말이에요? 정말 1조 달러나 되요?"

"조금 과장이야. 그래도 많지?"

"조금 과장이요? 왕창 과장이 아니구요?"

"1조 달러에서 조금 빠졌어. 12억 4,000만 달러정도."

"헐! 그럼 9,987억 6,000만 달러라는 말씀이세요?"

"아니! 조금 전엔 그랬는데 지금은 1조 달러 넘었을 거야. 계속해서 늘어나고 있거든."

"끄~응!"

지윤은 나직한 침음을 내며 현수의 옆모습을 바라본다. 그런 그녀의 눈빛이 서서히 바뀐다.

흠모, 애모, 사모, 연모가 짬뽕이 된 눈빛이다.

힐끔 지윤을 바라본 현수는 팔에 힘을 주어 당겼다. 그러자 스르르 어깨에 기대온다.

'흐음! 이런 느낌 오랜만이군.'

편안하고, 포근하며, 부드럽고, 뭘 만지는 것도 아니건만 야들야들하다는 느낌이다.

이때 도로시가 끼어든다.

'거봐요. 마음 정하시니까 편하고 좋잖아요. 그러게 제 말을 일찌감치 들어주셨으면 더 좋았을 거잖아요.'

'그래, 그건 인정!'

'기왕 마음을 정하셨으니까 진도를 조금 더 나가는 건 어떨까요?'

'진도를 나가…?'

'네! 조금 더 열정적이고, 에로틱한 그런 거 있잖아요.'

'어허! 괜한 소리…! 분위기나 깨지 마.'

'넵!'

도로시는 혹시라도 이 야릇한 분위기가 깨질까 싶은지 찍소리 않고 묵음모드로 돌입한다.

TV의 앵커는 계속해서 떠든다.

"국내 방사능 오염지역 중 가장 시급히 정화해야 할 곳은 시베리아 화합물 결합시설과 마야크 재처리 공장으로…."

"언론에 보도되지는 않았지만 일본 원전 사고가 일어났던 후쿠시마 못지않은 곳이 있다는 보고가…."

"하인스 킴이 발명한 지상용 방사능 정화장치를 사용하여 이 지역이 정화되면…."

“부디 좋은 결실이 맺어지기를 바라며 오늘의 뉴스를 마칩니다. 내일 이 시각까지 안녕히 계십시오. 감사합니다.”

앵커가 고개를 숙이며 뉴스가 끝났다.

그러고 보니 처음부터 끝까지 오로지 하인스 킴에 대한 것만 떠들었다.

경제위기 이후 늘 우울한 뉴스만 보도했는데 모처럼 밝고, 활기차며, 전망이 좋은 뉴스였는지 앵커의 표정이 밝았다.

“끝났네.”

“네!”

“조금 춥기는 하겠지만 나갈까?”

“네. 좋아요.”

지윤이 먼저 일어난다. 여자가 남자보다 준비할 게 많아서일 것이다.

“아! 안 된다.”

지윤이 도로 주저앉는다.

“왜? 뭐 할 일이라도 있어?”

“아까 울어서 눈이 부었을 거예요. 울면 항상 그렇거든요. 저 개구리 왕눈이처럼 되었죠?”

‘개구리 왕눈이’는 1982년에 KBS에서 방영되었던 만화영화 제목이다.

아이들이 즐겨 부르던 ‘개구리 소년, 개구리 소년, 네가 울면 무지개 연못에 비가 온단다.’가 주제가의 도입부이다,

*　　*　　*

“아니! 괜찮아.”

“칫! 아니네요. 울면 눈이 퉁퉁 부어서 어딜 못 다녔어요.”

“아닌데? 내말 못 믿어?”

“전무님, 아니, 자기 말을 못 믿는 게 아니에요. 지금 안 부었으면 이제부터 붓기 시작할 거예요. 언제나 그랬거든요.”

“아냐! 정말 괜찮아. 거울을 봐. 전혀 티 안 나.”

지윤의 말도, 현수의 말도 모두 사실이다.

울고 나면 눈이 붓는 이유는 눈에 준 자극 때문이다.

눈을 비빈다거나 눈물을 훔치기 위해 휴지로 문지른 것의 결과인 것이다.

눈가의 피부조직은 다른 곳보다 확연히 얇고, 여리기에 작은 자극에도 예민하게 반응한다.

따라서 눈이 붓길 원하지 않는다면 울 때 눈물이 흘러내리도록 내버려 두면 된다.

다시 말해 안 건드리면 된다.

지윤의 눈가 피부는 다른 사람들보다 더 예민했다. 그래서 울고 나면 금방 부어올랐고, 오랜 시간 지속되었다.

하지만 E-GR을 복용한 후 이러한 감각이 정상으로 돌아왔다. 아울러 자극으로 인해 부었다 하더라도 이내 가라앉는

체질로 바뀌었다. 눈 가 모세혈관에서 배출된 조직액이 금방 회수되는 것이다.

뉴스를 보는 동안 지윤의 눈은 분명히 부어 있었다. 그런데 벌써 가라앉아 아무렇지도 않은 것이다.

“치이! 괜히 위로해주지 않으셔도 되요.”

“위로 아냐! 진짜 멀쩡해. 가서 거울을 봐.”

“알았어요.”

자리에서 일어난 지윤은 욕실로 들어갔다.

“어머! 어머머머!”

현수의 말처럼 정말 아무렇지도 않다.

‘흐음, 이상하네? 이러지 않았는데 왜 이러지?’

확실히 이전과 다르기에 고개를 갸웃거린다. 달라진 게 하나도 없다 생각하고 있는데 눈이 붓지 않았기 때문이다.

‘뭐지? 왜 이럴까?’

지윤은 공부를 상당히 잘 했다. 뭐든 궁금한 것이 있거나 이해되지 않는 것이 있으면 알아낼 때까지 파고들었다.

오늘 아침에 쓴 폼 크렌징부터 시작하여 치약과 바디워시, 그리고 샴푸와 린스까지 다 떠올려보았다.

모두 평범한 것이라 이런 결과를 야기시킬 수 없다.

아침과 점심식사 메뉴, 그리고 마셨던 차 종류도 마찬가지이다. 그러다 문득 떠오른 것이 있었다.

‘아! 혹시…?’

생각만으로도 새삼스레 얼굴이 화끈거린다. 생애 첫 키스 때문이 아닌가 했던 것이다.

'끄응! 이건 물어볼 수가 없네.'

'근데 키스에 그런 효과가 있나?'

지윤은 자고 일어나면 눈이 붓는 경우가 종종 있었다.

사람이 수면을 취하면 신체활동이 일시 정지되는 것과 같다. 눈의 깜박임은 깨어 있을 때보다 적어서 체액이 천천히 흐르거나 고여서 그럴 수 있다.

눈두덩이 피부가 특히 얇아서 표가 나는 것이다.

전날 염분 섭취도 원인이 될 수 있다. 이 염분이 체내 수분을 흡수해서 몸 안에 머물게 되어 붓는 것이다.

이 또한 말끔하게 개선되었지만 지윤은 아직 모른다.

요 며칠 정신없이 바빠서 아침에 일어났을 때 눈이 부었는지 확인하지 못했기 때문이다.

'눈 뜰 때마다 키스를 해달라고…, 어머! 내가 무슨 생각을 하고 있는 거야? 나 미친 거지? 확실히 미쳤지?'

지윤은 제 머리를 콩 때리곤 얼른 흐트러진 머리카락을 수습했다. 이때 현수의 음성이 들린다.

"지윤씨! 안 나올 거야? 쇼핑 가자."

"네? 아, 네에, 금방 나가요."

지윤은 서둘러 화장을 고친다.

"죄송해요, 너무 오래 기다리시게 했죠?"

"아냐, 괜찮아. 조금밖에 안 걸렸는데 뭘."

비아냥거리는 게 아니라 진짜 괜찮다는 뜻이다.

기다리는 동안 옛 기억을 더듬어보았다. 데이트를 위해 여자를 기다리는 건 정말 오랜만의 일이기 때문이다.

세상을 떠난 아내들은 외출할 때마다 늘 한 시간 이상 기다리게 하였다. 예정된 외출이 아닌 상황일 때 그랬다.

이제는 남의 아내가 되어버린 권지현과 강연희, 그리고 테리나가 그랬고, 이리냐와 백설화도 크게 다르지 않았다.

그냥 나가도 여신처럼 예쁜데 왜 그러느냐고 하면 황제의 품격을 손상시켜서는 안 되기 때문이라 하였다.

사실 꾸미면 더 예쁘니 뭐라 반박할 수가 없었다. 그래서 기다리는 것에 익숙한 느낌이었다.

지윤이 화장실에 있는 동안 현수는 신문을 읽다가 도로시에게 몇 가지 지시를 내렸다.

참고로, 국내 완성차 6사는 현대자동차과 기아자동차, 한국 GM과 르노삼성, 그리고 쌍용자동차와 울림네트워크가 있다.

첫째, 한국 GM 창원공장과 쌍용자동차 창원공장을 고연비, 고출력, 완전무공해 엔진제조공장으로 개조하라는 것이다.

여섯 개 회사 모두 현수 소유이기에 가능한 일이다.

한국 GM 창원공장은 유조선이나 컨테이너선 같은 선박엔진을, 쌍용자동차 창원공장에선 불도저나 포크레인 등 건설기계에 장착될 엔진을 만들게 하라는 것이다.

두 종류의 엔진 모두 현재의 약 10배 정도 연비가 개선되며, 출력은 2~3배 정도 늘어나게 될 것이다.

계획대로라면 한국이 전 세계 선박수요를 모두 감당해야 하고, 건설기계 등 고출력을 요구하는 모든 장치의 엔진을 공급하는 일이 빚어질 것이다.

둘째, 현대자동차와 기아자동차 공장에서 완전자율주행차를 생산할 수 있도록 만반의 준비를 갖추도록 하였다.

제조에 필요한 엔진은 Y-엔진에서 공급한다.

2,000cc급 휘발유 엔진의 실제 시내주행 연비는 120km/L이며, 정속주행은 리터당 150km 이상도 가능하다.

소나타의 연료탱크는 70리터이다. 따라서 한번 가득 채우면 8,400~1만 500km를 주행할 수 있다.

연간 1만km 이하를 주행하는 차라면 1년에 한번만 주유하게 될 것이다.

원래는 2117년이 되어야 개발된 엔진이고, 99.99% 완전연소된다. 하여 대기환경 오염에 거의 영향을 주지 않는다.

이 엔진은 출력이 크게 개선되었다.

따라서 현재 2,000cc급 승용차인 소나타나 K5 정도의 출력이 필요하다면 800cc급 엔진을 장착하면 된다.

엔진 크기가 대폭 줄어들게 되므로 차의 크기가 그대로라면 실내용적이 크게 늘어나는 효과를 기대할 수 있다.

셋째, 한국 GM 부평공장과 쌍용자동차 평택공장에선 '완전자율주행 전기자동차'를 조립할 것이다.

부품수가 5분의 1 이하로 줄어드니 생산라인이 짧아지고, 단위시간당 생산대수는 3배 이상으로 늘어나게 된다.

우선은 군산 Y-시티 내부에서만 운행하여 자율주행성능을 충분히 테스트하는 모습을 보여줄 것이다.

이후엔 내수판매를 시작한다.

팔리기 시작하면 택시와 용달차가 사라지게 될 것이다.

목적지만 입력하면 알아서 가고, 자동 주차기능이 있어 면허가 없는 사람도 이용 가능하다.

휴대폰으로 호출하면 주차되어 있던 차가 위치추적 기능을 사용하여 알아서 찾아온다.

이러니 택시와 용달차, 그리고 대리기사가 필요 없다.

밥줄이 걸린 일이니 대대적인 저항에 직면하게 될 것이다. 하지만 기술의 발전을 저지하지는 못할 것이다.

넷째, 울림네트워크에선 고성능 스포츠카를 생산한다.

이곳에선 람보르기니, 맥라렌, 포르쉐, 부가티, 페라리 등을 압살(壓殺)할만한 성능과 디자인을 갖춘 차를 만들게 된다.

Y—엔진에서 만든 고출력, 고효율, 고연비 엔진이 장착된다.

참고로, 경주용차를 제외한 제로백 순위는 다음과 같다.

순위	차명	제로백
1위	아스 파크 오울	2.0초
2위	헤네시 베놈 F5	2.2초
3위	닷지 챌린저 SRT 데몬	2.3초
4위	포르쉐 918 스파이더 바이삭	2.6초
5위	부가티 베이론 슈퍼 스포츠	2.6초
6위	테슬라 S P100d	2.7초

경주용 자동차중 제로백이 가장 짧은 것은 AMZ Grimsel Electric Race Car이다.

스위스 취리히 연방공대와 루체른 과학대학교에서 합작한 전기 머신으로 이 차의 제로백은 1.5초이다.

그런데 울림네트워크에서 만들 것의 제로백은 1.2초이다. 불과 0.3초 차이지만 이것은 좁혀지지 않을 것이다.

다음은 가장 빠른 자동차 순위이다.

순위	차명	최고시속
1위	헤네시 베놈 GT	435km
2위	부가티 베이론 슈퍼 스포츠	432km
3위	SSC Ultimate Aero	400km

울림네트워크에서 판매하게 될 스포츠카 'Ostrich' 의 최고 속력은 시속 500㎞이다.

당분간은 넘사벽 너머의 차로 존재하게 될 것이다.

참고로, Ostrich는 지상에서 가장 빠른 새 '타조(駝鳥)' 를 뜻하는 단어이다.

원래는 독일어 Ost와 영어 Rich의 합성어로 구상된 것인데, Ost는 '동쪽' , Rich는 '부유한 사람' 을 뜻한다. '동쪽의 부유한 사람' 이 만든 차라는 의미로 만들어진 것이다.

이 차는 성능만 강조된 것이 아니다.

운전자의 편의와 안전도 충분히 고려된 각종 장치와 멋진 디자인이 일품이다.

Ostrich 이외에도 10여 종의 디자인이 더 있다. 모두 스포츠카 애호가들을 환장하게 만들 것이다.

이 차들의 설계도는 모두 도로시가 저장하고 있으니 마음만 먹으면 즉시 만들어낼 수도 있다.

개발단계에 들어가는 막대한 비용이 하나도 들어가지 않았으므로 생각보다 훨씬 저렴한 가격으로 선보일 것이다.

'완전자율비행 전기차' 는 국내에서 생산하지 않는다. 당분간은 자치령 내부에서만 사용하기 때문이다.

허공을 비행하니 굳이 도로를 개설하지 않아도 되는 장점이 있다. 따라서 밀림을 훼손하지 않는 효과가 있다.

게다가 태양광 발전을 이용한 고효율 전기차라 대기환경 오염과 완전 무관하고, 연료비가 들지 않는다.

아울러 이미 1,000년 넘게 사용하면서 축적된 데이터를 갖춘 관제시스템으로 제어하기에 사고가 발생되지 않는다.

3년에 한 번 소모재 교환만 착실히 이행하면 최소 30년은 안정적으로 이용할 수 있다.

하여 완전자율비행 전기자동차 제조공장은 콩고민주공화국과 체르노빌 일대 조차지에 건립될 예정이다.

이 차의 주요 부품은 조차지에서 생산한다. 조차지 내부의 고용률 때문이다.

다만 볼트와 너트 같은 일반적인 부품은 콩고민주공화국과 우크라이나, 그리고 벨라루스와 러시아에서 공급받는다.

네 나라의 경제발전과 실업률을 낮춰주기 위함이다.

체르노빌의 경우 당장은 방사능 오염을 정화해주는 대가로 조차지를 얻지만 전부 정화되고 나면 생각이 바뀔 수 있다.

100년이 너무 길다 느낄 수도 있고, 즉시 반환받았으면 좋겠다는 생각을 할 수도 있다.

하지만 경제협력을 하고 일감을 나눠준다면 이런 생각을 품지 않을 것이다. 하여 모든 부품이나 소재를 직접 제작하지 않고 일부라도 외부납품을 고려하는 것이다.

다섯째, 부지매입이 끝난 군산 Y—시티 조성과 고양·덕은지구 재개발을 최대한 서두르라는 것이다.

두 곳에선 공장 신설 또는 기존 공장 개조가 최우선적으로 진행될 것이다.

하루라도 빨리 일본으로부터 수입하고 있는 소재와 부품 및 기계류를 100% 국산화하기 위함이다.

반도체 제조용 장비, 프로세스와 컨트롤러, 그리고 각종 센서와 정밀화학 원료 등이 대상이다.

특히 반도체 제조에 필요한 플루오린 폴리이미드와 포토레지스트, 그리고 에칭 가스가 그러하다.

국내 기업뿐만 아니라 해외에 설립된 공장에서 필요한 주요 부품 또한 국내에서 조달하는 것을 원칙으로 한다.

수천 년이나 앞선 기술이 확보되어 있으니 현재보다 더 뛰어난 부품 또는 소재를 생산해낼 수 있을 것이다.

그래도 너무 앞서면 안 되므로 10년 정도 앞선 기술만 쓴다. 그러면서 관련 특허를 철저히 관리 감독하여 감히 따라올 엄두조차 내지 못하도록 할 계획이다.

이는 공장이 가동된다는 전제하에 그러하다. 그래서 공장부터 갖추라는 지시를 내린 것이다.

Chapter 13

일본의 음모

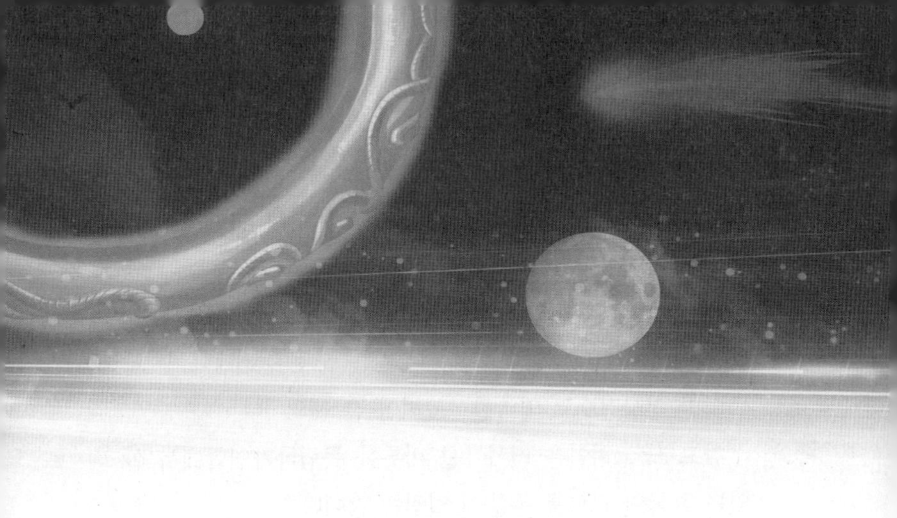

두 곳에서 생산된 소재 및 부품은 이익을 남기지 않고 국내기업과 국내기업의 해외공장에만 공급한다.

어떠한 경우라도 일본으로의 수출은 없다. 국제사회에서 국내기업의 경쟁력을 확실히 하기 위함이다.

국제사회가 이를 문제 삼을 수 있다. 하여 딱 국내기업이 필요한 만큼만 출고하도록 생산량을 조절한다.

수출할 물량이 없어서 못 판다는데 어쩌겠는가!

일련의 프로세스는 일본과 국교가 단절되고 모든 교류가 끊기더라도 전혀 영향을 받지 않는 것이 최종 목표이다.

탈일본이 첫 단추이고, 점차 범위를 넓혀 100% 국산으로 모든 제품을 생산하는 것이다.

소재와 부품을 생산하는 공장이 늘어나게 되면 일자리도 따라서 늘어나니 실업률이 감소한다.

Y-그룹은 조선족을 비롯한 외국인노동자를 고용하지 않는 것이 원칙이다. 특히 불법 체류자는 모두 걸러낸다.

다만 정상적으로 입국한 '고려인'은 예외이다.

참고로, 고려인은 러시아를 비롯한 독립국가연합에서 살고 있는 한국인 교포를 통틀어 일컫는 말이다.

어쨌거나 이렇게 하면 외노자들의 불법체류는 대폭 줄어들게 될 것이다.

현수가 일련의 지시를 내린 것은 도로시로부터 들은 이야기가 있기 때문이다.

한국 해병대사령부는 다음과 같은 발표를 한 바 있다.

유사시 북한 동해안으로 신속히 침투하고, 독도를 지키기 위해 오는 2018년에 해병대 1사단 병력 100여 명을 울릉도에 순환 배치할 예정입니다.

참고로, 독도는 울릉도로부터 불과 90㎞ 떨어진 곳에 위치해 있다. 이에 극우 신문사인 산케이가 '일본을 견제하려는 의도가 엿보인다.'는 망발을 했다.

이뿐만이 아니다.

일본은 독도를 자국 영토로 만들기 위해 국제사회에 다음과 같은 허위보고를 했다.

다케시마의 한국 이름은 없다.

국제법적으로 지명과 영유권은 밀접한 관계를 갖고 있다.

참고로, 미국 지명위원회는 주권이 인정되지 않은 땅에는 그곳 주권을 주장하는 나라가 붙인 지명을 인정하지 않는다.

아주 오래 전부터 '독도'라고 부르고 있음을 명확히 알고 있으면서도 국제사회를 속이려는 얄팍한 수작을 부린 것이다.

독도에 관한 야욕은 이뿐만이 아니다.

시마네현 청사에는 독도가 일본 땅이라 주장하는 자동판매기가 설치되었다. 동시에 독도가 자국 땅이라는 전방위적인 교육을 실시하고 있다.

이것만으로도 화나는 일이다.

여기에 네티즌들을 열폭하게 만드는 일이 더 있었다.

1997년의 대한민국엔 수많은 가장과 가정을 나락으로 떨어트린 IMF 구제금융 사건이 있었다.

당시의 한국은 GDP 대비 순외채 비율이 호주보다 낮았다. 아울러 대외채무 비율도 건전한 편이었다.

당시의 한국은 인플레이션을 잘 관리했고, 정부예산도 나름대로 균형 잡힌 국가였다.

비록 엔화 하락으로 인해 경상수지 적자가 커지고는 있었지만 외채를 갚지 못할 상황은 아니었던 것이다.

그리고 계속해서 발전하고 있었다.

이에 일본은 그냥 놔뒀다가는 자신들을 위협할 수 있다 생각하였다. 하여 한국을 망가트릴 목적으로 느닷없이 단기외채를 일제히 회수해갔다.

당시 단기외채 총액의 32% 정도가 일본 자금이었으니 담장의 기초를 뽑아낸 것이나 다름없는 일이다.

이에 놀란 다른 채권자들까지 일제히 가세하여 채권을 회수하면서 외환위기가 시작된 것이다.

졸지에 파산하거나 직장을 잃은 많은 가장들이 자살을 했고, 수많은 기업들이 문을 닫았다.

일본이 그러지 않았다면 죽지 않아도 될 사람이었고, 망하지 않았을 기업들이 허망하게 사라진 것이다.

며칠 전, 일본 외무성에선 독도를 자국 땅이라 우기는 동영상을 인터넷에 유포했다.

다음이 그 내용 중 일부이다.

— 일본은 17세기에 다케시마의 영유권을 확립했으며 이것을 1905년 각의(閣議) 결정을 통해 재확인했다.

— 한국이 1952년 이승만 라인을 설정하고 국제법에 반하는 불법점거를 하고 있는데 즉시 반환해야 한다.

이 동영상의 말미엔 다음과 같은 공지가 있다.

※ 이 영상은 한국어를 포함한 12개 외국어로 제작하여 인터넷을 통해 전 세계로 확산될 것입니다.

이것만으로도 '욱' 할 상황인데 또 있다고 한다.

일본 각의에서 독도 영유권을 확실히 하기 위한 구체적이고, 치밀한 계획을 수립하였다는 것이다.

내용을 보니 모두 한국을 골탕 먹이는 것이다. 그리고 다분히 악의적이다.

첫째는 일본이 독점으로 공급하고 있는 각종 소재와 부품을 일방적으로 끊어 한국 경제에 심대(深大)한 타격을 입힌다는 것이다.

주요기업인 Sony, Toshiba, Sharp 등의 존립을 위협하는 삼성전자와 SK하이닉스, 그리고 LG전자가 골탕을 먹으면 한국경제가 휘청거리게 할 목적이다.

수출을 못하면 외화 수입이 대폭 하락하게 된다.

이것만으로도 타격이 클 것이라 예상하면서도 또 다른 계책들을 수립하였다.

두 번째는 한국에 투자되어 있는 일본계 자금을 일시에 회수하겠다는 것이다.

한번 해봤던 일이니 보다 조직적이며 일사불란하면 한국은 또 한 번의 IMF 구제금융 위기를 겪게 된다고 예상했다.

이전의 금융위기 때, 한국의 경제부총리가 일본으로 건너가 긴급자원 지원을 논의하자고 요청한 바 있다.

이에 대한 일본 측 반응은 냉랭한 푸대접이다.

만나주지도 않았는데 간신히 전화가 연결되자 기껏 하는 소리가 '한국이 일본에 독도 영유권을 주면' 자금지원을 고려해보겠다는 개소리였다.

경제부총리는 빈손으로 돌아왔다.

아무리 나라가 위기에 처해 있다 하더라도 조상으로부터 물려받았고, 후손들에게 물려줘야 할 독도를 간악무도한 쪽발이들에게 내어줄 수는 없기 때문이다.

이후 본격적인 경제위기로 온 국민이 허리띠를 졸라 맬 때 일본은 한일어업협정을 일방적으로 파기했다.

1996년에 국회 비준까지 끝났던 것을 깨버린 것이다.

이번에도 한국에서 자금지원 요청을 할 것이라 예상하고는 다음과 같은 답변을 준비해두었다.

'한국 정부가 일본에 독도 영유권을 주면' 자금지원을 고려해보겠습니다.

일본의 세 번째 계획은 괴소문을 퍼뜨려 재일한국인들을 국외로 추방하려는 것이다.

1923년 관동대지진이 일어난 직후 다음과 같은 유언비어가 번졌다.

— 조선인이 우물에 독을 풀었다.
— 조선인이 폭동을 일으킨다.
— 조선인이 방화 하였다.

결국 6,000여 명의 무고한 조선인이 학살되었지만 이것으로 처벌 받은 자는 거의 없었다.

이번에도 그와 비슷한 일을 획책하려는 것이다.

다행인 것은 한국의 국내 상황 때문에 시작해보기도 전에 무산되었다는 것이다.

원래의 계획은 한국에서 출발하는 한국 국적항공기에 테러를 가하는 것이었다.

먼저 일본정부를 못마땅해 하는 야당 또는 반대파 인사들을 한국으로 보내는 것이 공작의 시작이다.

1. 한일문화교류나 한일의원연맹 확대회의 같은 그럴 듯한 모임을 주한일본대사관이 개최한다.

2. 일본정부는 반정부 인사들만 골라서 파견한다.

3. 행사를 끝내고 귀국길에 올랐을 때 현해탄 상공에서 준비해 둔 폭탄을 터뜨려 모조리 폭사(爆死)시킨다.

반정부 인사들이 제거되면 죽은 자들은 나라를 걱정하던 애국자로 포장된다.

폭탄은 불순한 의도를 가진 재일한국인이 설치한 것으로 소문을 퍼뜨린다. 이를 뒷받침하기 위해 사전에 조작된 증거를 만들어 놓는다.

이 작전이 성공하면 반대파는 사라지고, 내부 결속은 다지며, 재일한국인들을 쫓아낼 빌미가 된다.

이에 내각은 즉각 재일한국인의 국외추방을 결정한다.

대부분이 고국으로 돌아가겠다고 할 것이니 그들을 받아들일 한국에 대한 혐오감을 증폭시키는 1석 4조의 계략이라 여기고 실행에 옮기려 했다.

그런데 에이프릴 증후군 때문에 한국으로의 모든 출입이 막히면서 자연스레 취소된 것이다.

하지만 조작된 테러공작이 완전히 폐기된 것은 아니다.

잠정 연기된 상태일 뿐이다.

언제든 기회가 되고, 필요한 시점이 오면 즉각 실행에 옮길

만반의 준비를 갖춰놓은 것이 그 증거이다.

이밖에도 소소한 계획을 세워놨는데 들어보면 기도 안 찬다. 너무나 노골적이며 악의적인 때문이다.

어쨌거나 현수는 도로시로부터 일련의 보고를 받았다. 당연히 화가 났다.

'쪽발이들이 그런다면 절대 가만히 놔두면 안 되지.'

'어떻게 할까요? 아직 벌인 일이 아니니 그냥 놔둬요? 아님 작살을 낼까요?'

'그냥 두자니 괘씸하잖아. 안 그래?'

'맞아요. 아주 요절은 내놔야 해요. 하지만 군사적 대응은 좀 그래요. 빚어진 일이 아니기 때문이죠.'

인공지능인 도로시마저 흥분했지만 이내 이성을 되찾는다.

'일단 자위대의 모든 컴퓨터를 장악해.'

육상자위대와 해상자위대, 그리고 항공자위대는 기밀유지를 위한 나름의 보안체계를 갖추고 있다.

하지만 도로시 입장에서 보면 너무나 허술하다. 파고들 공간이 널널한 것이다.

도로시는 컴퓨터가 인터넷과 내부통신망에 연결되어 있다면 언제든 장악할 능력이 있다. 하여 시큰둥한 대답이다.

'네! 뭐, 별로 어렵지 않은 일이네요.'

'그럼, 자위대 예산도 모조리 빼돌려.'

'그것도 어렵지 않아요.'

여러 번 해봐서 이제는 눈감고도 할 수 있다는 뉘앙스이다. 이런 거 말고 더 신나는 것을 지시해달라는 뜻이다.

'그건 그냥 가져오지 말고 몇 단계 거쳐서 일본 해커[9] 와 크래커[10] 들의 계좌로 분산해서 송금해.'

이 대목이 도로시의 예상을 벗어난 듯하다.

'네? 왜요?'

'왜긴, 계좌동결을 해뒀다가 취조(取調)당할 때 빼돌려도 늦지 않잖아. 안 그래? 그러니까 흔적은 남겨야겠지?'

내각조사실 예산이 사라진 후 이중 삼중으로 보안망을 형성시켰을 것이고, 범인을 찾기 위한 온갖 시도를 해놓았을 것이다. 하여 추적 시도를 늦추려는 것이다.

돈은 돈 대로 빼돌리고, 추적은 늦추며, 해커와 크래커로 하여금 일본정부에 반감을 갖도록 한다.

이러면 정부가 어떤 요청을 해도 흔쾌히 응하지 않을 것이다. 일종의 자중지란(自中之亂)이니 일석삼조이다.

'아! 그렇군요.'

'참! 내각조사실 예산 빼돌리라고 한 건 어떻게 됐어? 설마 아직도 못한 건 아니지?'

지난 9월 23일에 지시한 내용이고, 내각조사실의 모든 예산

9) 해커(hacker) : 컴퓨터 또는 컴퓨터 프로그래밍에 뛰어난 기술자로서 컴퓨터 시스템 내부구조 및 동작에 관한 전문가

10) 크래커(cracker) : 다른 컴퓨터에 불법으로 침입하여 자료의 불법 열람·변조·파괴 등의 행위를 하는 사람

을 몰수하라고 한 바 있다.

프랑스로부터 반환받은 외규장각 도서 중 일부를 빼돌린 것에 대한 보복이다.

현수는 3조 2,000억 원 정도로 알고 있지만 도로시는 7조 4,600억 원을 뽑아냈다.

내각조사실과 관련된 부서 예산까지 몽땅 처리한 것이다.

얼마나 허술한지 나흘이 지나고 나서야 돈이 없어졌다는 사실이 드러났다.

즉각 조사가 시작되었지만 도로시가 누군가!

사라진 돈은 간부 및 정치인, 또는 군인 본인 및 친인척 계좌로 송금되었다가 다른 계좌로 빠져나갔다.

하여 여럿이 곤욕을 치렀다.

죄목은 공금횡령 및 재산은닉, 그밖에 외환관리법 위반 등이다. 바하마, 스위스, 버뮤다, 버진아일랜드 등 조세피난처로 송금된 것도 있기 때문이다.

*　　　*　　　*

그 후엔 국경없는 의사회, 유네스코, UN, WHO 같은 국제기구로 보내졌다.

뿐만 아니라 미국의 CIA, 러시아의 FSB, 영국의 MI6, 북한의 SSD, 프랑스의 DGSE, 이스라엘의 Mossad, 독일의 BND

등 각 나라 정보기관 계좌로 송금되었다.

여기부터는 일본정부가 손을 쓸 수 없다. 그런데 이것으로 끝이 아니다.

CIA 계좌에 있던 돈은 콜롬비아 메데인 카르텔 계좌로 보내졌다. 이는 마약왕으로 불리는 파블로 에스코바르가 두목인 마약 카르텔이다.

영국 MI6의 돈은 이슬람 과격단체 알 카에다, 프랑스의 DGSE는 탈레반, 이스라엘 모사드의 계좌에선 IS 계좌로 송금되는 말도 안 되는 일이 빚어졌다.

일련의 기록이 삭제된 상태인지라 아직은 아무도 모른다.

현재 일본정부의 비밀요청을 받은 세계 최고의 실력을 갖춘 해커그룹들이 추적하고 있다.

재수가 정말 좋으면 희미한 흔적을 찾아볼 수는 있을 것이다. 하지만 그것은 일부러 만들어 놓은 더미(Dummy)이다.

아무런 흔적도 남기지 않을 수 있지만 더 이상의 추적을 피하기 위한 일종의 위장이다.

하여 각국의 정보기관 및 해커들이 혈안이 되어 밤샘을 반복하는 동안 십만 번 정도 더 계좌이체가 되었다.

죽을 때까지 매달려도 절대로 찾을 수 없을 것이다.

이 돈은 거래대금이나 급여, 보험료 등 합법적인 지불이 된 것으로 세탁되었다.

마지막은 The Bank of Emperor이다.

일본에선 내각조사실과 관련부처 예산이 사라진 것을 상부의 몇 명만 알고 있다.

쉬쉬한 이유는 자칫 사회혼란이 빚어질 수 있기 때문인데 사실은 정부의 무능함을 국민에게 감추기 위한 조치였다.

어쨌거나 일본정부는 일본은행(BOJ)으로 하여금 사라진 액수만큼 엔화를 찍어 내게 하였다.

그리고 그 돈으로 내각조사실 등이 유지되고 있다.

범인을 찾고는 있지만 추적이 불가능하니 어쩌면 가장 간단한 방법을 택한 것인지도 모른다.

'에이, 그건 이미 끝났지요. 제가 누군데요.'

'하긴…! 수고했어.'

현수는 고개를 끄덕였다. 디지털 세계의 신인 도로시의 능력을 누구보다도 잘 알기 때문이다.

한편, 지윤은 화장을 고치던 중 문득 느낌이 와서 변기에 걸터앉았다. 도착 이후 계속 긴장상태가 유지되어 억지로 참고 있었는데 한계가 왔던 것이다.

묵은 것들을 말끔히 내보냈기에 후련은 했지만 그냥 나갈 수는 없다. 혹시라도 냄새가 뱄을까 싶은 것이다.

하여 씻고 나오느라 지체하였다.

"죄송해요, 너무 오래 기다리시게 했죠?"

"아냐, 괜찮아. 조금밖에 안 걸렸는데 뭘."

"그래도 죄송해요."

"괜찮아, 괜찮아. 그나저나 예쁘네."

"네…? 아…!"

수줍어 고개를 숙일 때 현수가 당겨 안는다. 너른 가슴에 안긴 지윤은 심장박동이 빨라지는 것을 느꼈는데 문제가 있었다. 두 손을 어디에 둬야 할지 난감했던 것이다.

그러거나 말거나 현수의 말이 이어진다.

"가서 예쁜 옷 사줄게. 가방도."

"네? 괘, 괜찮아요. 저 그런 거 없어도 돼요."

"아니! 있어야 해."

"네? 왜요? 저 옷이랑 가방 다 있어요."

확실히 있기는 하다.

출장이 길어지면서 여러 종류의 옷과 가방을 보았기에 아는 사실이다.

그것들 모두 아웃렛(Outlet)에서 구입한 중저가 제품들이다. 명품 브랜드는 단 하나도 없었다.

머리핀부터 신발까지 모두가 그러하다. 그럼에도 인물이 워낙 출중해서 미처 느끼지 못했던 사실이다.

"어제까지는 내 비서였으니까 평범해도 괜찮지만 오늘부터는 내 연인이잖아. 안 그래?"

"… 네에."

다시 생각해봐도 부끄러운 듯 살짝 고개를 숙인다.

"설마 세계 최고의 부자인 내가 연인에게 인색하다는 소리를 듣게 하고 싶은 거야?"

"네? 아뇨! 그, 그건 아니지만…. 휴~우! 알았어요."

비로소 고개를 끄덕인다.

"자아! 그럼 가자."

현수가 포옹을 풀고 한쪽 팔을 들자 지윤이 부끄러운 듯 손을 얹어 팔짱을 낀다. 생애 첫 팔짱이다.

*　　　　*　　　　*

"이거 괜찮네. 이건 어때?"

현수가 집어든 것은 어깨가 훤히 드러나는 드레스이다.

흰색에 가까운 상아색이었는데 잘록한 허리가 강조되었고, 치마부분엔 꽃이 수놓아져 있다.

황제로 재위하는 동안 황후들의 드레스를 수천, 수만 벌이나 보아온 현수의 눈에도 상당히 고급스러워 보인다.

"좋아요. 근데 되게 비쌀 거 같아요."

그러고 보니 이 드레스와 비슷한 것을 보았던 기억이 있다. 우연히 보았던 사진 속 그것과 매우 흡사했다.

1956년 3월 21일, LA의 RKO 팬타지스 극장에서 있었던 아카데미 시상식 무대 뒤를 찍은 사진이다.

이 사진엔 전년도 수상자이자 올해의 시상자인 오드리 헵번이 금년도 수상자인 그레이스 켈리와 함께 찍혀 있다.

사람들은 이 사진은 '두 레전드 여신의 만남' 이라 표현한다.

오드리 헵번이야 '로마의 휴일' 과 '티파니에서 아침을' 같은 영화로 유명하다. 그리고 1948년부터 1992년에 이르기까지 쭉 활동을 해서 자주 언론에 노출되었다.

반면 그레이스 켈리의 유명세는 덜하다. 배우생활을 길게 하지 않았던 때문이다.

아카데미 여우주연상을 받고 얼마 지나지 않아 모나코 라이니에 왕자로부터 청혼을 받고 5년만에 영화계를 은퇴했다.

이후 모나코 레니에 3세의 왕비로서 공식행사에만 간간이 모습을 드러냈으니 상대적으로 덜 유명한 것이다.

어쨌거나 그레이스 켈리는 가장 아름다운 메이저 영화배우로 꼽힌다. 우아하기로 이름난 오드리 헵번과 동갑내기이고, 비슷한 시기에 활동했음에도 그러하다.

현수가 들어 올린 드레스는 아카데미 시상식 날 그레이스 켈리가 입었던 것과 매우 흡사했다.

가격표를 보니 4,375만 루블이다.

드레스가 걸려 있던 마네킹의 옆 입간판에는 디자이너에 대한 설명이 붙어 있다.

캘리포니아 베벌리힐스(Beverly Hills)의 유명 웨딩 디자이너인 스트라우스(Renee Strauss)의 작품이라고 쓰여 있다.

상당히 많은 스타들이 스트라우스의 작품을 입고 결혼했다. 그중 백미는 2006년에 발표한 화이트 웨딩드레스이다.

무려 150캐럿짜리 다이아몬드가 장식되어 있었는데 가격이 140억 원이었다.

세계 최고가를 경신하는 가격이었다.

이 드레스는 리사 헤링턴이라는 웨딩 패션모델이 입었었다. 볼륨감 넘치는 몸매에 잘 어울렸다는 평가를 받았던 바 있다.

그다음은 일본의 웨딩 디자이너 가츠라 유미(桂由美)의 1천 개의 진주로 화려하게 수놓아진 드레스이다.

이것의 가격은 100억 원 정도였다.

이에 비하면 저렴한 편에 속한다. 하지만 한화로 7억 원이나 하는 드레스가 어찌 안 비싸다고 할 수 있겠는가!

지윤의 말이 맞기는 하지만 워낙 예쁘고 늘씬해서 입으면 훨씬 더 돋보일 듯하다.

입간판에 쓰여진 작가의 말을 보니 전성기의 그레이스 켈리를 추모하여 옛 디자인을 빌렸다고 표시되어 있다.

현수가 우연히 보았던 사진 속 드레스와 거의 흡사한 걸 보면 대놓고 베꼈다는 뜻이다.

이 드레스를 입었던 그레이스 켈리의 우아한 모습을 연상하니 확실히 고상하고, 품위 있어 보인다.

'괜찮지?'

'에이, 베낀 건데요?'

'그게 무슨 상관있어. 드레스는 미술작품이 아니라구.'

'그렇다면 괜찮겠네요. 지윤님 체형에도 딱 맞을 거구요.'

'그치? 마음에 들어.'

'설마 노골적으로 드러난 어깨와 깊은 가슴골을 보고 싶어서 그런 건 아니죠?'

'어깨야 드러나니 할 수 없지만 가슴골은 아니야.'

'아무튼요! 전 찬성이에요.'

'뭐가 찬성이라는 거야?'

'가슴골 보는 거요. 그걸 볼 때 폐하의 심박수 변화가 기대돼요. 키스할 때처럼 확 올라가겠지요?'

'……!'

현수는 대꾸하지 않았다. 그러면서도 드레스를 살펴보는 지윤에게서 시선을 떼지 않았다.

"정말 괜찮지 않아?"

"이거 입으면 어깨가 다 드러나서 조금 야 하지 않을까요?"

"드레스라는 게 원래 그런 거야. 봐봐. 여기 옷들 대부분이 그렇잖아."

그러고 보니 마네킹에 입혀 놓은 드레스 대부분이 어깨를 드러낸 디자인이다.

여긴 레니 스트라우스의 디자이너 샵이다. 다시 말해 스트라우스와 그 제자들의 작품만 취급하는 곳이다.

하여 분위기가 흡사한 것이다.

"그래도 조금 비싸지 않아요? 4,375만 루블이면…."

머릿속으로 암산을 하는 듯 싶기에 얼른 말을 끊었다.

"또, 그런다! 내가 괜찮다고 했잖아."

"그래도요. 이걸 사면 제가 언제 입겠어요."

거리를 활보하거나 사무실에서 근무할 때는 입지 못한다.

모두의 시선이 집중되면 웬만한 철면피가 아니라면 일을 할 수 없을 것이다.

그 시선만으로도 따가움을 느낄 정도가 될 것이기 때문이다.

집에서 입는 것도 불편할 것이다. 질질 끌리지는 않지만 뭐라도 묻을까 싶어 조심조심해야 하는 때문이다.

"이번 파티 때 입으면 되잖아."

"네? 파… 티요? 무슨 파티 말씀하시는 거죠?"

현수의 스케줄을 관리하는 본인이 모르는 파티라고 하니 무슨 뜻이냐는 표정이다.

"기왕 여기까지 왔으니 러시아의 주요 인사들을 초청해서 거한 파티나 한번 하자."

"네…?"

"푸틴 대통령과 메드베데프 총리, 그리고 각부 장관과 주요 인사 그리고 경제계 수장들을 초청하면 어떨까?"

"……?"

"대통령실 대변인 드미트리 페스코프와 경제부 차관 막심 오레슈킨, 그리고…."

거론되는 인물들은 하나같이 거창한 인사들이다.

조선으로 치면 국왕을 비롯하여 좌우정, 우의정, 영의정과 이조, 호조, 예조, 병조, 공조, 형조의 판서들, 그리고 승정원 도승지와 사간원 대사간, 사헌부 대사헌, 홍문관 대제학 등을 몽땅 부르라는 것이다.

이뿐만이 아니다. 각 상단의 대방들도 포함되어 있다.

러시아 정치인과 각료, 그리고 재벌총수들을 모두 부르자는 말이다.

"그분들을 다요?"

"그래, 얼굴도 익힐 겸! 앞으로 여기서 할 일이 많을 텐데 그런 사람들과 친해지면 두루두루 좋지 않겠어?"

"…그렇긴 해요."

"이 기회에 지윤씨 얼굴도 드러내."

유럽의 귀족사회에는 수 세기 전부터 장성한 딸을 사교계에 데뷔시키는 문화가 있다.

이를 데뷔탕트 볼(Debutante Ball)이라 칭한다. 제정 러시아 시절엔 귀족이 있었으니 이런 문화가 있다.

현재는 프랑스의 파리에서 매년 11월마다 열리고 있는 '르 볼(Le Ball)'이 유명하다. 1992년에 시작된 모임이다.

'르 볼'은 문화, 예술, 정치, 교육 등 다양한 분야에 기여를 한 가문의 16~22세 사이 여성을 '데뷔탕트'로 초대한다.

참고로, 데뷔탕트는 성년에 이른 귀족이나 상류 계층의 여성을 일컫는 말이다.

대부분 부모나 조부모의 후광이 있어야 하고, 본인도 어느 정도 격이 떨어지지 않아야 초청된다.

예를 들어, 부모가 노벨상 수상자라도 알아주는 플레이 걸이거나 음주운전 등 사회적 결함이 있으면 초청받지 못한다.

르 볼엔 매번 귀족이나 왕족이 있었고, 유명 배우나 정치인 자녀가 초청된 바 있다.

매즈 미켈슨의 딸, 부시 전대통령 딸, 케네디가의 딸, 프랑스 왕이었던 루이 14세의 직통후손도 있었다.

이밖에 브라질 왕녀도 초청된 바 있다.

"저도요?"

"그럼! 데뷔탕트로 소개된다 생각하면 될 거야. 그리고 안면을 터야 뭔 일을 해도 하지. 안 그래?"

"제가 데뷔탕트라구요?"

몰라서 묻는 말이 아니라 본인의 나이가 그러기엔 조금 많다는 뜻이다.

"겉보기엔 스물두 살로 보여."

이는 농담이나 기분 좋으라고 하는 말이 아니다. 지윤은 실제로 22세 정도로 보인다. E—GR의 효능 덕분이다.

매일 조금씩 젊어지고 있는데 원래부터 동안이었는지라 거울을 봐도 느끼지 못하고 있을 뿐이다.

『전능의 팔찌』 2부 15권에 계속…